作者简介
Neil Gaiman
尼尔·盖曼

  国内最早一批为人熟知的奇幻作家，近十年来欧美文坛长盛不衰的偶像大师。其创作领域横跨奇幻、科幻、诗歌、漫画、脚本等，是少数几个不动声色将世界奇幻奖、雨果奖、星云奖、轨迹奖尽收囊中的人生赢家。

  代表作《美国众神》美剧于2017年播出，以独特风格引发大量讨论，成为年度话题之作。

  http://neilgaiman.com/

译者简介

  王予润，又名王小俊，常年混迹同人、音乐、文化圈。跨界达人，资深编辑，猫奴，阿宅。这辈子的愿望是坐小火车横跨欧亚大陆以及乘蒸汽游轮环游世界，并在有生之年看到《百变王牌》被引进。

高能预警

TRIGGER WARNING

[美] 尼尔·盖曼 著

王予润 译

重庆出版集团 重庆出版社

TRIGGER WARNING：Short Fictions and Disturbances
Copyright © 2015 by Neil Gaiman
Published by agreement with Writers House,LLC
Through Bardon-Chinese Media Agency
Simplified Chinese Translation Copyright © 2017 by Chongqing Publishing House Co.,Ltd.
All rights reserved.
版贸核渝字（2015）第251号

图书在版编目(CIP)数据

高能预警/(美)尼尔·盖曼著；王予润译.
-- 重庆：重庆出版社,2016.10（2017.8重印）
书名原文：Trigger Warning
ISBN 978-7-229-11254-7

Ⅰ.①与… Ⅱ.①劳… ②莱… ③梁… Ⅲ.①长篇小说-美国-现代 Ⅳ.I712.45

中国版本图书馆CIP数据核字(2016)第121953号

高能预警

GAO NENG YUJING

[美]尼尔·盖曼 著，王予润 译
责任编辑：邹禾　肖飒　方媛
封面绘画：OCEAN　SEYO
装帧设计：OCEAN
oceanleaves@163.com
责任校对：朱彦谚

 重庆出版集团 出版
重庆出版社

重庆市南岸区南滨路162号1幢　邮政编码：400061　http://www.cqph.com
重庆出版社艺术设计有限公司 制版
成都国图广告印务有限公司 印刷
重庆出版集团图书发行有限责任公司 发行
E-mail:fxchu@cqph.com　邮购电话：023-61520646
全国新华书店经销

开本：787mm×1092mm　1/32　印张：13　字数：242千
2016年10月第1版　2017年8月第1版第2次印刷
ISBN 978-7-229-11254-7
定价：55.80元

如有印装问题，请向本集团图书发行有限公司调换：023-61520678

版权所有　侵权必究

目录

那个男人，遗忘了雷·布拉德伯里……197

蜂蜜与死亡奇案……173

月历故事集……137

橘黄色……124

冒险故事……119

我最后的那位女房东……114

「真相是黑色群山中的洞穴……」……78

落入阴霾之海……74

关于卡珊德拉……51

月下迷宫……40

造把椅子……37

导言……1

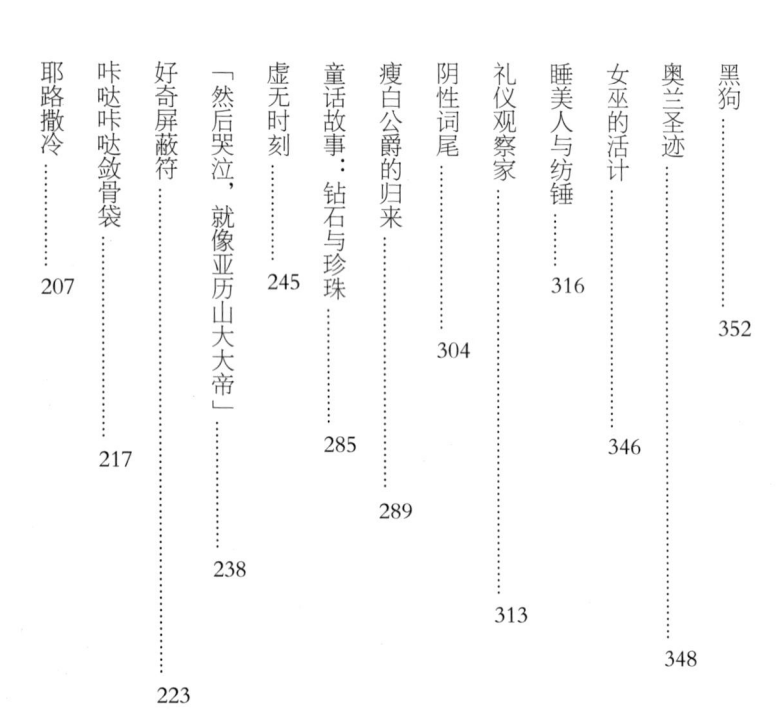

目录

黑狗……352

奥兰圣迹……348

女巫的活计……346

睡美人与纺锤……316

礼仪观察家……313

阴性词尾……304

瘦白公爵的归来……289

童话故事：钻石与珍珠……285

虚无时刻……245

"然后哭泣，就像亚历山大大帝"……238

好奇屏蔽符……223

咔哒咔哒敛骨袋……217

耶路撒冷……207

导　言

1
小小敏感带

生活中有些事令我们心烦意乱。不过,在这儿我们要讨论的并不是这个问题。我宁愿多去想想另一些画面、词汇和观点,它们就像是我们身下的陷阱门,将我们从安全而清明的世界掷入一个更黑暗、更不友好的所在,令我们的心脏在胸腔中怦怦跳动,奋力才得以呼吸;叫血液从我们的脸庞和手指尖上倒退而去,徒留我们面色苍白、气喘吁吁、震惊不已。

而在这些扳机扣下的时刻,我们所学到的是:过去的一切并未死亡。那些事依然在等待着我们,耐心地,在我们生命中的黑暗走廊中等待着。我们以为自己已经前行,已经将它们忘在脑后,令它们干枯、萎缩、随风而逝。但我们错了。它们正在那黑暗中等待着,计算着,练习着它们最狠毒的攻击——朝我们的肚子重重地来上一拳——消磨着时间,直到我们回到那条路上。

那些怪物潜伏在我们的碗柜和思维中,始终都在黑暗里,就

高 能 预 警

像地板和墙纸下的霉菌,而且在这世上又有那么多的黑暗之处,永无止境。宇宙总是充满了夜晚。

那我们要留心什么？我们都有自己的小小敏感地带。

我第一次遇见词组"高能预警"(Trigger Warning)是在互联网上,它主要是用以警告人们某些链接、图片或想法可能会令人失望,引发痛苦的回忆、焦虑或恐惧,它作为警示能让人过滤掉那些图片和想法,要不然至少也能让读者在看到内容之前先有心理准备。

当我知道"高能预警"跨越了互联网的界限,进入我们能够触摸的世界后,我开始对它着迷。据说不少学院正在讨论将"高能预警"放到文学作品、艺术或电影上,以此来提醒学生,让他们知道等待着他们的是什么,这个想法我在很喜欢的同时(当然,你或许会想,让可能会感到苦恼的人事先知道这一点,可能直接就会导致他苦恼),也觉得有些困扰:我写过漫画脚本《睡魔》,当时它以月刊的方式连载,每一期上都有一个警告,告诉这个世界"本刊推荐成人阅读",我觉得这个做法是很明智的。它告知潜在的读者,这不是一本儿童漫画杂志,里面可能包含会令人困扰的图片和想法,但与此同时,它也暗示了你是个成人(不管成人到底意味着什么),你就得对自己负责。如果读者发现了什么东西,令他们感到困扰、震惊,或者开始思考以前从未想过的问题,我都觉得这是他们自己的责任。我们是成人,我们自己决定要读什么,不读什么。

在没有警告和提醒的前提下,我们作为成人应该读的东西,

TRIGGER WARNING

我想或许得由你自己负责。我们需要去找出文学究竟是什么，这对我们来说，意味着一段体验，它与其他人阅读这个故事所经历的体验截然不同。

我们在头脑中创造故事。我们选择词语，我们给它们力量，我们以他人的眼光来看待世界，我们看见、我们体验到其他人所看见的一切。我想知道的是，文学是一个安全之所吗？然后我扪心自问，它们应该是一个安全之所吗？当我还是个孩子时，我曾经读过一些故事，读完后只希望自己从未遇见它们，因为我还未做好准备，它们令我情绪低落，在那些故事里包含着无助，在那些故事里人们窘迫无比，或支离破碎，在那些故事里，大人们显得脆弱，而父母们则可能完全无法伸出援手。它们令我困扰，导致我夜间噩梦连连，甚至侵袭我的白日梦，令我深深感到忧虑和失望，但它们同样也教会了我一个道理：如果我要读小说，有时只有在读完后，才能知道自己的舒适带位于何处；而现在，作为一名成人，我无法抹去自己曾经读这些小说得到的体验。

如今，依然有些东西会深深地令我感到不适，它们或是出现在互联网上，或是别人说的一些话，或是世上发生的一些事。它们从未令我感到轻松，从未停止囚禁我的内心，从未让我逃脱，但现在，我毫发无伤。因为它们教会我一些道理，打开了我的眼界，即使它们伤害到我，也是一种能令我思考、成长、改变的方式。

在阅读那些学院派讨论的时候，我想，是否有朝一日人们也会在我的小说上设置"高能预警"。我想知道他们在做这事时，是否能保持公平。然后,我觉得自己该抢先做出这样的尝试。

在这本书里——就像在生命中——有一些东西可能会令你心烦意乱。这里面有死亡和伤痛,有泪水和不适,有各种各样的诡异行为。这本书里时而也有一些善良的东西,我希望如此,另外还有几个幸福的结局(毕竟,某几个故事的结局对所有人来说都没什么幸福可言)。此外,我还有更多要提醒的事。我认得一位名叫洛基的夫人,她对触手特别敏感,她真诚地希望所有包含着触手的东西都有提示,尤其是那些有吸盘的触手,她如果在不经意间见到了一块乌贼或章鱼的切片,都会立刻跳起来,浑身颤抖地躲到最近的沙发后面。在这本书里的某处,有一个非常巨大的触手。

这本小说里的不少故事,对至少一名故事里的角色来说,结局都很糟糕。我已经提醒过你,你可要考虑好了。

2
起飞前的安全示范

有时候重要的真理是在不同寻常的情境下才会产生的。我坐过太多次飞机,坐飞机这个概念或者句子对我来说已不可能再获得像年轻时那样的领会,年轻时我会望向窗外,看飞机下的云朵,想象它们是个城市,或者是个我能安全地行走其上的世界。然而现在,我发现自己会在每一次起飞前,默想随着飞行所带来的启示,就好比是一桩公案,一则小小的寓言,或是一切智

TRIGGER WARNING

慧的顶点。

以下是他们所说的话：

在帮助别人之前先确保自己的氧气面具安全无误。

而我则想到我们所有人，全部人类，还有我们所戴的面具，无论是潜藏着的，还是显形的面具。我想象人们假装成自己真实的样子，并且发现别人多多少少与他们自我想象或自我表现得不一样。接着，我想到了帮助他人的需求，我们是如何戴着面具去帮别人的，若是失去了面具的遮盖，我们又是多么脆弱……

我们全都戴着面具。这一点令我们变得有趣。

有不少故事讲述了这些面具以及戴面具的人。

而我们这些为了生计兜售小说的作者，是我们所见所闻，以及最重要的——所阅读的一切的集合体。

人们不知道小说里引用的典故，不知道故事真正暗指的是什么，他们遗忘了过去的那些作者、故事和故事里的世界。我有不少朋友会为了这一点而失望得怒喝、大叫乃至歇斯底里。我则倾向于从其他角度看待这些事：我也曾经是一张完全空白的羊皮纸，有待他人镌刻其上。我从小说里知道了很多事、很多人，我也从小说里知道了许多其他作者。

这本书的大部分——甚至可以说是全部——的小说都是这同一个集合体中的一部分。他们之所以会存在，是因为有其他作者、其他声音、其他思想存在。我希望你不要介意，我在这篇导言中抓住机会向你指出一些作者和一些细节，没有了他们，我的这些小说很有可能根本就无法见光。

3
抽签运

这是我的第三本短篇小说集,我所知道的只是自己有多幸运。

我自小便喜欢并且看重短篇小说。对我来说,它们是人类所能创造的最纯净最完美的东西:没有一个词语是无用的,全都经过精挑细选。一名作者只是挥挥手,突然之间便出现了一个世界,以及这个世界里的人和想法。起承转合之间便能将你带去宇宙,还能带你再回到地球。我热爱一切短篇小说集,从还是个小男孩时读的神怪故事和悬疑小说选集,到那些彻底改造了我头脑的作家的个人合集,我全都很喜欢。

我最喜欢的小说集不仅仅是给我一些故事,更能告诉我一些我不曾知道的事,包括故事里所提到的事情和写作的技巧。我尊敬那些从不写导言的作者,但我很难热爱他们,我所热爱的作者能令我明白,这短篇集里的每一个故事事实上都是一个字一个字地由某个活生生的人类写就,他会思考,会呼吸,会行走,还可能会在淋浴龙头下边洗澡边唱歌,就像我一样。

出版业中的至理名言是短篇小说根本卖不动。人们太常看低短篇小说集的价值,要不就认为那是小出版社才会出版的东西,不会像看待长篇小说一样看待短篇小说。但是对我而言,短篇小说才是我得以飞翔、得以体验、得以游乐之处。我在这些故事里犯下一些错误,进行小小的冒险,而将所有故事放在一起,组成这样一本短篇小说集的过程也是十分惊险却又令人大开眼界的:我把这些小说凑到一块儿,重复的主题便再现了,我所做的改造也变得明晰。我也明白了自己在过去这段时间里写的东西究竟都出自于什么母题。

4
简单的致歉

　　我坚决认为短篇小说集里收录的应该是同一类作品。它们不该是一锅大杂烩,不能由一些明显不该出现在同一张封面下的各种故事拼凑而成。简单地说,它们不该既包括悬疑小说和鬼故事,又有科幻小说和童话,还有寓言和诗歌,并把这一切都凑在一本小说集里。这些作品应该分别对待,以示敬意。

　　然而这本集子却没有做到这一点。

　　对于这个极为严重的错误,我请求你能原谅、能纵容我,我所希望的只是在这些书页中,你能遇上某个以前你从未读到过的故事。看,下面就有一个非常简短的故事,正在等着你呢:

影魔

　　有些生物捕猎,有些生物食草,而影魔则潜伏于某处。不可否认,有时他们会隐藏身形,偷偷行走;但大部分时间里,它们只是潜伏于某处。

影魔不会织网,世界便是它们的网。影魔不会掘洞,要是你出现在它们面前,说明你早已落入其中。

有些动物会追捕你,它们跑得迅疾如风,不屈不挠地将利齿刺入你的身体,把你拖倒在地。影魔不会追捕。它们只是去到你一定会去的地方,等捕猎结束,它们已在那阴暗而朦胧之处等待。他们找到你最后可能到达的地方逗留其中,需要多久,它们就会逗留多久,直到那里成为你最后身居的处所,然后你便见到了它们。

你无法在影魔面前遁形,它们到得比你更早。你无法从影魔面前逃走,它们等在你的旅途终结之处。你无法与影魔战斗,因为它们耐心十足,而且会一直等候,直到一切完全结束。到那一天你已不再战斗,到那一天你已完成战斗,到那一天最后一击已经落下,最后的匕首已经刺出,最后一句残酷的话也已说出了口。这时候,也只有在这时候,影魔才会出现。

它们不会吃那些尚未做好准备的东西。现在,看你身后。

5
关于本书的内容

欢迎你读到这里。你可以先在这里看看接下来会碰到什么样的故事,也可以先跳过这个部分,等读完了小说,再回过头来

TRIGGER WARNING

看我讲了些什么。我都随便。

《造把椅子》

有些时候,我就是写不出来。在这种时刻,我通常会试着去修订一些已经存在的东西。在那一天,我做了一把椅子。

《月下迷宫》

我遇到吉恩·沃尔夫(Gene Wolfe)[①]是三十年前的事了,那会儿我还是名二十二岁的记者,当时我就他的四卷本小说《新日之书》(*The Book Of The New Sun*)采访了他。在接下来的五年里,我们成了朋友,这段友谊一直保持到今天。他是个很好的人,同时也是一位优秀而有深度的作家,始终机警,永远明智。他在我几乎还只算是个小男孩时所写的第三部小说《和平》(*Peace*)是我最喜欢的小说之一。他最近写的《穿过土地》(*The Land Across*)是我今年读过的书里最令人享受的一本,像他的其他作品一样危险而假象丛丛。

[①] 考虑到尼尔·盖曼希望能通过他的作品让读者了解更多其他作者和书,所以导言中涉及的所有作者及书名、杂志名、地名均保留英文原名,内文中有引用的部分将尽可能地注释,便于读者搜索、延伸阅读。本书中所有注释若未标明均出自译者。

高 能 预 警

吉恩最好的短篇小说之一名叫《太阳迷宫》(*A Solar Labyrinth*),它讲述了一个由影子构成的迷宫,那是个比表面上看起来更阴暗许多的故事。

我这篇小说为吉恩而作。毕竟,如果存在太阳迷宫,那么也应该存在月下迷宫,而且还得有一个沃尔夫[①]在对月而吠。

《关于卡珊德拉》

在我十四岁时,想象一个女朋友似乎比真的交上一个女朋友要来得更容易——毕竟,后者得和姑娘们真正地交谈。所以我决定,我要把一个女孩的名字写在我的练习册封面上,然后如果有人问起,我就要否定关于她的一切讯息,如此一来,所有人都会以为我真的有一个女朋友。我并没有真的认为这个方法能够奏效。事实上,除了她的名字之外,我都没有想象过其他关于她的任何事。

这个故事是 2009 年 8 月我在天空岛(Isle of Skye)时写的。我当时的女朋友阿曼达患了流感,试图用睡觉来治愈。她醒来时,我会给她带去汤和放了蜂蜜的饮料,然后给她读我写的这个故事。我不确定她还记得其中的多少了。

我把这个故事给了加德纳·多佐伊斯(Gardner Dozois)和

---

① 此处原文为 wolf,意为"狼",调侃了吉恩·沃尔夫的姓 Wolfe。

乔治·R. R. 马丁（George R. R. Martin），让他们收录进选集《爱与死之歌》(*Songs Of Love And Death*)，知道他们喜欢这个故事我就安心了。

《落入阴霾之海》

《卫报》要用一个礼拜的时间刊登各种关于水的故事来庆祝世界水日。当时我正在得克萨斯州奥斯丁市，录制我的小说《车道尽头的海洋》(*The Ocean At The End Of The Lane*)和我的第一本短篇小说集《烟与镜》(*Smoke And Mirror*)的有声书。

我当时想到了大木偶剧场（Grand Guignol）[1]，我想到的是孤独的表演家对着一位被捕获的观众低语出令人心碎的独白，然后我还想起了《纽盖特日历》[2]（*The Newgate Calendar*）中一些更令人痛苦的故事。而雨中的伦敦，离得克萨斯是如此之远。

---

[1] 大木偶剧场位于巴黎，十九世纪末至二十世纪初以上演各种情杀、强奸的戏码而出名。

[2] 纽盖特是一座历史悠久的监狱，位于伦敦西门。《纽盖特日历》是流行于十八十九世纪的一套系列文学作品，一开始按月出版，由纽盖特监狱制作，内容都是著名罪犯的故事。此书目前尚无中文版。

高 能 预 警

《"真相是黑色群山中的洞穴……"》

有些故事是你创造出来的,有些故事是你组织起来的,还有些故事则是你从石头里刨出来的,你得去除所有不属于它的部分。

我那时想编一本故事集,里面要包含所有好读的故事,可能是奇幻或科幻的选题,但最重要的一点在于,它们得让人有继续往下读的欲望。艾尔·萨兰托尼奥(Al Sarrantonio)当时与我合作,共同编辑。我们给这本书起了个名字叫《故事集》(Stories),在谷歌诞生以前,它或许可能算得上是个好名字。但光编辑这本书是不够的,我还得给它写篇故事。

我去过世界上的不少奇特之处,它们能紧紧地攥住你的思维和灵魂,让你心心念念。有一些地方不同寻常,充满异国风情,另一些则相当世俗。其中(至少对我而言)最古怪的,当属位于苏格兰西海岸的天空岛。我知道有这样想法的不止我一人。不少人发现天空岛后再也没有离开,即使对于像我这样离开了它的人来说,这座迷雾之岛也依然以它自己的方式盘绕在我们心头,紧抓住我们不放。在那里,我感受到了人生最大的欢乐和最强烈的孤独。

奥塔·F. 斯维尔(Otta F. Swire)写过一系列关于赫布里底群岛(Hebrides)的书,尤其着重写了天空岛,她的书里充满各种古怪而晦涩的知识(你知道五月三日是魔鬼被逐出天堂的日子,

TRIGGER WARNING

在这一天犯罪不可原谅吗？我就是从她写的赫布里底群岛神话中了解到的）。在其中一本书里，她提到黑丘林山（Black Cuillins）中有一个洞穴，只要你足够勇敢，就能进去取出金子，不用付出任何代价。但你每去一次就会变得更为邪恶，这个洞穴会吞噬你的灵魂。

那个洞穴，以及它的承诺，一直缭绕在我心头。

我拼合起几个真实的故事（要么是"据说"真实的故事，事实上这几乎就是一码事），将它们赋予两个男人，把这两人放入一个几乎与现实世界相同的背景里，然后讲述一个关于复仇与旅行、黄金渴望与秘密的故事。它赢得了雪莉·杰克逊奖的最佳小说奖（《故事集》获选最佳短篇小说集奖）和卢克斯奖的最佳小说奖，我很骄傲，这是我的故事。

在它发表前夕，我正要登上悉尼歌剧院的舞台，他们问我是否能与澳大利亚"四重奏"乐队（Fourplay）合作（他们是以弦乐四重奏形式组成的摇滚乐团，这群人非常奇妙，多才多艺，拥有大批狂热拥趸），或许可以弄出点能搬上舞台的艺术。

我想到了《"真相是黑色群山中的洞穴……"》，读完全文大约要七十分钟。如果我念诵这个故事，配以一个弦乐四重奏乐队创造的阴郁而辉煌的背景音乐，就像一部电影一样，不知效果会如何。我又想起了苏格兰艺术家艾迪·坎贝尔（Eddie Campbell），他给阿兰·摩尔（Alan Moore）的《自地狱深处》（*From Hell*）画过插画，还创作了我最喜欢的漫画《埃里克》（*Alec*），如果他能给我所有故事里最具苏格兰气质的这一篇小说创作些插图,然后在我朗读时将它们放在我面前,事情又会如何呢?

登上悉尼歌剧院的舞台令我有些害怕,但这份体验依然十分迷人。小说读完后获得了全场起立鼓掌,接下来我们还做了一个访谈(采访者是艾迪·坎贝尔),又朗诵了一首诗,配乐依然是"四重奏"乐队。

六个月后,我们在塔斯马尼亚州的霍巴特又表演了一次,配上了更多艾迪的插画。这次是在一个艺术节所搭的大型演出台上,面对三千观众。再一次的,他们表示十分喜欢。

接着我们就要面临一个问题:所有见过这演出的人全都在澳大利亚,这多少有点不公平。我们需要一个旅行的理由,带着"四重奏"乐队环游世界(他们是流行文化的专家和一流的音乐家,在我知道他们之前,我就已经爱上了他们创造的《神秘博士》(Doctor Who)主题曲了)。幸运的是,艾迪·坎贝尔已经完成了不少画作,后来又补充了一些,这样就能将文本配上插图,完成一部介于绘本和漫画小说之间的作品,后来在美国由哈珀柯林斯出版公司发行,在英国则由海德兰公司发行。

"四重奏"乐队、艾迪和我,我们一起巡回演出,到了洛杉矶,到了纽约,到了伦敦,还到了爱丁堡。在纽约的卡内基音乐厅,我们获得了全场起立鼓掌,再没有比这更好的事了。

而我依然不知道自己已将这故事完成多少,不知道还有多少正在等待着我,就像天空岛那片低丘上,如同骸骨般散布的灰色岩石。

TRIGGER WARNING

《我最后的那位女房东》

这篇是给世界恐怖小说大会(World Horror Convention)的刊物写的小说。

那一年,大会在布莱顿(Brighton)举办。如今的布莱顿是个熙熙攘攘的繁华海滨都市,充满艺术气息,令人兴奋。然而,在我还是个小男孩的时候,我的家人会错开旅游旺季前去布莱顿,它显得沉闷、冰冷而恐怖。

显然,这篇小说的背景设在早已消逝的布莱顿,不是现存的这个城市。所以要是你逗留在那里的某所家庭旅馆里,没什么好害怕的。

《冒险故事》

艾拉·格拉斯(Ira Glass)请我给他的广播节目《老美生活纪事》(*This American Life*)写了这则故事。他很喜欢这篇小说,但他的制作人不太喜欢,所以我又给他们写了一篇评论特稿来代替,内容大概就是讲"适当的冒险行为是很不错,但关于一日三餐和免除痛苦,仍有许多内容可说",后来我把这篇小说拿到《麦克温尼季刊》(*McSweeney's Quarterly*)上发表了。

那阵子,我想了很多关于死亡的问题,人们死去,随之而去的还有他们的故事。我想,在这个问题上,这个故事算是我的小说《车道尽头的海洋》的姐妹篇。

《橘黄色》

乔纳森·斯特拉恩(Jonathan Strahan)是个很不错的人,也是位很好的编辑。他居住在澳大利亚西部的珀斯。我有个常常令他心碎的坏习惯,就是给他正在编辑的选集写点什么东西,写完之后又选择不给他。当然,我还会再给他写点别的来修复他受伤的心灵。这就是那些"别的"中的一篇。

小说叙述的形式与小说的内容同样重要,尽管通常来说,小说叙述的形式不会像这篇这么显而易见。我的脑海中形成了一个故事,但一直等到我想到这样一问一答的形式之后,所有的一切才终于就位。我是在机场和到澳大利亚的飞机上将它写完的,到了那儿,我参加了悉尼作家节,一两天后,还在大量观众面前朗读了这篇小说,听众中包括我那位苍白得吓人的教女海莉·坎贝尔,最初或许就是她对冰箱里橘黄色日晒霜气味的抱怨,才给了我写这篇小说的灵感。

《月历故事集》

这大概是我这几年里干过的最怪异但又最叫人愉快的事。

小时候,我很爱读哈兰·艾里森(Harlan Ellison)的短篇小说集。我喜欢他那样精确计算短篇小说该到何处停笔的写作方式。我从哈兰那儿学到了很多,但对我影响最深的一点是从他的前言里学到的——他认为一旦你确定了要如何写这小说,你就完工了。将它展示出来,你的工作就算完成。

哈兰解释道,他曾经现场写过小说,坐在某家书店的橱窗后面,在电台里直播,或是其他诸如此类的方式,这么一说,他的理念就显得很清楚了。人们会在现场给他提供书名或一些词句的建议。他作出了一个示范,给我们展现出一个世界,在那里,写作是一门技艺,而不是某种魔法。在那里,一名作者得坐下来,一字一句地写作。我喜欢这个坐在商店橱窗后写作的概念。

但是我又想,世界已经发生了变化,你现在可以拥有一扇商店橱窗,它能允许成百上千的人将他们的脸贴在玻璃上观望。

黑莓公司来找我,问我是否能做一个社交媒体的项目,随便做什么都可以。我就建议说我想写《月历故事集》。我们先在推特上就每个月份提出问题,而故事集里的每个故事都是该问题的相关回复——比如说,问题有这样的:"为什么一月很危险?""你在七月见过的最奇怪的事是什么?"(一个 ID 为 @mendozacarla 的用户回复说:"用书做成的圆顶冰屋。"然后我就知道自己的故事要写什么了)"十二月时,你最想再见到的人是谁?"黑莓公司的人看起来似乎对这个想法挺高兴的。

我提出了问题,收获了一万多条回复,从中选出了十二条。

我写下这十二个故事(最先写的是三月故事,最后写的是十二月那篇),然后邀请大家在这些故事的基础上进行创作。有五部短片记录下了过程,所有的一切都被写成博客,发到推特,向

高能预警

全世界公开,免费的,当然是在互联网上。这样公开创造故事是一件非常快乐的事。哈兰·艾里森不怎么喜欢推特之类的东西,但这个项目结束后,我给他打了个电话,告诉他这一切都缘起于他,而我则希望自己所做的这个计划能给某人一个灵感,让他继续下去,就好像哈兰的书店橱窗给了我灵感一样。

(尤其需要感谢的是:@zyblonius,@TheAstralGypsy,@MorgueHumor,@_NikkiLS_,@StarlingV,@DKSakar,@mendozacarla,@gabiottasnest,@TheGhostRegion,@elainelowe,@MeiLinMiranda,@Geminitm 感谢他们的推特激发了我的灵感。)

《蜂蜜与死亡奇案》

我在孩提时接触到了福尔摩斯侦探系列故事,爱上了它们,而后便再也无法忘却福尔摩斯、将他的侦探故事编纂成册的尊敬的华生医生、夏洛克的哥哥迈克罗夫特·福尔摩斯,当然还有阿瑟·柯南·道尔,这一切背后的那个人。我热爱小说中的理论——一名善于观察的人可以就一点点线索来造出整个世界——这个点子我很喜欢。我喜欢通过一次读一篇小说来渐渐了解这些人。

福尔摩斯给世界赋予色彩。当我开始养蜂,我察觉到自己仅仅只是跟随他的脚步。但接下来我会思考,为什么福尔摩斯会去养蜂,毕竟,这不算劳动最为密集的退休娱乐。而如果夏洛克·福尔摩斯的精神没有专注在某个事件上,他是绝不会高兴的,懒散和消极对他而言等同死亡。

2002年,我在"贝克街小分队"(Baker Street Irregulars)的第一次聚会上遇见了莱斯利·S.克林格(Leslie S. Klinger),我很喜欢他(我喜欢那儿的所有人,他们都是些成年男女,然而在不做备受尊敬的律师、记者、外科医生和花花公子时,他们相信在贝克街221B号的某处,始终都停留在1889年,哈德森太太很快就会带着茶和杰出的委托人一齐出现)。

这篇小说为莱斯和劳丽·R.金(Laurie R. King)的选集《夏洛克研究》(*A Study In Sherlock*)所写。激发我灵感的,是由远在中国的大山深处提供给我的一罐雪白的蜂蜜。

我用了一个多礼拜的时间在旅馆里写完了这篇小说,而那时候,我的妻子和我的小女儿,还有妻子的朋友们却在海边玩耍。

《蜂蜜与死亡奇案》被安东尼奖、爱伦·坡奖以及英国推理作家小说协会的银匕首奖提名。虽然最终并没有得到其中的任何一个奖项,但我依然十分高兴,我以前从未被侦探小说的奖项提名过,很可能以后也再不会有。

《那个男人,遗忘了雷·布拉德伯里》

我遗忘过我的朋友。或者这么说吧,我记得关于他的一切,就是想不起来他的名字。他在大概十年前去世了。我还记得我们之间的电话交流,记得我们在一起的时光、他说话和做手势的习惯、他写过的书。我下定决心不能去互联网上搜他的名字。我要自己想起来。我走来走去,尝试着回想,与此同时,一个念头缠住了我——如果我无法记起他的名字,那么他就将不复存在。我知道这想法很蠢,但是……

我写下《那个男人,遗忘了雷·布拉德伯里》作为雷·布拉德伯里的九十岁生日礼物,与此同时,这也是我以我的方式,来谈论他在我孩提时乃至到成人后对我所造成的影响,此外,我还想尽可能地展现他对这个世界所做出的贡献。这个故事是我写的一封情书,一封感谢信,同时也是一件生日礼物,献给赋予我梦想的作者,是他教会了我词语,让我明白它们可以如何组合。他永远不会让作为读者的我以及长大后作为一个人的我失望。

我在威廉·莫罗出版社的编辑詹妮弗·布瑞尔(Jennifer Brehl)(她是本书的编辑,同时也是我自《蜘蛛男孩》后所有作品的编辑)去了他的床边,给他读了这个故事。他用视频对我表示感谢,而这对我来说便意味着整个世界。

我的朋友马克·伊万尼(Mark Evanier)告诉我,他在大概十一二岁的时候曾经遇到过雷·布拉德伯里。当时布拉德伯里知道马克想成为一名作家,就邀请他去自己的办公室,用半天时间,告诉他一件最重要的事——若你想成为一名作家,你就得写作。每天都得写。不管你有没有感觉。你不能写了一本书就停下来。这是一种工作,但却是最好的那种工作。马克长大后成了作家,成了那种笔耕不辍,同时让写作来支撑自己的作家。

TRIGGER WARNING

而雷·布拉德伯里是肯花上半天时间,与一个梦想将来成为作家的男孩交谈的那一类人。

我还是个男孩时就读了雷·布拉德伯里的小说。最早读的是《回归》(*Homecoming*),讲述了一个人类的孩子生活在一个亚当斯一族(Addams Family)①式的怪物世界里,那孩子想要融入其中。这还是第一次,有人写了一篇小说专对我一人倾诉。后来有本《银色蝗虫》(*The Silver Locusts*)(在英国,这本书名叫《火星编年史》[*Martian Chronicles*])敲开了我家的门。我读了它,爱上了它,从设立在我学校中的流动书店里买了能找到的布拉德伯里的所有书。我是从布拉德伯里那儿知道爱伦·坡的。那些短篇小说集里还有些诗,我漏掉了它们,但这没什么关系,我已经从他的小说里得到得够多了。

有些我孩提时读过并且喜欢过的作者,在我成年后变得不免叫人失望,但布拉德伯里从来没有。他的恐怖小说始终让我战栗,他的那些黑暗奇幻之作依然如此黑暗而梦幻,他的科幻小说(他从不在意科学背景,而将注意力放在人的身上,这才是这些故事如此美妙的原因)始终像我儿时所读到过的那样让我眼前一亮。

他是个优秀的作者,在许多不同的领域中都有优秀的创作。

---

①《亚当斯一族》是一部1991年的喜剧电影,亚当斯家全是一群哥特式的怪人。

高 能 预 警

他是第一个跳脱了通俗杂志的范畴,在"光面杂志"①上发表作品的科幻作者。他给好莱坞的电影写过脚本,有不少优秀电影都是由他的小说改编而成。在我成为作家之前,布拉德伯里早已是一名其他作者渴望效仿的作家了。

一部雷·布拉德伯里式的小说意味着某样独立的事物——它不会告诉你故事接下来会发生什么,而是给你描述环境,描述语言,描述某种正在遁入世界的魔法。他的侦探小说《死亡是件孤单的事》(Death Is A Lonely Business),与《暗夜嘉年华》(Something Wicked This Way Comes)、《华氏451》(Fahrenheit 451),以及在他的短篇小说集里的其他任何一篇恐怖、科幻、魔幻现实主义或现实主义作品一样,都带着深深的雷·布拉德伯里烙印。他的风格自成一派,他的人生也十分特别:一名来自伊利诺伊州沃伊根的年轻人,前往洛杉矶,在图书馆中自学成才,持续写作直到获得成功,然后他超越类别,令自己的作品自成其类,时常被人模仿,却绝没有人能与之比肩。

我第一次见到他时,还是名年轻的作者,他那时在英国,参加国家历史博物馆为他七十岁生日举办的纪念活动。我们以一种怪异而错乱的方式成了朋友——在各种活动上给人签售时挨着坐。这些年来,如果雷发表公开演讲,我都会参加。有时候我会向观众介绍他。美国科幻奇幻作家协会授予他终身大师奖

---

① 用质量更高一些的光滑纸张印的杂志,读者群相对更高端一点。

时,我是颁奖仪式的主持人,他在获奖发言中说,自己曾经见过一名儿童想走进一家玩具店,却被朋友们嘲笑,因为他们说这对他来说太孩子气了,雷说他是多么想鼓励这孩子无视他的朋友们,去玩那些玩具。

他谈到作家的人生需要实践("你必须写作!"他这样告诉别人,"你必须每天都写!到现在我还每天都动笔写作。"),谈到在内心保持一份童真(他说他的记忆力之强如同照片,可以一直回溯到婴儿时期,这或许是真的),谈到欢乐,谈到了爱。

他很平易近人,十分温和,那是种中西部人士特有的和善品质,这是他阳光积极的一面,而不算是缺乏个性。他也有狂热的另一面,而且这种狂热似乎会让他永远不断前进。他真诚地喜欢人类。他离世时,世界曾因他变得更加美好,他还在世界上留下了一系列更为美好之处:满布红沙与运河的火星、中西部的万圣节和小镇,还有那些暗夜嘉年华。而且他一直不断写作。

"回顾人生,你会发现爱才是一切的答案。"有一次,雷在一个访谈中说道。

他给了人们那么多理由去爱他,我们也确实这么做了。并且至今为止,我们尚未遗忘。

高 能 预 警

《耶路撒冷》

这篇小说受 BBC 委托,为它的威廉·布莱克[①](William Blake)纪念周而写。他们问我是否能写一篇由布莱克的诗歌激发出创作灵感的小说,让他们拿去四频道朗诵。

我那时刚去过耶路撒冷,我当时想,要是把耶路撒冷建在英格兰绿色的怡人土地上会怎么样,又是什么样的人会想要这么做。

我编造过很多东西,但耶路撒冷综合征是真实存在的。

《咔哒咔哒敛骨袋》

我在我的朋友彼得·尼克斯和克拉拉·科尼位于澳大利亚墨尔本萨里山的家中写了这篇小说。那时是圣诞节。非常怪异的是,除了天气闷热异常之外,那确确实实是个白色圣诞节——在我们享用圣诞晚餐时,天上下起了厚厚的大理石状的冰雹,落满了尼克斯和科尼家的草坪。凯西·兰斯代尔(Kasey Lansdale)那时在编辑一本关于新怪兽的书,这个故事是写给他

---

① 威廉·布莱克(1757—1827),英国浪漫主义诗人,版画家,虔诚的基督教徒。其作品风格独特,被 20 世纪的学者们誉为英国文学史上最重要的伟大诗人之一。——编注

的,但它最初以有声书的形式,由亚马逊的听书应用(Audible)在英国和美国发售。他们在万圣节提供免费下载,并将此后读者下载所付的钱都捐助慈善事业。于是所有人都很开心,只除了那些下载后当晚就听起来的人——他们不得不站起身来把所有灯都打开。

故事里那栋大屋的原型是我朋友托里的房子,他住在爱尔兰的金赛尔,他家显然没有闹鬼。另外,如果你一个人在家,人在楼下却听到楼上有走动的声音,那多半是旧房子干的——它们觉得自己不够受重视。

《好奇屏蔽符》

儿童会因为被冤枉而受到驱策,不管我们年龄如何增长,如何想要把这件事埋葬在过去,它始终会紧紧缠绕着我们。有件事至今依然令我感到痛苦,那是将近四十年前,我那时十五岁,写了一则短篇小说来嘲讽英语考试,当时我的分数从 A 降到了 C,而老师的评语是,它"写得太成熟,显然是从什么地方抄来的"。很多年后,我从那个故事里取得了我最喜欢的点子,放入了这个故事。我很确信我的点子完全是原创的,但能将它放入一篇背景设置在"濒死的地球"(The Dying Earth)体系下、向杰克·万斯(Jack Vance)致敬的小说中,对我来说也是乐事一件。

作者们所居住的屋子,全都由他人所建。

那些创造了我们所住之处的男人和女人们,他们都是巨人。

从不毛之地上创建起推想小说的屋子,却留待竣工,这样一来,在他们离开后,后来之人便能给这屋子添一片砖瓦,或加一则小说。克拉克·埃什顿·史密斯(Clark Ashton Smith)为"濒死的地球"系列故事打下地基,杰克·万斯出现后,便将它们高高造起,令它绚烂辉煌。他创造出一个世界,在那里面,一切科学如今都成了魔法,而世界即将毁灭,太阳昏暗,行将消亡。

十三岁时,我在一本叫做《闪电般的剑》(*Flashing Swords*)的合集里发现了"濒死的地球"系列。那篇小说叫做《莫里恩》(*Morreion*),它令我开始做梦。我找到了一本英国发行的平装版《濒死的地球》,里面充斥着各种奇怪的印刷错误,但故事还在其中,而且它们与《莫里恩》一样神奇。在一家常有人身着长风衣来买二手成人小说的阴暗的二手书店里,我找到了一本《灵界之眼》(*The Eyes Of The Overworld*),还有几本满是灰尘的短篇小说集。无论是当时还是现在,我都觉得《月之蛾》(*The Moon Moth*)是迄今为止最完美的科幻短篇小说。就在那会儿,杰克·万斯的书开始在英国大事出版,突然之间,如果我想读他写的故事,上街一买就有了。我也确实这么做了,我买了《恶魔王子》(*The Demon Princes*),买了《复仇精灵》(*Alastor*)三部曲,还有其他作品。我喜欢他将话题岔开的方式,喜欢他展开想象的方式,最重要的是,我喜欢他将所有这一切都写下来的方式——温和却略带挖苦,带着一丝被逗乐的兴味,就好像一名神祇被人逗乐的感觉,但却不会令他所写的一切有一丝减色。他有些像詹姆斯·布兰奇·卡贝尔(James Branch Cabell),但他的作品更用脑也更用心。

甚至现在,每当我发现自己又制造了一行万斯式的句子时,都会感到十分高兴,但他绝不是一名我敢于模仿的作者。我想,他是无法被模仿的。在我十三岁时所喜欢过的作者中,实在很少人还能让我读起来感觉又回到了二十岁,而杰克·万斯我永远可以一读再读。

《好奇屏蔽符》获得了轨迹奖的最佳短篇小说奖,这让我很高兴,尽管我觉得这个奖其实是同时颁发给杰克·万斯与我这篇故事的。此外,它也是我内心那讽刺英语考试的青春期的证明。

《"然后哭泣,就像亚历山大大帝"》

有个问题一直让我觉得十分疑惑:在我还是孩子时,曾经有过无数据说将来会出现、能令我们的生活变得更有趣的发明,但事实上,它们一样也没有成真。我们有了计算机,有了能代替计算机一切功能的手机,但没有空中飞车,没有壮丽的宇宙飞船,也不能(如泰德·穆尼[Ted Mooney]的小说[1]里说的那样)轻而易举地到其他星球旅行。

这篇小说为阿瑟·C.克拉克(Athur C. Clarke)奖筹款出版

---

[1] 泰德·穆尼的代表作是《去往其他星球的惬意旅行》。

的小说集而写。那本书名叫《喷泉寓言集》(*Fables From The Fountain*),编辑是伊安·霍特思(Ian Whates),主题建立在阿瑟·C.克拉克的《白鹿故事集》(*Tales From The White Hart*)一书上。克拉克这本书本身模仿的是二十世纪初的俱乐部小说(邓塞尼爵士[Lord Dunsany]的"约瑟·约克森先生"[Joseph Jorkens]系列是我最喜欢的俱乐部小说)。我从阿瑟·C.克拉克的小说里借用了俄巴底亚·波尔金霍恩这个名字,作为一种对克拉克的致敬(早在1985年,我曾经见过他,还采访了他,我记得自己因为他那浓重的英国西部鼻音而诧异过)。

这个故事挺傻的,所以我给它起了一个有点浮夸的标题。

《虚无时刻》

自我还是个在朴茨茅斯的佩珀夫人学校里上学的十三岁小男孩起,我便全身心且毫无愧色地热爱着《神秘博士》系列电视剧。当时的博士是威廉·哈特内尔(William Hartnell)。在将近五十年后,给这个系列写剧本,是我做过的最有趣的事情之一(其中有一部甚至得了雨果奖)。在这段时间,出任第十一任博士的人是马特·史密斯(Matt Smith)。海雀出版社的人来问我,是否能给他们的书《神秘博士:11位博士,11个故事》(*Doctor Who:11 Doctors,11 Stories*)写一则小说,于是我就选择了马特出演的第一季作为故事的背景时间。

你可能会觉得,既然《神秘博士》是个已有五十年历史的电视剧,你得对它了解甚深才能尽情享受,但其实你并不需要知道太多。博士是个外星人,一位时间领主,是他种族中的最后一人,他乘坐一个蓝色的警亭穿越时间与空间旅行,而那个警亭内部比外部看起来的更大。有时候,警亭会停在他希望去的地方,但如果发生了什么问题,他也能完美地将其解决。他是很聪明的。

在英格兰有个游戏,或者该说,在我孩提时曾经有过一个游戏,叫做"现在是什么时间,狼先生?"它非常有趣。有时候狼先生会告诉你时间。有时候他却会对你说些更叫人不安的话。

《童话故事:钻石与珍珠》

我第一次与那位后来成为我妻子的女性见面,是因为她想制作一部以她的死亡为内容的摄影集,并以此来搭配她的专辑《是谁杀了阿曼达·帕梅尔?》(*Who Killed Amanda Palmer?*)。她自十八岁起就开始拍摄自己死亡的照片。她给我写了信,表示说没人会买一本明明没死却装成死了的女人的写真集,但如果我给它们起上一些标题,或许可能卖得出去。

摄影师凯利·卡西代(Kyle Cassidy)、阿曼达和我聚在波士顿,用了几天来创作。凯利挑选的照片看起来都像是从散佚的电影中采集来的静态画面,而我则给它们配上了故事。不幸的是,其中大部分故事如果和照片分开就很难看懂(我最喜欢的是一则神秘谋杀案,里面写到一名女性被一台打字机所杀)。

高 能 预 警

我喜欢这个童话故事,你不需要图像(画面上是年轻的阿曼达张着嘴巴,地上满是珠宝首饰)就能读懂它。

《瘦白公爵的归来》

这个标题引用自大卫·鲍伊(David Bowie)的一首歌。故事发生在几年前,有一本时尚杂志邀请非凡的日本艺术家天野喜孝给鲍伊和他夫人艾曼(Iman)画一些时装画,天野先生问我是否能给它们配上一个故事。我写了这个故事的前半部分,本来计划是要在杂志的下一期中将后半部分连载完毕的,但前半部分还未刊出,杂志就失去了兴趣,这个故事也随之被遗忘了。整理这本小说集时,我想这是一个机会——能让我写完这个故事,寻出接下来会发生的事,以及故事最后未知的导向。就像我过去曾经感觉到的那样(我定然曾经有过那样的感觉),我依旧发现自己在阅读这篇小说时极为陌生,我孤身走入那片迷雾中,来寻得接下来所发生的一切。

《阴性词尾》

生活类似艺术,但它很扭曲,而且会在它认为不被看见时悄然移动。

将某些故事付诸纸端,甚至会令你感到邪恶,因为你会担心故事里允许存在的内容可能会影响到真实的世界。

TRIGGER WARNING

一本以情书为主题的书邀请我写一封情书。于是我回忆起自己在克拉科夫的广场上见过的行为艺术人体雕像,据说那个城市底下蹲伏着一头烟雾形成的龙。

在我与后来成为我妻子的女性相遇时,我们相互交换了生活中的故事。有一次她告诉我,她曾经干过人体雕像的活儿,于是我把这个故事给她看,她却没有被它吓跑。

在我们遇见后没多久,正好碰上我生日,她在公园里扮成人体雕像,让我大吃一惊。她身着一件以 20 美元买来的婚纱,站在一只盒子上。人们称她为八英尺高的新娘。在我们结婚当天,她身上穿的正是那件扮作人体雕像时所穿的婚纱,但在此之后,没有任何人见过它。

《礼仪观察家》

我个人并不害怕坏人、恶人,也不害怕怪物和夜晚的生物。

令我真正感到害怕的,是认定自己绝对正确的人。他们始终知道该如何行事,知道自己的邻居需要怎么做,才能处于善的一方。

我们都是自己故事里的英雄。

要是这么说的话,《睡美人》这个故事,从另一个角度来看,主题同样也可以是……

高能预警

《睡美人与纺锤》

这个故事给梅丽莎·马尔(Melissa Marr)和蒂姆·普拉特(Tim Pratt)的小说集《碎布与骸骨》(*Rags And Bones*)所写,该书副标题是"永恒故事的反转篇"。他们邀请一些作家在曾经影响过我们的小说基础上进行再创作,于是我选择了两则童话。

我热爱童话。我记得自己读到的第一个童话故事是《白雪公主与七个小矮人》,那个故事写在一个美丽的绘本中,我两岁时,母亲会念给我听。我热爱关于这个故事的一切,包括那些插图。一开始由她给我念,但要不了多久,我就能自己读了。不用等到长得再大些,我便开始细细思索这故事中的怪异部分,而后写下了《雪,镜子,苹果》(Snow, Glass, Apples)(收录于《烟与镜》)。

我也热爱睡美人的所有化身。我在还是一名年轻的记者时,读过一打厚厚的畅销小说,意识到自己可以将睡美人改写成一本充满成人趣味与商业价值的畅销佳作,故事里要带上一个邪恶的跨国大公司,一名忠诚的年轻科学家以及一位陷入神秘昏迷中的年轻姑娘。但我最终还是决定不写,因为它感觉像是经过了重重计算,而且事实上会将我推离自己所期望的职业写作道路。

梅丽莎和蒂姆来找我写一个故事的时候,我开始考虑,如果这两个故事同时发生,又会发生什么样的事。然后假如故事主题中的女性能再多做点什么,更积极一点,不要那么消极的话……

我可能,有点过于喜爱这个故事了。(在英国,它现已作为一本独立的插图故事书上市,插画师是可敬的克里斯·瑞德[Chris Riddell],美国版上市则要到2015年底。)

《女巫的活计》

孩提时阅读诗集,令我产生强烈兴趣的其实是那个写下诗篇的人。我现在依旧如此,甚至在面对我自己的诗时也仍然如故。在这首诗里,有一名女巫,还有一名观察者。它同时也是一份献给乔纳森·斯特拉恩的道歉礼物,因为我意识到《车道尽头的海洋》被自己写成了一部长篇小说。

《奥兰圣迹》

这是一个真实的故事。好吧,至少它像其他任何一则公元六世纪爱尔兰圣徒的故事一样真实。爱奥纳岛上确实存在着那座教堂墓园,你甚至可以亲自去造访它。

我本来没打算将它以诗歌的形式写下来的,但那韵律出现在了我脑海里,如此一来,我对这事儿就没什么决定权了。

过去人们会将人类活生生地埋入墙里或地基里,以此来保证建筑坚固不倒。即使是圣徒也无法免俗。

高能预警

《黑狗》

我们与博德·影子·月亮初遇在《美国众神》,在那个故事中,他被卷入了一场美国的众神之战里。在《易碎品》这本短篇集所收录的《山谷君王》(*The Monarch Of The Glen*)中,影子发现自己成了苏格兰北部一场舞会上的保镖。

他正在返回美国的路上,但在这个故事里,他所能走到的地方无非也只有德比郡的峰区(这一篇是这整本短篇集里最后写完的小说,同时正如出版社在书的腰封上所写,首次收录于本选集中)。

我想感谢我的朋友科林·格林兰和苏珊·克拉克,感谢他们带我去沃德劳市(Wardlow)的三鹿头酒吧(Three Stags Heads),在那儿出现的猫、勒车犬和其他一切,给了这篇小说开头的灵感。此外也要感谢科林在我问起黑狗时,告诉我行走在乔特路上的黑萧克这件事。

这是影子去伦敦前的最后一个故事。如果他能幸存,接下来就该送他回美国了。毕竟,他离开后,一切都变了。

6
最后警告

在这些书页中存在着野兽,但是,正如奥格登·纳什(Ogden

TRIGGER WARNING

Nash)在我第一本短篇小说集《烟与镜》中所指出的,有野兽的地方,同样存在着魔法。

这本书里的小说有长有短。有几首诗,或许它们还需要一个单独的警告,提醒对诗歌感到害怕、困扰或极端困扰的读者注意(在我的第二本短篇小说集《易碎品》中,我试着解释其中的诗歌是免费附送的。对那种不需要担心短篇小说集里鬼鬼祟祟地潜伏着诗歌的读者来说,它们算是一种额外馈赠)。

好了。考虑一下,我已经警告过你了。这本书里有那么多小小的敏感带,甚至就在我写这段引言时,它们也蹲伏在黑暗中。这本书已被贴上了正确的标签。现在我们所要操心的则是其他所有书,当然还有生活,它更巨大,更复杂,而且在伤害你之前,绝不会提前警告。

感谢你读到这里。好好享受过去从未发生过的事。在开始阅读以下故事之前,请再次确认你自己的面具,但请别忘了帮助其他人。

尼尔·盖曼
于黑森林的小屋中,2014年

TRIGGER WARNING

造把椅子

今日,我打算写作。
无数故事等待着,如同远方的雷鸣
在灰色地平线上,闪烁不定,喃喃不平
还有无数电子邮件和介绍
以及一本书,他妈的一整本书
关于一个国家,一段旅行和一个信念
我这就开始动手写。

我造了一把椅子。
我用刀片划开瓦楞纸箱
(得先安装刀片)
将椅子的部件,取出,扛起,小心翼翼地,搬上楼梯。

"给今日的工作,准备安坐之处"
我把五个脚轮按入底部,
砰的一声,舒舒服服地,按进去。

高能预警

将螺丝钉装上扶手,
却搞不清哪个是左边的,哪个又得在右边,
而那螺丝,完全不是
说明书里描写的样子。在椅下的底座,
本该使用六个 40 毫米螺丝(我手中却只有六个 45 毫米的)。

接着是椅背的靠枕,
椅背,一切问题的根源
而两侧的螺丝,却拒绝
被嵌入,旋紧。

一切需要时间。我组装椅子,耳边的老收音机里,
奥森·威尔斯扮演着哈利·利姆[①]。
奥森遇见一位夫人
然后是一名驼背算命人,还有一个胖子,
一位流放中的纽约黑帮老大。

[①] 奥森·威尔斯(Orson Welles,1915—1985),美国演员、作家、导演,创作范围包括电影、戏剧和电台节目。哈利·利姆是 1949 年由卡罗尔·李德(Carol Reed)执导的悬疑电影《第三人》(The Third Man)中奥森·威尔斯所扮演的角色,1951—1952 年间,该电影被改编为电台节目《哈利·利姆的冒险》(The Adventure of Harry Lime),仍由奥森·威尔斯出演。

TRIGGER WARNING

他与夫人上床,解开悬疑,
念出台词,
收钱落袋。
故事结束,我却还未装好椅子。

创造一本书,多少就像造把椅子。
或许它该伴随警告,
好比椅子总有说明书。
每一份说明书,都是一张叠好的纸,
警告我们:
"一次仅供一人使用。"
"不可用作搁脚凳或四脚梯。"
"不遵循本警告可能导致伤残。"

有朝一日,我会另写一本书,待我完成
我要爬上椅子,
将它用作搁脚凳或四脚梯,
或是一把架在李子树边的老旧高木梯,
然后,
在秋天,我会因此死去。
但现在,我得遵循这些警告,
造完我的椅子。

月下迷宫

这是一个夏天的夜晚,我们攀爬着一座平缓的山坡。此刻已过晚间八点三十分,但感觉似乎依然还是下午。天空是蓝色的。太阳在地平线彼端低垂,将云朵染成金色、橙色和紫灰色。

"那么它是怎么终结的?"我问向导。

"它从未终结。"他说。

"但你说它已经没了,"我说,"那座迷宫。"

我是在网上看到有人提起这座月下迷宫的,它来自于某网站的一条小小脚注,那网站列举了世界各地有趣而值得注意的地点,都是些不同寻常的地方景点,越是破败且人工造成的越好。我不知道自己为什么会被这样的地景吸引:用黄色校车搭成的巨"石"阵,用大块奶酪造的聚苯乙烯模特,用粉煤灰混凝土塑成的假恐龙,还有其他诸如此类的东西。

我需要它们,无论我在哪儿,我需要它们给我一个停车的理由,让我好好跟人聊聊天。我曾经受到邀请,进入别人家中,成为他们生活中的一员,就因为我全心全意地称赞别人用引擎部件造的动物园,以铁皮罐和石块搭建并覆以铝箔的房屋,还有拿脸上油漆都已脱落的橱窗模特扮演的历史舞台剧。而这些人，这些令路边风景充满吸引力的人，他们会因为我是这样的人而接受我。

"我们将它烧毁了。"向导说道。他的年纪有点大，拄着一根拐杖。我遇到他时，他正坐在镇里五金店门前的长凳上。他答应带我去看月下迷宫的遗址。我们穿过草地，行进的速度并不太快。"终结这个月下迷宫，非常容易。迷迭香组成的篱笆着了火，劈啪作响，火焰升腾，浓烟滚滚，一直飘到山下，让我们都联想到了烤羔羊肉。"

"为什么叫它月下迷宫？"我问，"只是为了念起来好听吗？"

他思索了一会儿。"我现在不太确定，"他说，"我们将它称之为迷宫，但我想它只是个迷境……"

"只是很令人惊奇。"我重复道①。

"这里有传统，"他说，"我们会在满月后的第二天起，进入迷宫。从入口开始。找路进入中心，转身循旧路返回。正如我所说，我们只在月亏开始那天之后才去。天上的月亮依然明亮，足够让我们看见面前的道路。只要月光亮到足以让我们看得见，我们就会去。从这儿出发。步行。通常都是一对对的。直到月黑之时。"

---

① "只是个迷境"（just a maze）与"只是很令人惊奇"（just amazed）谐音。

高能预警

"没有月亮的时候,就不会有人去?"

"哦,有些人还是会去的。但他们和我们不一样。他们都是些孩子,月黑之时就带上手电筒。他们在迷宫里穿行,那些坏孩子们,那些坏种们,他们只想相互吓唬对方。对那些孩子们来说,这就像是一个月一次的万圣节。他们挺喜欢被吓着的。有些孩子曾经说过他们见着了一个施虐狂。"

"什么样的施虐狂?"这个词让我有些惊讶。在和别人聊天的时候,这可不是个经常能听见的词。

"我猜只是个折磨其他人的家伙。我从来没见过。"

一阵清风从山顶吹拂而下。我用力嗅了嗅,却没有闻到花草烧焦的气味,没有烟尘,也没有任何不该存在于普通夏夜里的气息。附近有栀子花开放。

"月黑时,迷宫中只有孩子们。待到新月出现,年纪更小的孩子们会在父母的陪同下,来到迷宫中。父母和孩子们。他们一同走到迷宫的中心,成人们会用手指着新月,它看起来多像是天空中的微笑啊,一个巨大的、金黄的微笑,而小小的罗穆卢斯和瑞摩斯[①],或者叫其他什么名字的小孩,他们会微笑或大笑起来,挥动手臂,就好像打算将月亮从天空中拉下来,挂在自己的小脸蛋上似的。

"接着,等月亮慢慢变圆,情侣也渐渐出现。年轻一点儿的

[①] 双生子罗穆卢斯和瑞摩斯(Romulus and Remus)出自希腊神话,传说二人是战神之子,被牧羊人养大,是罗马城的缔造者。

TRIGGER WARNING

情侣们会数着数字来到这里,更年老些的则会成群结队地一起前来,他们早已忘记了当年数着数字的岁月。"他将身体重重地压在拐杖上。"其实没有忘记,"他说,"你绝不会忘记。它一定潜伏在你身体中的某个地方。甚至即使你的大脑忘记了,牙齿或许也会记得。要不就是手指。"

"他们会带手电筒吗?"

"有些晚上会,有些则不用。最受欢迎的夜晚,没有云层遮蔽月亮,你可以直接走到迷宫中。再过不了几天,人人都能这样做了。月光日复一日——我该说夜复一夜——地增强,月下的世界是如此美丽。

"他们会将车子停在山下,就在你停车的地方,在这块土地的周边,接着步行上山。大家总是步行,除了有些坐轮椅的人,或是那些得由父母抱着上山的。接着,到山顶上,他们会停下来搂在一起,一同漫步迷宫。迷宫中有些长椅,你可以在其上停留休息。他们会停下来,再次搂紧对方。你可能会觉得,只有年轻人才会搂搂抱抱的,但上了年纪的人也会这么做。肌肤与肌肤相贴。有时候你可以听到他们的声音,在篱笆的另一边,发出一些好像动物一般的声音,这是个信号,提示你放慢脚步,或是去查探一会儿其他的小径通道。别经过他们身边太多次。虽然当时没那么想,但现在回忆起来,我还是很赞赏这事儿的。在月光下,双唇触碰肌肤。"

"在被焚毁之前,这个月下迷宫存在了多少年?是房屋建起来之后才造的吗?"

高能预警

我的向导鄙夷地哼了一声。"之前,之后……这种事得回溯到最初。人们常常提到米诺斯的迷宫,但它跟这个根本无法相提并论。那个迷宫不过是些通道,里面有个长角的家伙被吓坏了,饥饿地独自游荡。他其实不是真的牛头怪物,你知道吗?"

"你怎么知道?"

"牙齿。牛和羊是反刍动物,不吃肉。但米诺陶洛斯会吃。"

"我没想到这一点。"

"大家都没有。"山坡开始陡峭起来。

我想,这世上没有米诺陶洛斯,再也不会有了。我也不是什么施虐狂。但我只是说:"组成迷宫的灌木有多高?它们是真的篱笆吗?"

"是真的。需要多高,就有多高。"

"我不知道迷迭香在这个地区能长到多高。"我确实不知道,这儿离我的故乡很远。

"我们的冬天不太冷,迷迭香在这儿长得很茂盛。"

"那人们为什么要把它彻底焚毁?"

他停了下来。"等我们爬到山顶,你就能有个更明确的概念,知道一切都是什么样的了。"

"什么样的?"

"到山顶你就知道了。"

山路越来越陡峭。去年冬天,我的左膝摔在冰上,受了伤,导致我再也不能快跑。这些天来,爬山和上台阶都让我觉得费力,每走一步,膝盖就阵阵作痛,它以此来愤怒地提醒我它的存在。

有不少人,一旦知道想看的名胜奇景已在数年前被焚毁,就会直接回到车里,开往自己的最终目的地。我可不是这么轻易就能阻拦的。我所见过的最好的地方都是些死寂之地:一家已经关闭的游乐场,我以一杯酒的价格贿赂守夜人才得以进入;还有一个废弃的谷仓,农夫告诉我,在过去的夏天里,有六个大脚怪曾经居住其中,他说它们会在夜晚嗥叫,身上带着恶臭,但它们已在一年前离开了。那地方缭绕着某种动物的气味,可能是土狼。

"当月亮渐缺,他们会怀着爱走入迷宫,"我的向导说道,"而月亮渐满时,他们的心中便不再有爱,只有欲望。需要我给你解释个中区别吗?绵羊和山羊之间?"

"我想不用。"

"有时候会有病人来这儿。有伤残的人也会来,他们中的某些人得推着轮椅,或是被人扛着才能进去。但即使是这些人,也得自己选择迷宫中的路径,不能求助于推着他们或扛着他们的人。我还是个小男孩时,人们叫这种人'残废',我很高兴现在已经没人这么叫了。失恋的人也会来。独自一人。有时候人们会带疯子到这儿来。他们因月得名[1],只有在童话里,月亮才有

---

[1] 疯子在英文中是 Lunatic,词根来源于月亮的 Luna。欧洲传说里,月光会令人发疯。

高 能 预 警

机会修补事物。"

我们即将到达山顶。此时已是薄暮,天空呈现出葡萄酒的色彩,西边的云层被西沉的太阳染上红光。然而从我们所在的地方看去,太阳已沉入地平线之下。

"等我们到了,你会看见的。山顶上,那儿非常平坦。"

我想提供点故事,于是说道:"在我的故乡,五百年前,一位本地领主去拜访国王。国王炫耀了他巨大的桌子,他的蜡烛,他那些带着美丽画儿的天花板。他每展示一件,领主都没有夸赞,只是淡淡地说,'我有个更漂亮的,更大的,更好的。'国王要求领主证明自己的所言非虚,于是他对领主说,下个月自己会到领主这儿来,在领主那张比这更好更大的桌子上吃饭,头顶上还得有那更大更好的天花板。"

我的向导说:"那位领主是否将一张桌布铺在平坦的山间,让二十名勇士握住蜡烛,然后和国王一同在上帝的星光下用餐?我们这儿也有类似的故事。"

"正是这个故事。"我承认道,我所提供的故事就这么轻松地被他一笔带过,不由恼羞成怒,"国王承认领主说得对。"

"国王没有囚禁他,虐待他?"向导问,"我们这附近的版本里,故事是这么发展的。他们说他甚至都没赶上厨师赶制出蓝带甜点。第二天,他们找到他时,他的双手已被砍去,舌头被割下紧塞在胸前的口袋里,脑门上还留着一个子弹孔。"

"这里? 丢在后面的屋子里?"

"老天哪,当然不是。他们将他的尸体留在他的夜总会,就

TRIGGER WARNING

在城里。"

我感到十分惊讶。暮光已彻底消失,西边依然还有一丝红色,但天空的其他部分已彻底入夜,带着一片深紫红色。

"满月前的那些天,"他说,"他们会将迷宫留给虚弱的老人和那些有需要的人。我的妹妹曾经得过一种妇科病。他们告诉她,若她不动手术把肚子里面刮干净,就一定会死,当然刮了也可能会死。她腹部肿胀,就像是怀了个孩子,而不是生了一个肿瘤,然而她那时已快有五十岁了。满月前的那天,她来到这儿,走入迷宫。在月光下,从外走到里,又从中心回到外面,一步也没有跌跤、绊倒。"

"她后来怎么样了?"

"活下来了。"他简短地说道。

我们到达山顶,但我看不清面前的一切,太黑了。

"他们从她体内把那东西取了出来。它还活了一会儿。"他停下,过了一会儿,拍拍我的手臂:"看那边。"

我转身望去,月亮的尺寸让我大吃一惊。我知道月亮在升起时看起来会大一些,这不过是个光学错觉,但此刻在地平线上升起的月亮却让我想起弗兰克·弗雷泽塔[①]画的平装书封面。

[①] 弗兰克·弗雷泽塔(Frank Frazetta,1928—2010),美国最重要的奇幻科幻插画大师,作品多以油画的形式,着重刻画人物的肌理与背景氛围。在他之前,插画家等同于画工,在他之后,插画及图书封面的重要性才逐渐被人认识。

高能预警

那些封面上时常出现举着剑的人,背景则是一轮巨大的圆月,还有一些狼在山顶嚎叫的画面,雪白的月亮勾勒出它们黑色的剪影。面前正升起的月亮,呈现出刚搅拌好的黄油似的奶黄色。

"现在是满月吗?"我问。

"是的,满月。"他的声音听起来很满足,"前面就是迷宫了。"

我们朝它走去。我本以为只会在地上看到灰烬,甚或空无一物,然而在黄油似的月光下,我看到了一座迷宫,复杂而优雅,一个巨大的正方形外墙内,填充着圆形和涡旋状的通道。在此时的光线下,无法正确判断距离,但我猜这正方形的各条边都至少得有两百英尺,甚至更长。

然而构成迷宫的植物却很低矮,高不过一英尺。我弯腰捡起一片针形的叶子,它在月光下呈黑色,我用拇指和食指捻了一下。我深吸了一口气,想起了烤羊羔,它被小心翼翼地肢解、涂上调料,然后放置在烤箱中,而那烤箱里铺着一层枝条和针叶,嗅起来的气息正如我面前这片叶子。

"我以为你们早已将这整个迷宫都焚烧殆尽了。"我说。

"是已烧尽了。它们已不再是篱笆,再也不是了。但在适宜的季节里,草木重又生长。它们并未全被杀死。迷迭香是很顽强的。"

"入口在哪里?"

"你站的地方就是。"他说。他是个走路时得挂拐杖、乐于与陌生人交谈的老头儿。平常没什么人会记挂他。

"那么满月的时候,这儿会发生什么事?"

"当地人不会在满月时走入迷宫。那是向一切付出代价的夜晚。"

我跨出一步,走入迷宫。一点儿也不难,没有一丛灌木高过我的小腿,全都和普通家庭菜园里的植物差不多高。如果我找不着方向,只要抬脚跨过树丛走回来就可以了。但眼下,我只是沿着小径走向迷宫深处。在满月的月光下,要看清前路非常容易。我可以听到向导继续说话。

"有些当地人认为,即使是这个代价也有些太高。所以我们来到这里,将月下迷宫焚毁。我们在月黑之时来到山上,手持燃烧的火炬,那画面像是一场老式黑白电影。我们都参与了,甚至连我也去了。但你不可能杀死所有的一切。事情不会像这样发展。"

"为什么迷迭香能留下?"我问。

"迷迭香用作回忆。"他告诉我。

黄油色的月亮升起的速度比我想象和预计的要快得多。现在,它已是天空中一轮苍白的幽灵般的面庞,极为平静,带着悲悯,颜色很白,白如骸骨。

老人说道:"要安全地离开迷宫是可能的,即使满月时也一样:首先你要进入迷宫的中心,那儿有一座喷泉,你一会儿就会看到了,你不会弄错地方。接着你得转身背对中心,不能被绊倒,不能走入死路,走进或走出时都不能犯错。相比灌木长得很高的时候,现在可能会更容易些。这是个机会。如果能完成,迷宫将治愈你所有的伤痛和烦恼。当然,你得跑起来。"

我回头望去,却没有看到向导。再也看不见他了。在我面前有什么东西,在那些灌木小径之外,一个黑色的阴影正静静地出现在正方形迷宫的边缘。它的体型看起来像是条大狗,然而跑动的样子却与狗截然不同。

它转头朝着月亮嗥叫,声音中带着喜悦和兴味。山顶上,巨大的平台随着欢乐的嗥叫阵阵回响,我的左膝却由于长时间爬山而隐隐作痛。我蹒跚向前。

迷宫是有路径的,我可以沿着它走出去。在我头顶上,月亮照耀如同白日。过去她总是接受我的赠礼,在这最后关头,她不会辜负我。

"跑!"一个几近咆哮的声音吼道。

在他的高声大笑中,我跑了起来,如同一头羔羊。

关于卡珊德拉

那么,现在是早上五点,阿姆斯特丹某条运河边,我和斯卡利两人正戴着《警界双雄》①的假发,连鬓角都很完美。前一晚我们总共有十个人,其中包括罗伯,他是新郎。我看到他的最后一幕,是他被铐在红灯区里的一张床上,下身涂满刮胡泡沫,而他未来的妻弟则拍打着妓女的屁股,那妓女手里还拿着一把刮胡刀。就在那时,我看向斯卡利,他也看看我,然后他说:"推卸一下责任?"我点点头,因为到时候,假若新娘就周末不带女伴的聚会提出尖锐的问题,你可能压根就不希望自己知道答案,于是我们便偷偷溜去喝酒,将八个戴着《警界双雄》假发的男人(其中有个人几乎全裸,被毛茸茸的粉红色手铐挂在床上,看来似乎已在怀疑这场冒险终究不是什么好主意),留在那间带着消毒剂和廉价熏香气息的房间里,而我们则出来坐在运河边,边喝听装丹麦啤酒,边闲聊过去的日子。

---

① 《警界双雄》(*Starsky And Hutch*),2004年上映的美国动作电影,故事背景设置在七十年代,两名主角都是厚重的卷发,鬓角很长。

高能预警

斯卡利的真名是杰里米·波特,现在大家也都叫他杰里米,不过在我们十一岁时,都叫他斯卡利,他与准新郎罗伯·坎宁安和我是老同学。毕业后我们的联系渐渐减少,但在如今这年代,我们又用最偷懒的办法——"老友重逢"网啦,"脸书"啦之类的——重新联系上了对方,而现在,斯卡利和我又在一道行动了,这可是我们十九岁后的头一遭。《警界双雄》的假发是斯卡利的主意,它们让我俩看起来就好像正在某部电视电影里扮演兄弟,斯卡利是那个矮胖的,而我则是高个子留着浓密小胡子的。考虑到我从学校毕业后靠做模特赚了不少钱,或许我该补充说,我自己是那个个子高挑、长得比较好看的,不过事实上,戴着有鬓角的《警界双雄》假发,没人能好看到哪里去。

而且,假发还让人有点发痒。

我们坐在运河边,喝光了啤酒,然后便一直聊天,望着太阳升起。

我上一次见斯卡利时,他才十九岁,满怀雄心壮志。他那时刚以学员身份加入英国皇家空军,准备去开飞机,同时用飞机来走私毒品,这样他就能在帮助自己国家的同时获得巨额财富。这个想法与他在学校时的其他疯念头一般无异。通常他的计划都会失败,有时还会把我们其他人卷入麻烦之中。

他在英国皇家空军的生涯只持续了六个月,早早地终结于某种不知名的脚踝病,而现在,十二年后,他已是一家双层玻璃厂的高级主管。他告诉我说,自从离婚后,他就只剩一栋比他觉得自己应得的更小些的房子,以及一条金毛猎犬了。

TRIGGER WARNING

他和双层玻璃厂里的某位女性有染,但并不指望对方会为了自己离开男友,他似乎觉得这样更轻松。"当然,离婚后有时我也会哭着醒来。嗯,确实会这样。"他这么说过一次。我很难想象他哭的样子,不过在说这话的时候,他也露出了一个斯卡利独有的灿烂笑容。

我告诉了他自己的事:还在做模特,帮朋友的古董店招揽生意,画更多的画。很幸运的是,我的画还能卖得出去。每年我会在切尔西的"小"画廊举办一场小型画展,最初会买画的都是些熟人,摄影师、女故交们,诸如此类,但现在我已有了固定买家。我们聊到了似乎只有斯卡利还记得的老时光,当时他、罗伯和我这三人组,神圣而牢不可破。我们谈到了青春期的伤心事,谈到了卡洛莱·明顿(她现在嫁给一名教区牧师,已经得叫卡洛莱·金了),谈到了我们第一次厚着脸皮去看成人电影的事,只是我俩谁也不记得那部电影的名字了。

这时斯卡利说道:"前几天我听到了卡珊德拉的消息。"

"卡珊德拉?"

"你以前的女朋友,卡珊德拉。还记得吗?"

"……不记得了。"

"赖盖特的那个。你从前在所有书上都写了她的名字。"我看起来肯定很蠢,要不就是醉醺醺的,或者睡眼惺忪,因为他又说:"你是假期去滑雪时遇到她的。哦,天哪,那可是你的初恋。卡珊德拉。"

"哦,"我说着,想起来了,我想起了所有事,"卡珊德拉。"

高能预警

我确实想起来了。

"没错儿,"斯卡利说道,"她在'脸书'上给我写了条留言。她正在东伦敦经营一家社区剧团,你该和她谈谈。"

"真的?"

"我想,好吧,我的意思是,看她留言里那几行字的意思,她可能还没忘了你的事。她问起了你。"

我盯着晨光中的运河,想知道他到底醉得有多厉害。我自己也又醉了几分。我说了些现在已想不起的话,接着问斯卡利是否还记得我们的旅馆在哪儿,因为我已经不记得了,他说他也不记得了,还说罗伯有旅馆地址,我们该去找到他,将他从那位有手铐和刮胡刀的漂亮妓女手里救出来。要干这活儿,我们得知道怎么才能回去他被丢下的地方,搜寻线索时,我从裤子后面的口袋里掏出一张小卡片,上面有旅馆地址,于是我们便走了回去。而我在离开运河,结束这古怪的一夜之前所做的最后一件事,是将那顶引人发痒的《警界双雄》假发扯下来,丢进运河里。

它漂浮在水上。

斯卡利说:"你要知道,租这假发是要付押金的。要是你不想戴,你该把它交给我。"接着他又说:"你该给卡珊德拉回个留言。"

我摇了摇头。我想知道在网上和他交流的人到底是谁,他又是把谁错当成了卡珊德拉,因为我知道,那人绝不可能是卡珊德拉。

关于卡珊德拉的事是这样的:她是我虚构的人物。

TRIGGER WARNING

当时我大概十五岁,快要十六岁了。我很笨拙,刚经历了青春期的疯长阶段,突然之间就比大部分朋友都要高了,这令我对自己的身高十分敏感。我的母亲开了家小小的骑马场,我在那儿帮忙打打下手,但那里那些能干又理智、像马一般的姑娘们吓到了我。我在家里会写些蹩脚的诗,画些水彩画,大部分都是田野中的小马之类的,在学校里——我们学校里只有男孩子——我的板球打得不错,偶尔参加戏剧表演,闲时和朋友一起听听唱片(当时 CD 刚出现,但 CD 唱机很少见,价格也很昂贵,所以我们用的是从父母和哥哥、姐姐那儿得来的黑胶唱机和音箱)。当我们不聊音乐和运动的时候,聊的是姑娘。

斯卡利比我年纪大一点,罗伯也是。他们愿意接纳我作为小团体的一员,但也喜欢捉弄我。他们表现得就好像我是个小娃娃,但我并不是。他们都已经跟姑娘们睡过了,事实上,这种说法不太对,他们睡的对象是同一个姑娘——卡洛莱·明顿,她赫赫有名,因为来者不拒,而且只要和她在一起的人有一辆助动车①,她就可以随时做好准备。

我没有助动车。我年纪还没到,我的母亲也买不起(我的父亲在我小时候就因为一场麻醉剂过量造成的事故去世了,当时他只是去医院做一场脚趾感染的小手术。直到今天,我都会避

---

① 此处原文为 moped,也可叫机动自行车。

开医院)。我曾经在舞会上见过卡洛莱·明顿几次,但她叫我害怕,而且就算我有一辆助动车,我也不希望自己第一次的对象是她。

斯卡利和罗伯都有了女朋友。斯卡利的女朋友当时比他更高,胸部硕大,热衷足球,这就意味着斯卡利得装出也对足球有兴趣的样子,尤其得对水晶宫队有兴趣;与此同时罗伯的女朋友认为罗伯应该和她有共同爱好,这也意味着罗伯不再听我们喜欢的八十年代中期的电子流行乐,而开始听我们还没出生那会儿就有的嬉皮士乐队,这很糟糕,不过罗伯搜刮了她爸收藏的那些美妙的老电视录像带,这就很不错。

我没有女朋友。

甚至我母亲都开始对此评头论足。

一定是从什么地方令我产生了这个念头和这个名字,不过我已经不记得了。我只记得自己在练习册上写下"卡珊德拉"。然后,我小心翼翼地,什么也不说。

"卡珊德拉是谁?"斯卡利在校车上问。

"不是谁。"我说。

"她肯定是某个人。你在数学练习册上写了她的名字。"

"只是我在假期滑雪时遇见的一个姑娘。"一个月前,我和母亲,还有我的阿姨和表兄弟们去奥地利滑雪了。

"我们能见她吗?"

"她是赖盖特人。我希望能。"

"嗯,希望如此。你喜欢她?"

我停了下来,等了一段我自认为合适的时间,接着说道:"她实在很擅长接吻。"接着斯卡利大笑起来,罗伯想知道我们是不是有过一个法式湿吻,得用上舌头的那种,我说:"你们觉得呢?"到那天结束之前,他俩都相信了有这么一个人。

我母亲很高兴我遇上了某个人。对于她的问题,比如说卡珊德拉的父母是干什么的之类,我就只是耸耸肩。

我和卡珊德拉"约会"过三次。每次约会时,我就乘火车去伦敦,然后自己一个人去电影院。这事儿以它自己的方式,令人激动。

我俩的第二次约会(实际上,我是一个人在莱斯特广场看《摩登保姆》),在我告诉母亲的版本中,基本上就是手拉着手一起看被她称作"图画"的画展,但在我不情愿地向罗伯和斯卡利(以及在整个周末中,还有其他几名学校的朋友,他们从号称说要保守秘密的罗伯和斯卡利嘴里听到传闻,想来向我证实真伪)吐露的版本里,这一天实际上是我丧失童贞的纪念日,地点是卡珊德拉的姑姑在伦敦的公寓里,她姑姑不在家,而她有把钥匙。我手里有(作为证据的)一小袋避孕套,少了一个,是被我丢掉的,还有一组四张黑白照片,那是我第一次去伦敦时找到的,它被遗弃在维多利亚车站照相亭的篮子里。照片上的姑娘和我同龄,有一头长长的直发(我不太确定它的颜色,深棕色?红色?浅棕色?),相面非常友善,有些小雀斑,不算难看。我将照片放在口袋里,带去艺术班上,给第三张照片画了一张素描像。我最喜欢这张,她半侧着脸,看起来就像在呼唤薄幕后的某个看不见的朋友。她看起来很甜美,富有魅力。假如她能是我女朋友,我会很开心的。

我将素描挂在卧室墙上,我可以从床上看到的地方。

在第三次约会(那天看的是《谁陷害了兔子罗杰》)之后,我将一个坏消息带到学校里:因为卡珊德拉父亲工作的关系,他们全家人要搬去加拿大(至少从我耳朵里听来,这地方比美国更可信一点),我大概得有很长时间见不到她了。我们不算真的分手,但我们得面对现实问题,那时候越洋电话对青春期的孩子们来说可是很昂贵的。事情结束了。

我很忧伤。每个人都注意到我有多伤心。他们说他们会很乐意与她见面,或许圣诞节她会回来?我很肯定,到了圣诞节,没人会记得她了。

确实如此。圣诞节我和尼基·布莱文斯出去约会,而卡珊德拉曾经在我生活中出现过的唯一证据,就只是她写在我两本练习册上的名字,还有我卧室墙上那张铅笔素描,底下写着"卡珊德拉,1985 年 2 月 19 日"。

我母亲将骑马场出售后,在搬家的过程中那张画不见了。当时我正在美术学院上学,自觉那张老铅笔画是自己居然曾经虚构过一个女朋友的证据,引以为耻,便没有在意。

我想我有整整二十年没有想起过卡珊德拉了。

我母亲把骑马场、马场附属的屋子和牧场都卖给了一个地产开发商,对方在我们曾经居住过的地方建起一片住宅区,作为交易的一部分,我母亲得到了一座位于瑟顿街尾的独栋小屋。我每隔两周至少去看她一次,一般周五晚上到,周日早上离开,日程稳定得就像老祖母客厅里的座钟。

母亲担心我生活得不开心。她开始提起她有不少朋友的女儿都很合适。这次我去拜访她,我们之间发生了一段特别叫人尴尬的谈话,一开始她问我,是否能将她所属教会的风琴手介绍给我,那是个和我同龄的年轻男人,人特别好。

"妈妈,我不是同性恋。"

"同性恋没什么不好的,亲爱的。林子大了什么样的鸟儿都有,有些人甚至都结婚了。好吧,也不算真的结婚,但反正是一回事。"

"就算你这么说,我仍然不是同性恋啊。"

"我只是想,你始终没结婚,还在画画、给人做模特。"

"我以前有过不少女朋友,妈妈。你都和其中好几个人见过面。"

"这不能说明什么,亲爱的。我只是想,你可能有什么想告诉我的。"

"我不是同性恋,妈妈。如果我是的话,我会告诉你的。"接着我说:"在美术学院的时候,我跟蒂姆·卡特在一个舞会上接过吻,但那时我们都喝高了,而且也没再多做什么。"

她抿起嘴巴。"这就够了,年轻人。"接着,就像是要清除嘴里什么难吃的味道似的,她突然转移了话题,说道:"你绝对猜不到我上周在乐购超市里撞见了谁。"

高 能 预 警

"嗯,我猜不到。是谁?"

"你以前的女朋友。我该说,是你第一个女朋友。"

"尼基·布莱文斯? 等等,她已经结婚了,是吧? 尼基·伍德布里奇?"

"比她更早的那个,亲爱的。是卡珊德拉。我在排队结账时跟在她后面。本来我应该是在她前面的,但我忘了该给今天吃的浆果配点奶油,所以就回去拿,等再回头排队,她就在我前面了,我认得她的脸,我很熟悉。一开始,我觉得她像琼·西蒙家的小女儿,就是那个有语言障碍的——以前我们可以直接说她口吃,但现在可不能这么说了——后来我想,我知道我是怎么认得这张脸的,它可是在你的床头挂了五年呢,当然我就说了,'该不会是卡珊德拉吧?'她说,'我是呀。'我说,'你听了可能会笑,但我是斯图尔特·英尼斯的妈妈。'她说,'斯图尔特·英尼斯?'说着,她看上去眼前一亮。嗯,我把我的杂货放进购物袋时,她就在我边上闲逛,她说她已经和你的朋友杰里米·波特在'书脸'上联系过了,他们还谈到过你——"

"你是说'脸书'? 她和斯卡利在'脸书'上聊天?"

"是的,亲爱的。"

我边喝茶边思索,我母亲究竟是和谁聊的天。我说:"你真的确定那是挂在我床头上的卡珊德拉?"

"哦,当然啦,亲爱的。她告诉我你是怎么带她去莱斯特广场的,还有他们家不得不搬去加拿大时,她心里有多难过。他们去了温哥华。我问她有没有在那儿碰到我的侄子莱斯利,他战

— 60 —

后就去了温哥华,但她说应该没有,显然那是个挺大的地方。我告诉她,你画过一张她的铅笔素描,她看起来对你现在的动向非常了解。我告诉她,这个礼拜你的画展要开幕,她还挺激动的。"

"你告诉她了?"

"是呀,亲爱的。我想她会很乐于知道的。"接着我母亲带着几近渴望的口气说道,"她真的很可爱,亲爱的。我想她是在社区剧团里干活。"接着对话转移到了邓宁医生退休的事上,他在我出生前就是我们家的家庭医生了,我母亲提到他的诊所里,他已是唯一一个非印度籍的医生,还就此发表了自己的感想。

当天晚上,我躺在母亲屋子里我那间小卧室中的床上,脑中回想了一遍我们的对话。我已经很久没上"脸书"了,我想是不是要登录一下,去看看斯卡利加过的好友,说不定里面有这个假冒卡珊德拉的人,不过他好友里实在有太多人我根本不想见到,于是便让这件事就这么过去了,我很确信它必然有个合理的解释,事情或许很简单,接着我就睡着了。

我在切尔西的"小"画廊办画展已有十多年了。过去,我的作品只能占他们四分之一的墙面,没有一张画的价格超过三百镑。而现在,每年十月我都会举办个展,时间持续一个月,老实说,我只要卖掉大概十来张画,就能获得下一年所需的经费,包括生活费和房租之类。个展卖不掉的画会一直挂在墙上直到售出,通常到了圣诞节也就卖掉了。

画廊的两位主人保罗和巴里依然像十二年前我第一次在他

高能预警

们那儿展出时那样,叫我"美少年",那时候这名字大概还挺正确的。那时候,他们身上穿戴花哨,穿开领衬衫,还戴金链子,而现在,他们已到中年,身上穿的是昂贵的套装,口中提到证券交易信息的次数之多,让人觉得无趣。但我还是喜欢有他们陪伴。我一年去见他们三次,每年九月,他们会来我的工作室,看我最近在画什么,然后为展览挑选作品;十月,我们在画廊将画陈列出来,共同参与开幕活动;到二月时,我们会碰面结账。

维持画廊运营的人是巴里。保罗是画廊的合伙人,他会来参加酒会,但他同时还在皇家歌剧院的戏装部门工作。今年的开幕酒会在周五晚上。我用了好几天的时间,紧张地准备布展,现在这部分工作已经完成,余下所能做的无非也就只有等待,希望观众能喜欢我的作品,让我不至于大出洋相。我像过去的十二年那样,按照巴里的指示完成了工作:"留意香槟。往酒杯里掺点白水。对于收藏家来说,再没有比邂逅一位醉醺醺的艺术家更糟的经历了,除非那人是以醉酒出名的,但你显然不是,亲爱的。你得和蔼可亲,但又要显得神秘莫测,如果有人问起你画作背后的故事,你要说,'我已经被封口了。'但是看在老天的分上,你得暗示他们背后有故事。他们买的正是这个故事。"

近几年来我已不太邀请别人参加预展,有些艺术家会这么做,他们认为这是一个社交场合,但我不这么想。我认真地将自己的艺术当做艺术来看待,而且以自己的作品为傲(上一次展览叫做"风景中的人们",而这个名字实际上适合我的所有作品)。我很理解酒会存在的唯一作用就是社交,它提示买家和会将画展信息告知买家的人,画展已经开始了。我这么一说,你就不会惊讶预展的邀请名单为何是由巴里和保罗制定,而不是我了。

预展总是在晚上六点半开始。整个下午我都还在布展,保证所有一切看起来都还过得去,过去那些年我也都是这么做的。这场固定活动中唯一与以往不同的是,保罗看起来特别兴奋,就好像一个小男孩,内心正天人交战,急于想让你知道他给你的生日买了什么礼物。此外还有巴里,他在我布展的时候说:"我想今晚的酒会能让你闻名于世。"

我说:"湖泊区那张画的展览说明上有个印刷错误。"那是张尺寸超大的文德米尔湖落日风景,上面还画着两个小孩正在岸边着迷地看着景色。"它的价格应该是三千英镑,但是说明上写三十万英镑。"

"是吗?"巴里温和地说道,"哎呀,哎呀。"但他没有更动说明。

这很令人费解,不过第一批访客已经到了,到得有点早,谜团也可以待会儿再解开。一名年轻人请我吃银托盘上的蘑菇泡芙。我从角落的桌子上拿起我那杯该当心点儿喝的香槟,准备往里面掺水。

所有作品的标价都很高,我很怀疑"小"画廊是否能以这么高昂的价格将这些作品全部售出。我有些担心来年的生计。

巴里和保罗总是负责将我带着在室内转悠,还要说:"这是画家本人,画了所有这些美丽作品的美斯图尔特·英尼斯。"然后我就不停握手,微笑。到晚会结束时我应该与所有人都打过

高 能 预 警

招呼,而保罗和巴里会非常善于说:"斯图尔特,你记得戴维吧,他给《电讯报》写艺评……"于是我这边则会完美地回答:"当然记得啦,你最近好吗?真高兴你今天能来。"

室内的人群拥挤到了顶点,此时一位惹人注目的红发女子出现了,她还未被介绍给我认识,就大喊道:"具象派的臭狗屎!"

当时我正与《每日电讯报》的艺评人聊天,我们转过身,他问:"你的朋友?"

我说:"我想不是。"

她还在大喊大叫,尽管整个酒会已变得鸦雀无声。她喊道:"没有人会对这种狗屁感兴趣的!没有人!"接着她将手伸进口袋里,摸索了一会儿,掏出一瓶墨水,喊道:"看你还卖不卖得出去!"接着她便将墨水扔在了《文德米尔湖落日》上。那是瓶蓝黑墨水。

当时保罗正站在她身边,他将墨水瓶从她手上抢下来,说道:"这是一张值三十万英镑的画,年轻的夫人。"巴里抓住她的手臂,说:"我想警察会和你好好聊一聊的。"说着便将她带去了办公室。她边走边向我们大喊道:"我不怕!我有我的自尊!像他这样的画家,只会掠夺容易受骗上当的艺术品买家。你们这些蠢羊!具象派的废物!"

等她退场,酒会上的人开始窃窃私语,审视泼上了墨水的画,又看看我。《电讯报》那人问我是否想对此作出评论,还问我看到一张三十万英镑的作品被毁感想如何,我含糊地表示我很自豪自己是位画家,还说了些艺术瞬息万变之类的话,接着他说,他想今晚的事件可说得上是一场艺术史上的偶发独立事件,最后我俩达成一致意见,无论这是不是一场艺术史上的偶发事件,总之这女人的脑子不太正常。

巴里又出现了,他从一群人走向另一群人,解释说保罗正负责处理这位年轻夫人,至于她最后该如何处置,决定权在我。当他将客人们送出屋外时,所有人都还在兴奋地交谈着。巴里表达了他的歉意,赞同地表示我们碰上了激动人心的时刻,还解释说他会在第二天照常开张营业。

"干得不错。"画廊中只剩我们时,他说道。

"不错?这是一场灾难。"

"唔。'斯图尔特·英尼斯,那个艺术家有一张三十万英镑的画被毁了。'我想你得原谅她,不是吗?她是个艺术家同行,虽然艺术领域不同。有时候得需要一点小把戏来把你踢上更高一个档次。"

我们走进后室。

我说:"这是谁的主意?"

"我们的。"保罗说道。他正在后室里和那名红头发的女人喝白葡萄酒。"好吧,主要是巴里的。但它需要一名演技高超的女演员来完成,于是我找了她。"她露出非常适当的笑容,看起来有些窘迫,却又有些得意。

"要是这场表演不能为你吸引到那些你应得的目光,美少年,"巴里微笑着对我说,"那就没有什么事情能做到了。现在你已经重要到会被人袭击了。"

"文德米尔湖那张画毁了。"我指出。

巴黎瞥了一眼保罗,两人咯咯笑了起来。"它已经卖出去了,包括上面那块墨水印子,卖了七万五千英镑。"巴里说道,"就像我总说的那样,人们以为自己买的是艺术,但事实上,他们买的是故事。"

保罗给我们都满上了酒。"这一切都得归功于你,"他对那女人说道,"斯图尔特,巴里,我想我们该一起干杯。敬卡珊德拉。"

"卡珊德拉。"我们重复了一遍,一饮而尽。这一次我没有留心不要饮酒过量,我现在需要酒精。

接着,就在我还没完全反应过来这个名字的时候,保罗说道:"卡珊德拉,这位魅力非凡又天赋过人的年轻人,我想你一定已经认识了,斯图尔特·英尼斯。"

"我认得,"她说,"事实上,我们是老朋友了。"

"来说说吧。"巴里说道。

"嗯,"卡珊德拉说道,"二十年前,斯图尔特把我的名字写在他的数学练习册上。"

她看起来和我那张素描画很像,确实像。或者说,像那些照片里的那个姑娘长大了的样子:脸上轮廓很深,看起来很聪明,又很自信。

我这辈子从没见过她。

"你好,卡珊德拉。"我说。我实在想不出来除此之外还有

TRIGGER WARNING

什么可说的。

我们在我公寓楼下的酒吧里。它不只是酒吧,还提供食物。

我发现自己和她聊起天来,就好像她是一个从儿时就已熟识的老朋友。我提醒自己,她并不是。我是这个晚上才见到她的。她的双手上依然还留着墨水污迹。

我们扫了一眼菜单,点了同样的食物——果蔬小点——等菜上来的时候,我俩先吃的都是菜叶包,然后再是鹰嘴豆泥。

"你是我编造出来的。"我对她说。

在说这句之前,我还说了些其他的事,首先我们谈到她的社区剧团,谈到她是怎么和保罗交上朋友的,谈到他向她提供了这份工作——今晚的表演值一千英镑——还谈到了她有多缺钱,不过她接下这个工作主要还是因为它听起来像是一场有趣的冒险。不管怎么说,她表示,在听到我的名字之后,她没法拒绝。她觉得这就是命运。

接着我便说了那句话。我担心她认为我疯了,但我还是说:"你是我编造出来的。"

"不是,"她说,"你没有。我的意思是,显然你没有。我活生生地在这里。"接着她说:"你想碰碰我吗?"

我看着她。看着她的脸,她的身姿,她的眼睛。她拥有我对女人梦想过的一切,我在其他女人身上未能寻到的一切。"是的,"我说,"非常想。"

"我们先吃完晚饭。"她说,接着又补充了一句,"你有多久

- 67 -

没有女人了?"

"我不是同性恋,"我抗议道,"我有过女朋友。"

"我知道,"她说,"上一次是什么时候?"

我努力回想。是布里吉特吗?还是广告公司派来跟我一起去冰岛的那名设计师?我不太确定。"两年,"我说,"也可能是三年。我只是没有遇到对的人。"

"你曾经遇到过。"她说。她打开手袋,那是个体积巨大、软绵绵的紫色袋子,她从中拿出一个硬纸板文件夹,打开后从里面拿出一张纸,它角上都已经泛黄了。"看到了吗?"

我记得它。我怎么可能不记得?它在我墙上挂了好几年。她看向一边,就好像在和幕帘后的什么人说话。卡珊德拉,纸上写着,1985 年 2 月 19 日。纸上还有个签名,斯图尔特·英尼斯。看到自己十五岁时的笔迹,总是让人既窘迫却又有点温馨。

"1989 年我从加拿大回来,"她说,"那时候我父母离异,妈妈想回来。我想知道你的事,你在做什么之类的,所以就去了你以前住的地方。房子已经空了。窗子全都破了。现在没有人再住那里面。他们已经拆掉了骑马场,这让我觉得挺伤心的,我从小姑娘的时候开始就很喜欢马了,但我还是进去那栋屋子走了一圈,找到了你的卧室。虽然所有家具都搬空了,但那显然是你的卧室,它闻起来就像是你的气味。还有这张画,还钉在墙上。我想没有任何人会漏掉它的。"

她微笑起来。

"你是谁?"

TRIGGER WARNING

"卡珊德拉·卡莱尔。三十四岁。曾经的女演员。失败的剧作家。现在在诺伍德经营一家社区剧团。戏剧疗法。有客厅出租。一年四部戏,外加研讨会,还有一场圣诞剧。你又是谁呢,斯图尔特?"

"你知道我是谁。"接着我又说,"你知道我以前从来没有见过你,对吧?"

她点点头,说道:"可怜的斯图尔特。你就住在这儿的楼上,对吧?"

"是的,有时候会有点吵。但这儿乘地铁很方便,而且租金不贵。"

"那让我们结账,然后上楼去。"

我伸手想去触碰她的手背。"现在还不行。"她说,在我碰到她之前,她把手抽了回来,"我们得先谈谈。"

于是我们便上楼了。

"我喜欢你的公寓,"她说,"就和我想象中你该住的地方一样。"

"或许现在我该考虑换个更大的地方了,"我对她说,"但这儿对我来说确实不错。我的工作室采光非常好,虽然现在是夜间,你看不到效果,不过这对画画来说真的非常重要。"

带某个人回家的感觉很怪。这让你得以审视自己居住的处所,就好像你以前并不住在这里似的。休息室里有两张我的油画,那来自于我替艺术家做模特的短暂生涯(我没有足够的耐心长时间地站着或摆出某个姿势,我知道这有点失败),小厨房里

高 能 预 警

有两张放大过的我的广告照片,楼梯上则摆着以我为封面的书,大部分都是些情感类小说。

我带她参观了工作室,接着去卧室。她细细看了我那把爱德华七世时代的理发店椅子,那是我从肖尔迪奇区附近一处古迹里抢救出来的。她坐在那把椅子上,脱下了鞋。

"你最早喜欢上的成年人是谁?"她问。

"这个问题有点古怪。我想大概是我母亲? 不知道,为什么这么问?"

"我大概三岁,要不就是四岁的时候,那人是个邮递员,名叫邮递员先生。他会开着他那辆小邮车,给我带来一些可爱的小东西——不是每天,就是偶尔——棕色纸包住的袋子,上面写着我的名字,里面可能是玩具或者糖果之类的东西。他的脸看起来很好玩,也很友善,鼻子圆嘟嘟的。"

"真有这么个人吗? 听起来像是小孩子常会编造的角色。"

"他在室内也会开邮车。那车并不大。"

她开始解开上衣的纽扣。上衣是奶黄色的,上面溅了几颗墨点。"你最早记得的是什么事? 不是那种别人告诉你你干过的事,要你真正记得的事情。"

"三岁的时候,和爸爸妈妈一起去海边。"

"你是记得这事吗? 还是你记得有人告诉过你这件事?"

"我不明白这其中的关键所在……"

她站起身,扭了几下,从裙子里走出来。她穿着白色的胸罩,深绿色的内裤,都有点旧,日常款,并不是你想给新恋人留下深刻印象时会穿的类型。我想知道脱去胸罩后,她的胸部看起来会是什么样子。我想抚摸它们,用我的嘴唇去触碰它们。

她从椅子走向我坐着的床边。

"现在,躺下来。躺到床里面。我会躺到你身边。别碰我。"

我躺下来,双手放在身体两侧。她俯视着我。她说:"你看起来这么美。老实说,我不确定你是不是我喜欢的类型。不过,我十五岁时喜欢你这样的,看起来又温和又甜美,没有威胁性。艺术。小马。骑马场。而且我敢打赌,在一个姑娘准备好之前,你绝不会动一下,对吧?"

"对,"我说,"我想不会。"

她躺在我身边。

"你现在可以碰我了。"卡珊德拉说道。

去年年底,我又开始想起斯图尔特来。是因为压力,我想。在一定程度上讲,我的工作进展不错,但我那时和帕威尔分手了,他可能算不上坏人,但他肯定染指了不少狡猾的东欧姑娘。我开始考虑网络约会。我耗了整整一个愚蠢的礼拜,注册了各种把你带给老朋友们的网站,在那些网站上,我与杰里米·波特,还有斯图尔特·英尼斯之间没有距离。

我不觉得自己可以做得更多。我没什么从一而终的心态,也不太留意细节。当你年纪渐长时,总是会失去一些东西。

邮递员先生总是会在我父母没有多余时间留给我时驾着他的小邮车出现。他会露出小矮人式的微笑,朝我眨眨一边的眼睛,然后递给我一个棕色纸包的小包裹,上面用大号印刷字体写着"卡珊德拉",里面会有一块巧克力、一个娃娃或者一本书。他最后的礼物是一个粉红色的塑料麦克风,我可以绕着屋子边走边唱,或者假装自己正上电视呢。那是我这辈子收到的最好的礼物。

我的父母从不过问礼物的事,我也并不想知道真正把它们送给我的人是谁。它们总是和邮递员先生一起来,他总是开着他的小邮车穿过大厅,开到我的卧室门口,每次敲三下门。我当时是个感情外露的小姑娘,在他给我送来粉红色麦克风之后,我再一次见到他,便向他跑过去,用双臂抱住了他的腿。

接下来发生的事很难描述。他整个人落下来,像是雪花,又像是灰烬。有一会儿我确实抱住了什么东西,接着就只剩下一些白色粉末,最后什么都没有了。

后来我也曾期望过邮递员先生能回来,但他再也没有出现。他已经结束了。有一段时间,回忆起他来都让人如此尴尬——我曾经爱上过那样的人。

这间屋子是多么古怪。

我想知道,为什么我会觉得,一个在我十五岁时能让我感到高兴的人,现在也能让我感到高兴。但斯图尔特确实完美:骑马场(有小马),画作(这向我证明了他很敏感),对姑娘很生涩(这样我就会是他的初恋),此外他该挺高,肤色黝黑又英俊。我也喜欢他的名字:带着淡淡的苏格兰味,而且(对我来说)听起来像是一本小说里的英雄。

我在自己的练习册上写下过斯图尔特的名字。

我没有把关于斯图尔特的事里最重要的一条告诉我的朋友们——他是我编造出来的。

而现在,我从床上爬起来,俯视着一个男人的轮廓——一个缎子床单上的由粉末或灰烬或尘埃构成的剪影——然后我开始穿衣服。

墙上的照片也在渐渐褪色。我没料想到会这样。我不知道几个小时后,他的世界还会留下什么,不知道我是否该适可而止,满足于一个用以自慰的幻想,某种安心而舒适的东西。他的人生不会真的接触到任何人,对某几个人来说,他或许只是一张照片、一张画或是些朦胧的记忆,他们几乎不会再想起他来。

我离开这个公寓。楼下的酒吧里依然还有人在,他们坐在角落里的桌边,之前我和斯图尔特坐的地方。蜡烛已快燃尽,但我想象那些人有可能就是我们。一个男人和一个女人交谈着,要不了多久,他们会从桌边站起,走开,蜡烛将被熄灭,灯光关闭,酒吧将为下一夜做好准备。

我叫了辆出租车,坐了进去。有一会儿——我希望这是最后一次——我发现自己想念斯图尔特·英尼斯。

接着我靠在出租车的椅背上,就这样让他去了。我希望我有足够的钱付车费,我发现自己不知道到了早上手袋里是否还能有张支票,也或许只是张空白纸片。接着,怀着一阵满足,我闭上眼睛,等待返回家中。

落入阴霾之海

泰晤士河是一头污秽的野兽,它穿行于伦敦,如同一头蛇蜥,或是一条海蛇。弗利特河、泰伯恩河、涅敬加河,它们全都带着污秽、糟粕和垃圾、死猫死狗的尸体、羊和猪的骨头,汇入泰晤士河棕黄色的河水,最后被它裹挟,一路向东进入河口,最终从那儿汇入北海,就此湮没无踪。

此刻的伦敦正在下雨。雨水将尘土刷入排水沟,它从小溪流膨胀成河流,再从河流增大,成为更具力量的东西。雨水是喧闹,它在屋顶上肆意泼溅,发出滴滴答答和哗啦啦的声响。即使它在天上时还是清洁的水流,只要一触碰到伦敦,便立刻会变成污垢,搅起灰尘,变为泥浆。

无论是雨水,还是泰晤士河的河水,都不会有人喝的。人们开玩笑说,泰晤士河的河水能让你当场死亡,这不是事实。有些拾荒人会潜入泰晤士河中捡人们掷入的硬币,接着浮起来,甩掉身上的河水,浑身颤抖,手中捏着他们的钱。当然,他们没有死,也不会因此而死去,只是所有拾荒者的年龄不会超过十五岁。

那个女人看起来似乎并不在意这场雨。

TRIGGER WARNING

她在罗瑟希德码头上行走。她已经这样走了几年,几十年,没有人知道究竟有多久,因为没有人在意。她不是在码头上走动,就是在凝望海面。有船抛锚停泊,她便去查看那些船只。她一定得干些什么,来保证自己的肉体和灵魂能依然维持联系,然而这码头上的任何人都完全不知道她能干出什么事来。

你在一名修帆工支起的油布雨篷下躲避这场洪水。一开始,你以为自己是独自一人,因为她静静地站着,望向水面,然而在这雨幕下什么也看不见。泰晤士河远处的尽头早已湮灭。

接着她看见了你。她看见你后开始说话,不是对你说的,哦,不是的,她说话的对象是从那灰色天空落入灰色河水中的灰色水流。她说:"我儿子希望能成为一名水手。"你不知道该回答什么,也不知道该怎么回答。在这雨水的咆哮中,你得拉大嗓门,才能让自己的声音被人听见,但她依然在说着,而你在听她说。你发现自己正伸长脖子,支起耳朵听她说的那些话。

"我儿子希望成为一名水手。

"我告诉他别去海上。我是你的母亲,我说。大海不会像我这样爱你,她很残酷。但他说,哦母亲,我得去瞧瞧这世界。我得去瞧瞧热带升起的太阳,看看北极天空中舞动的极光,最重要的是,我得去赚上一大笔钱,到时候,我会回到你身边,给你造座房子,你会有一群仆人,我们将一起跳舞,哦母亲,我们将如何一同起舞……

"而我在这样一座美好的屋子里又能做什么呢?我对他说,你是个花言巧语的傻瓜。我将他父亲的事告诉了他,他的父亲出海后,再也没有回来——有人说他从船上落下,已经死去,而另一些人则赌咒说,他们曾在阿姆斯特丹看到他开了一家妓院。

"哪种都一样。大海夺走了他。

"我儿子二十岁时,他离开我,来到码头上,搭乘他找到的第一艘船,去了亚速尔群岛的弗洛雷斯岛。这是他们告诉我的。

"有些船的运气很糟。那些破船。每次发生不幸后,他们便会将船重新粉刷,换个新名字,以此来愚弄不谨慎的人。

"水手们都很迷信。流言四起。根据船主的命令,这条船在船长的指挥下东奔西跑,欺骗保险公司,它被修葺如新,接着却又被海盗夺走,它装着一船毛毯,成了一条瘟疫横行的船只,船上满是死者,最后只剩三个人将它停靠在哈维奇……

"我儿子搭乘的是一艘招暴风雨的船。它已接近回航的尾声,他身上带着自己的薪水,那是要给我的,因为他还太小,没法儿像他的父亲那样将这些钱花在女人和酒上——接着,暴风雨来了。

"他是救生艇上最小的那个人。

"他们说他们公平地抽签了,但我不相信。他的年纪比他们都要小。船在海上漂泊了八天,他们是如此饥饿。即使他们真的抽过签,也一定作弊了。

"他们啃净了他的骨头,一根接一根,接着将它们抛向他的新母亲——大海。她没有流下一滴眼泪,也没有说一句话,便将它们吞没了。她是如此残酷。

"有些夜晚,我希望他没有告诉我真相。他本可以说谎的。

TRIGGER WARNING

"他们将我儿子的骨头抛进海里,那条船上的大副留下了一根骨头作为纪念。他认得我丈夫,也认得我,说真的,他与我熟悉的程度,远远超过我丈夫的料想。

"等他们回到陆地,所有人都发誓说,我的孩子死于将那条船沉没的暴风雨中;而他却在夜间前来,告诉我真相。他将那根骨头给我,因为我们曾经相爱。

"我说,你做了件坏事,杰克。你吃掉的是你自己的儿子。

"那个晚上,大海也带走了他。他往口袋里放入石块,走进海里,他一直一直走着。他从没学会游泳。

"后来在夜里,当风激起浪花,将它们撞向沙滩;当风在房屋之间狂啸,如同婴儿哭泣时,我将那根白骨系在一根项链上,以此纪念他们两人。"

雨渐渐减弱,你以为她说完了,但现在,她第一次看向你,仿佛还想再说些什么。她拿起脖颈上的什么东西,这时,她伸出手来将它递给你。

"给你。"她说。她的双眼与你的交汇,你看到她的眼睛呈现棕色,如同泰晤士河之水。"你想碰碰它吗?"

你想将它从她的脖颈上扯下来,扔进河里,不管拾荒人是否会捞到它。但你没有那么做。你只是跌跌撞撞地走出帆布雨篷。雨水自你脸上淌下,仿佛谁的泪水。

"真相是黑色群山中的洞穴……"

你问我是否能原谅自己？我可以原谅自己做的很多事，例如把某人留在那儿，例如我所干的某件事，但我绝不会原谅自己在那年痛恨过自己的女儿。我那时以为她离家出走，以为她可能跑去了城市里。那一年，我禁止别人提到她的名字，就算她的名字出现在我的祈祷词中，那也是我在祈求让她有朝一日明白自己所做的一切代表的意义，让她了解她给我们家所带来的耻辱，让她知道她母亲她母亲红肿的双眼。

对此我痛恨自己，没有什么可以消减这种恨意，甚至在最后那个晚上，在山的那一边所发生的事也不能。

我寻找了将近十年，却没有发现什么踪迹。我得说自己能找到他纯属偶然，但我不相信偶然。要是你走在小径上，不管怎样最终还是会抵达洞穴的。

但那都是后来的事了。从一开始说起吧，在大陆上有一片山谷，和缓的草坡上溪水飞溅，草坡上有一栋刷成白色的屋子，它在这片绿草中就像是一小块白色天空，这个时节，石楠刚转为紫色。

屋外有个男孩,他在荆棘丛中捡拾羊毛。他没有看到我靠近,也没有抬头,直到我说:"我也干过这事儿。从荆棘丛和小纸条上收集羊毛。我母亲会把它们洗干净,然后给我做点小东西,做个球,或者娃娃什么的。"

他转过身,脸上的表情有些惊讶,就好像我是突然冒出来的。其实不是。我走了好多里路,接下来还有好多里路要走。我说:"我走路速度比较快。这是卡卢姆·麦卡因斯家吗?"

男孩点点头,努力挺直腰板,这令他比我高出大概两根手指,接着他说:"我就是卡卢姆·麦卡因斯。"

"还有叫这个名字的其他人吗?我要找的卡卢姆·麦卡因斯是个成年人。"

男孩一言不发,只是从荆棘丛上解下一大团羊毛。我说:"或者,是不是你父亲?他是不是也叫卡卢姆·麦卡因斯?"

男孩盯着我。"你是谁?"他问。

"我是个个子很小的人。"我告诉他说,"但不管怎么说,我是个男人,而且我来这儿就是为了见卡卢姆·麦卡因斯。"

"为什么?"男孩有些犹豫,他接着又问,"为什么你的个子这么小?"

我说:"因为我有些事要问你父亲。男人间的事。"我看到他的嘴角露出一抹微笑。"个子小不是件坏事,小卡卢姆。曾经有个晚上,一伙坎贝尔人来敲我家的门,他们有整整一队,十二个拿着小刀和手杖的人,他们逼问我的妻子莫拉格,让她把我交出来,他们是来杀我的,为了某些他们猜测的小事。她说,'小约翰尼,去草地那边找你父亲,让他回屋子里来,就说我找他。'于是这些坎贝尔人眼睁睁地看着小男孩跑出屋子。他们知道我是个很危险的人,但没有人告诉过他们我的个子很小,也可能有人曾经说过,但他们不相信。"

"那个男孩来找你了吗?"小男孩问道。

"没有什么小男孩,"我对他说,"那就是我,他们本来已经找到了我,但我还是从门口出去,从他们指缝里溜走了。"

男孩大笑起来。接着他问:"为什么坎贝尔人要找你?"

"我们在牲畜所有权上产生了纠纷。他们觉得牛群是他们的。但我认为,牛群和我一起翻过山的那个晚上,它们就不再属于坎贝尔人了。"

"在这儿等着。"小卡卢姆·麦卡因斯说道。

我坐在小溪边,抬头看这屋子。它的规模挺大,我会以为这是医生或者律师的屋子,而不是一名边境掠夺者的家。地上有不少岩块,我把它们堆在一起,接着一个接一个地丢进小溪里。我的视力很好,把岩块丢过草地扔进水里还让人觉得挺开心的。大概扔了一百来块石头后,男孩回来了,身边陪着一名迈着大步的高个子男人。他头发斑白,脸很长,看起来有些贪婪,就像狼一样。这里的山上没有狼,早已没有了,熊也是一样。

"你好。"我说。

他没有回我什么客套话,只是盯着我。我已经习惯被人这样盯着看了。我说:"我正在寻找卡卢姆·麦卡因斯。如果你是,请告诉我,我会向你致意。如果你不是,现在就告诉我,我会离开。"

"你和卡卢姆·麦卡因斯之间有什么事要谈?"

"我想雇用他,做向导。"

"你想去哪儿?"

我凝望着他。"很难说,"我对他说道,"有人说那地方并不存在。是迷雾之岛上的某个洞穴。"

他没有说话。过了一会儿才说:"卡卢姆,回去屋子里。"

"但是,爸——"

"跟你母亲说,我说的,让她给你点糖。你喜欢的。去吧。"

男孩的脸上交织着各种表情,疑惑、渴望与欢乐并存,接着他转过身,跑回白色屋子里。

我用手指着小溪,它位于我们与下山的道路之间。"这是什么?"我问道。

"水。"他回答。

"据说有个国王横跨过它。"我对他说。

那时候我一点也不了解他,而且我始终也没有怎么非常了解他,但他的双眼变得警觉起来,脑袋偏向一侧。"我要怎么知道你是你说的那个人?"

"我没有自称是任何人,"我回答,"只是有人听说在迷雾之岛有个洞穴,而你可能知道过去的路。"

他说:"我不会告诉你洞穴在哪里。"

"我在这儿问的不是方向。我需要的是向导。而且两个人一同旅行总比一个人走更安全些。"

高 能 预 警

他上上下下地打量我,我等着他拿我的身高开玩笑,但他没有,对此我十分感激。他只是说:"到了那里,我不会进去。你得自己把金子搬出来。"

我说:"这对我来说只是小事一桩。"

他说:"你只能带上自己能搬得动的金子。我不会碰它们,不过,我会给你做向导。"

我说:"给你造成的麻烦,我会付个好价钱的。"我将手伸进短上衣,将藏在里面的钱袋递给他。"这一袋是带我去那儿的报酬。等我们回来,我会再加倍给你。"

他将袋子里的硬币倒进巨大的手掌中,点点头。"银币,"他说,"很好。"接着他又说:"我得去和我的妻儿打个招呼。"

"你没有什么要带上的东西吗?"

他说:"年轻时我曾经做过掠夺者,而掠夺者们总是轻装上阵。我会带上绳索好爬山。"他拍了拍腰间挂着的短剑,走回刷成白色的屋子里。我没有见到他的妻子,当时没有,后来也没有。我不知道她的头发是什么颜色的。

等待时,我又往小溪里扔进了五十块石头,直到他回来,肩上扛着一卷绳索。接着我们便一同离开这栋对于任何一位掠夺者来说都显得过于豪华的屋子,向西走去。

在海岸与其余世界之间的山丘十分和缓,远远望去是一团朦朦胧胧的紫色物体,仿佛一团云。它们看起来就像在发出邀请。它们是那种非常平缓的山,是那种你可以轻松爬上去的山,

TRIGGER WARNING

就和爬个小土坡一样那么简单,但类似这样的小土坡要花你一天,甚至更多时间才能翻越。我们爬上了山,到第一天晚上,我们觉得有些冷。

现在是盛夏时节,我却看到上方的山顶上盖着雪。

第一天,我们没有交谈。没什么可说的。我们知道要去哪里。

我们用干羊粪和枯树枝生起火堆,煮了开水,做了点粥,我俩都往我携带的小锅里撒了一把燕麦和一小撮盐。他的一把很大,我的一把则很小,就像我的双掌一样,这令他露出笑容,说道:"我希望你别一口气吃掉半锅粥。"

我说我不会的,而且事实上也确实不会,因为我的胃口比一个身材正常的成年人要小。但我相信这是件好事,因为我可以在野外靠坚果和浆果为食,若是换成个子大点儿的人可能就会饿死。

一条小径经过这些高山,我们沿着它向前走,几乎没有遇见任何人,只有一位修锅匠和他的驴,驮了一大堆旧罐子。驴子由一位姑娘领着向前走,她见到我,一开始当我是个孩子,露出了笑容,但后来看清了我的真面目,脸上便有些怒气冲冲,要不是修锅匠用赶驴的鞭子拍了一下她的手,她甚至可能会捡起一块石头来砸我。后来,我们又超过一位老妇,她带着一个据她说是她孙子的男人,他俩正从山上下来。我们和她一起吃了一顿饭,她告诉我们,她刚看到自己的第一个曾孙出世,生得很不错。她还说,如果我们把硬币放进她的手掌,她就可以通过我们的掌纹述说出我们的未来。我给了这老太太一小块低地银币,她看起我的右手。

她说:"我可以看到你过去的死亡与未来的死亡。"

"死亡等在我们所有人的未来。"我说。

她顿了一下。此刻我们正在高地的最高处,这儿的夏风吹拂得如同冬季,它们怒号着,将空气抽打得如同刀子一般。她说:"曾经有个女人在树上。将来有个男人在树上。"

我说:"这对我来说有什么意义?"

"终有一天,或许。"她说,"要当心金子,银子才是你的朋友。"她已经把我这部分的未来说完了。

至于卡卢姆·麦卡因斯,她说:"你的手掌已经被烧掉了。"他说是的。她说:"把你的另外一只手给我,左手。"他照做了。她专心地审视,接着说道:"你回到了开始之初。你会比大部分人都更高。你所去之处没有坟墓等着你。"

他问:"你的意思是说我不会死?"

"这是左手的命运。我只能告诉你我知道的事,就这些了。"

她其实知道更多。我从她脸上的表情看出了这一点。

这是第二天我们所遇到的唯一一件可能有些重要的事。

当晚,我们睡在户外。夜晚清冷,天空挂着的星星如此明亮,如此贴近,我甚至觉得自己可以伸出手臂将它们采集,就像采集浆果一样。

我们在星光下并肩躺着,卡卢姆·麦卡因斯说道:"她说,死亡正等着你,但死亡并没有等着我。我想我的未来更好些。"

"或许如此。"

"啊,"他说,"都是些胡说八道。老太婆的闲唠。不是真的。"

我在晨雾中醒来时,发现一只雄鹿,它正好奇地看着我们。

第三天我们翻过了山,开始走下坡路。

我的同伴说道:"我还是个小孩时,父亲的短剑掉进了做饭用的炉火里。我把它从火里抓出来,可它的金属柄烫得就和火一样。这是我没料想到的事,但我不能让短剑就这么烧着。我把它从火里取出来,丢进水里。它冒起蒸汽。我记得这件事。我的手掌被烧掉了,我的手指拢着,就好像它要抓住一把剑,直到时间终结。"

我说:"你有你的手,而我只是个小个子。我们俩去迷雾之岛寻找财宝,可算得上是一对不错的英雄了。"

他爆发出一阵大笑,那是种毫无幽默感的短促笑声。"不错的英雄。"他只说了这么一句。

此时开始下雨,下个不停。当晚,我们在一个农场小屋里过夜。小屋的烟囱里冒出一道烟,但我们在门外呼唤屋主时,却没有得到回应。

我推开门,又叫了一声。这地方很暗,但我可以闻到一股兽脂的气味,就好像有蜡烛一直在燃烧,才刚被吹熄。

"没有人在家。"卡卢姆说。但我摇摇头,向前走了几步,接着弯腰看向黑乎乎的床下。

高能预警

"你愿意出来吗?"我问道,"我们只是旅行者,想找个温暖的地方借宿一晚。我们会把我们的燕麦、盐和威士忌分给你。我们不会伤害你的。"

一开始,躲在床下的女人没有回答,但过了一会儿,她说:"我的丈夫去山里了。他说如果有陌生人来,我得躲起来,他担心陌生人会对我做什么。"

我说:"我只是个小矮子,我的好夫人,还没个娃娃高,你一巴掌就能把我拍出去。我的同伴虽然有成年人的身高,但我敢保证他绝对不会失礼,希望你能行行好,让我们把自己烘干。请出来吧。"

她现身时灰头土脸,但即使脸上满是污浊,我也能看出她是如此美丽。她的头发上挂了蜘蛛网,因为尘土而变得灰扑扑的,但依然长而浓密,呈现出金红色。有一瞬间,她让我想到了女儿,但我的女儿面对男人时会直视对方的眼睛,面前这女人却只是害怕地看着地面,就像是以为自己会挨打的小家伙。

我给了她一些燕麦,卡卢姆从口袋里拿出一些干肉条,她去地里带回来几个小小的萝卜,为我们三人准备晚餐。

我吃饱了。她看来没有胃口。我相信卡卢姆吃完后还依然饿着。他给我们三个人都倒了威士忌,她接受了,却只喝了一点点,还是掺过水的。大雨落在房顶上,沿墙角滴下,虽然不太受欢迎,但我依然为自己能在屋内而感到高兴。

就在此时,一名男子从门口进来。他一言不发地盯着我们,满脸怒容,带着敌意。他扯下羊皮披肩和帽子,扔在泥地上。它们渗出水来,形成了一个小水注。沉默令人难以忍受。

卡卢姆·麦卡因斯说道:"我们找到你的妻子,她款待了我们。要找到她可真不容易。"

"我们只是请她收容我们,"我说,"现在我们也恳求你。"

男人没有说话,只是咕哝了几声。

在高地,人们惜字如金。但这儿有个很强大的传统习俗:乞求款待的陌生人会被收容,即使你和这些陌生人、他们的宗族或亲戚有血海深仇也是如此。

那女人几乎还只是个小女孩,而她的丈夫胡子都已灰白,所以有一会儿我怀疑她是他的女儿,但事实是否定的,这屋子里只有一张床,而且小得几乎睡不下两个人。女人走到屋外,去了屋边的羊圈里,回来的时候带着燕麦饼和一块干火腿,那一定是她藏在羊圈里的。她将火腿切成薄片,放在一只木盘上,摆在男人面前。

卡卢姆给男人倒上威士忌,说道:"我们在寻找迷雾之岛。你知道它还在不在吗?"

男人看着我俩。高地上风吹得极为猛烈,它们会抽打一个人的嘴巴,直到他说出话来。他擦了擦嘴,说道:"啊。今天早上我从山峰上看到它了。在那儿。很难说明天还在不在。"

我们睡在小屋里的硬泥地上。火已熄灭,灶台不再产生任何热量。那个男人和女人睡在帘子后面,他们的床上。他俩有他们自己的一套相处之道,在床上盖着的羊皮下,在他做那档事儿之前,他先为她给我们食物、让我们进屋揍了她。我听到了,

高 能 预 警

而且我没法让自己听不见,这个晚上要顺利睡着实在有些困难。

我曾经在穷人家里睡过觉,曾经在宫殿里睡过觉,曾经在星空下睡过觉,在那一夜之前,我本可以告诉你,所有地方对我来说都是一样的。但那天我在第一道晨光升起之前就醒了,我觉察到我们该离开这地方,但我不知道为什么会有这想法,于是我将一根手指放在卡卢姆的嘴唇上,让他醒来,然后便静悄悄地离开这座山间小屋,甚至都没有与主人告别。再没有比离开什么地方能令我感到更高兴的了。

等走出一里之外,我说:"那座岛。你问他,它是否还在。但实际上,一座岛要么在那儿,要么就不在。"

卡卢姆有些犹豫,似乎正在衡量自己要说出口的话,然后他说:"迷雾之岛与其他地方不一样。围绕着这座岛的雾也和其他雾不一样。"

我们走下一道被成百年经过的羊群、鹿与人踩出来的小径。

他说:"人们也将它称之为翼岛。有些人说这是因为如果从高处看这座岛,会发现它像是蝴蝶的翅膀。我不知道真相是否如此。"接着他说:"然而到底什么才是真相?善于戏谑的彼拉多曾经这样说[①]。"

下山的路比上山更难走。

我思索了一会儿。"有时候我觉得真相就是一个地方。在

---

① 引自《约翰福音》。

我看来,它像个城市,事实上,有一百条大道、一千条小径可以指引你,通向这同一个地方。无论你来自何方,全都无关紧要。要是你向真相走去,无论走的是哪条小径,你总会到达的。"

卡卢姆·麦卡因斯低头看着我,没有回答。接着他说:"你错了。真相是黑色群山中的洞穴。有一条路通往那里,也只有这一条道路,而这条路上充满艰难险阻,要是你选错了小径,就会在山间死去。"

我们爬上山脊,望着脚下的海岸。我可以看到下方的村庄,就在水畔。我可以看到面前高高的黑色群山,在海的那一边,在浓雾中现出身形。

卡卢姆说道:"那里有你的洞穴。在那些山里。"

大地之骨,看着它们我这样想道。想到骨头,让我觉得有些不适,于是为了转移自己的注意力,我说:"你去过那儿多少次了?"

"只有一次。"他犹豫道,"我在十六岁时用了一整年来找到它,当时我听过了传说,我相信只要去找,就一定能找到。到达洞穴时,我已经十七岁了,我带回了我能背的所有金币。"

"你不怕诅咒吗?"

"当我年轻时,什么都不怕。"

"你用金子做了什么?"

"我把其中一部分埋起来,只有我知道埋在哪里,其余的作为聘礼与我爱的女人结婚,还造了一座不错的屋子。"

他停了下来,就好像他已经说得太多。

高能预警

　　码头上没有摆渡人。海岸上只有一艘小船,几乎没法装下三个身高正常的男人。它被拴在一棵枝干扭曲、几近枯死的树上,船边放着一个铃铛。

　　我敲响铃铛,没过多久,一个胖子走下海岸。

　　他对卡卢姆说道:"把你摆渡过去要一个先令,至于你,孩子,三便士。"

　　我挺直腰板。我的个子虽然及不上其他男人,但自尊心却分毫不差。"我也是一个男人,"我说,"我会付你一先令的。"

　　摆渡人上上下下地打量了我一番,接着他挠了挠胡子。"我很抱歉。我的视力大不如从前了。我该把你们带去岛上。"

　　我递给他一先令,他在手中掂了掂分量。"这是个九便士硬币,你没有欺骗我。在现在这种坏时节,九便士硬币可是很值钱的。"尽管天空湛蓝,我们身下的水却是蓝灰色的,白色的水花在水面上一个接一个地彼此追逐。他解开小船,将它咔哒咔哒地拖过鹅卵石地,拖进水里。我们在冰冷的水道中跋涉,爬入船中。

　　船桨敲击在海面上,小船轻快前行。我坐在摆渡人身边,问道:"九便士,这价格挺高。但我曾经听说迷雾之岛的群山中有个洞穴,里面都是金币,据说是古代的财宝。"

　　他不屑一顾地摇了摇头。

　　卡卢姆盯着我,双唇紧紧地抿在一起,嘴唇都发白了。我无视了他,又继续问摆渡人:"一个满是金币的洞穴,古代挪威人,或者南方人,要不就是那些据说比我们这儿所有人年代都更久

- 90 -

远的人留下的礼物,人们来到这里的时候,先民们就往西边去了。"

"我听说过,"摆渡人说道,"同时还听说过它的诅咒。我猜诅咒能照料好这些财宝。"他将桨击入水中,接着道:"你是个正直的人,矮子。我可以从你的脸上看得出来。不要去找那个洞穴。没有什么好东西能从里面出来。"

"我想你说得对。"我对他说,我的话里没有欺骗他的意思。

"我很确定这一点。"他说,"我不是每天都有机会带一个掠夺者和一个小矮子去迷雾之岛的。"他又说:"在世界的这个地方,大家认为谈起那些去了西边的人不会带来好运。"

接下来的船上旅程我们保持沉默,尽管海浪汹涌更甚。波涛拍打着,甚至溅入船里,我得双手攥紧了,以免自己被甩出去。

在经过仿佛半辈子那么久的时间后,小船终于停靠在一个黑色石块垒成的码头上。我们走出码头,海浪在身边拍打着,盐水沫亲吻我们的面颊。码头上有个驼背的男人正在售卖燕麦饼和硬得像石头的李子干。我给他一个便士,填满了我那件短上衣的口袋。

我们走入迷雾之岛。

现在,我已经老了,或者至少可以说,我已不再年轻,我所见的一切都能让我联想到过去曾经见过的东西,因此对我来说,没有什么可称得上初见。一位头发火红的漂亮姑娘,能让我想到的只有一百个差不多长相的女孩和她们的母亲们,我还能想起她们衰老后的样子,她们死时的样子。这就是岁月的诅咒,它令

高 能 预 警

一切都成为其他事物的反射。

话是这么说,但在这同时又被智者称为翼岛的迷雾之岛上,我所能想到的却只有它自身而已。

自码头离开后,要走一整天才能抵达黑色群山。

卡卢姆·麦卡因斯看着只身高有他的一半甚至都还不到的我,迈开大步,就像在向我发出挑战,看我是否能跟上他。他的双腿轻松迈过潮湿的土地,那地上长满蕨类和石楠。

在我们头顶上,灰、白与黑的云层低垂着,风起云涌,相互遮蔽、现形,然后再次遮蔽。

我让他走在我前面,让他走在雨下,直到他被潮湿的灰色雾霾吞没。接着,也只有在这时候,我跑了起来。

这是我的秘密之一,我从未在任何人面前透露过,只有我的妻子莫拉格,我的儿子约翰尼和詹姆斯,还有我的女儿弗洛拉(愿影子令她的灵魂安息)知道——我能跑,而且能跑得非常快。在我需要的时候,能跑得比任何一个身材正常的男人更快、更久,也更自信。此时我就这样跑着,穿过迷雾与雨水,在高地与黑色石头构成的山脊之间,在天际之下,奔跑起来。

他走在我前面,但我很快就跟上了他,我往前跑,超过他,一直跑到他前方的高地上。在我俩之间是一道斜坡,在我们下方有一道溪流。我可以跑上几天几夜不停歇。这是我最重要的秘密,但还有一个秘密,我从未向任何人透露。

我们早就讨论过,我们在迷雾之岛的第一个夜晚该在哪儿露营,卡卢姆告诉我,我们会在一块名叫"男人与狗"的石头下度过那个夜晚,据说它看起来就像一名老者身边站着他的狗。下午晚些时候,我就抵达了石头所在之处,在它下面有一块可供藏身的空间,里面是干燥的,在此之前曾经待过的人留下了一些柴火,棍子和小枝、树杈之类。我将火生起,在火边烤干身子,驱除骨头里的寒意。木柴燃烧的烟自石楠丛上飘散开去。

等卡卢姆大步跨入这片藏身处时,天色已暗。他看到我,露出全然没想到半夜里会在这儿看见我的表情。我说:"是什么耽搁了你,卡卢姆·麦卡因斯?"

他没有回答,只是盯着我。我说:"我用山里的水煮了一条鳟鱼,你可以用这儿的火烘烘骨头。"

他点点头。我们吃掉了那条鳟鱼,又喝了点威士忌来暖身子。在这藏身处的里面,有一堆干枯棕黄的石楠和蕨类植物,我们用潮湿的斗篷裹紧身子,睡在上面。

半夜里,我醒过来,喉咙上抵着冰凉的铁器——是刀背,不是刀刃。我说:"你为什么要在今晚杀我,卡卢姆·麦卡因斯?我们的路还很长,旅行尚未结束。"

他说:"我不相信你,矮子。"

"你该相信的不是我,"我对他说,"而是我所侍奉的人。要是你和我一起离开,返回时却只有你一个人,他们会知道卡卢姆·麦卡因斯这个名字,因为它会在阴影中传播开去。"

冰冷的刀子依旧架在我的脖子上。他说:"你是怎么到我前面去的?"

"这就是我,而且我以怨报德,给了你食物和火堆。我不太容易迷路,卡卢姆·麦卡因斯,作为向导,你今天干得太差了。现在,把你的短剑从我喉咙上挪开,让我睡觉。"

他没有回答,但过了一会儿,他移开了刀子。我强迫自己不要叹息也不要大声呼气,希望他没有听到我的心脏在胸腔中怦怦乱跳的声音。那个晚上,我再也没睡着。

早饭我做了燕麦粥,往里面丢了些李子干,让它们变软。

白色的天空下,群山呈现出黑与灰色。我们看到了老鹰,非常巨大,翅膀宽广,在我们头顶盘旋。卡卢姆放慢步伐,我走在他身边,他迈一步,我走两步。

"还有多少路?"我问他。

"一天,也可能两天,取决于天气。要是云层下降,那就是两到三天……"

中午时分,云层下降了,整个世界被一团雾气笼罩,暗了下来。这比下雨更糟,空气中悬浮着小水滴,浸透了你的衣服和皮肤;我们前行的道路变得险峻,卡卢姆和我在上坡时放慢了速度,每一步都很小心。我们沿着羊肠小道走上山,而不是爬上去。黑色的石头非常湿滑,我们走着,攀爬着,紧贴岩石,我们滑倒,落下,脚步蹒跚又踉跄,但即使是在雾中,卡卢姆也知道他要往哪儿走,而我跟着他。

在我们行走的小径前出现了一道瀑布,水流最密的地方有橡树干那么粗。他停下来,从肩上解下绳索,套在一块岩石上。

"这里以前没有瀑布,"他对我说,"我先走。"他将绳索的另一端系在手腕上,沿着小径走出去,进入瀑布中,将身体抵着湿漉漉的岩石,小心翼翼地慢慢穿过水幕。

我替他害怕,也替我俩害怕。我屏息看他穿过去,等到达瀑布那一边,这才呼出一口气来。他试了试绳子,用力拉了一下,向我做手势让我跟上他,就在此时,他脚下的一块石头塌了下去,他在湿漉漉的石头上滑了一跤,掉入深渊。

绳索拖住了他,我身后的石头也吃住了他的重量。卡卢姆·麦卡因斯挂在绳索的另一头。他抬头看我,我叹了口气,在一块岩石边固定住身形,用力拉扯,将他拖回小径。他全身湿淋淋的,不停咒骂。

他说:"你比你看起来的更强壮。"我暗骂自己是个傻瓜。他一定从我脸上的表情看出了这一点,他甩了甩身子(就像一条将水滴甩飞出去的狗),然后说:"我的儿子卡卢姆把你讲的故事告诉了我,说有一伙坎贝尔人来找你,你被你妻子派到地里去了,他们以为她是你妈,而你只是个小男孩。"

"这只是个故事,"我说,"打发时间而已。"

"是吗?"他说,"但我听说曾经有一伙坎贝尔人在几年前被派去报复带走他们牲畜的人。他们去了,再也没有回来。要是一个像你这样的小家伙能够杀死十个坎贝尔人……嗯,那一定很强壮,而且速度很快。"

我悲伤地想,自己一定是个蠢货,才会把这故事告诉那孩子。

他们一个接一个地从屋子里出来小便,或者看看朋友们是怎么回事,我将他们一个个撂倒,就像杀兔子一样。在我妻子杀

高 能 预 警

死第一个之前,我已经杀了七个人。我们将他们埋在峡谷里,在地面上堆了些石头,以此来压住他们,让他们的灵魂无法动弹。我们感到有些悲伤,这些坎贝尔人从那么远的地方过来杀我,我们则不得不先下手为强。

我不会拿杀戮开玩笑,没有男人该这么做,女人也不行。有时候死亡是必须的,但它始终是件邪恶的事。即使发生了那一系列事件,此刻我依然对此确信无疑。

我从卡卢姆·麦卡因斯手里接过绳索,向上爬啊爬,爬过岩石,一直爬到瀑布出现的山间,那儿很狭窄,足以令我通过。上面也很湿滑,但我安全过去了,将绳子绑在上面,把它的一端丢向我的同伴,让他得以通过。

不管是我救下他,还是我让我俩得以通过瀑布,他都没有为此感谢我,我也没有期待任何感谢。但我也没有料想到他会问出这样的问题:"你不是一个完整的人,长得也丑。你的妻子,她同样也又小又丑,就像你这样吗?"

我决定不要为此而生气,不管是真的生气还是装出生气的样子。我只是说:"她不是。她是个高个子女人,几乎就像你这么高,在她年轻的时候——在我俩都更年轻的时候——某些人认为她是低地最美的女人。吟游诗人们曾经写下诗句来赞美她那双绿色的眼睛和长长的金红色头发。"

我想我看见了他听到这句话后表现出的惊惧样子,但这也很可能是我的想象,或者更有可能,是我希望自己能看到他这样的表情。

"那么你是怎么赢得她的?"

我说了实话:"我想要她,然后就得到了我想要的。我没有放弃。她说我很聪明,又友善,而且能一直养活她。我确实做到了。"

云层再一次降低,世界的边界变得模糊而柔和。

"她说我会是一个好父亲。我尽全力来抚养自己的子女。要是你想知道,我可以告诉你,他们的身材都是正常的。"

"我一直教训小卡卢姆,"老卡卢姆说道,"他不是个坏孩子。"

"只有在他们还待在你身边的时候,你才能这么做。"我说。接着我不再说话,回忆起那漫长的一年,回忆起弗洛拉孩提的样子,她坐在地上,脸上糊着果酱,抬头看着我,就好像我是全世界最聪明的男人。

"离开家,呃?我还是个小孩的时候就已经离家了。那时候我十二岁。我一直跑到海那边国王的宫廷里,他是现在这个国王的父亲。"

"这不是你可以大声说出来的事。"

"我不怕,"他说,"在这儿不怕。谁能听见我们谈话,老鹰?我看到过他。他很胖,一口流利的外语,说起母语来却有些吃力。然而他依然是我们的国王。"他顿了一下。"要是他想再来统治我们,那他将需要黄金来购买船舰和武器,喂饱他养的军队。"

我说:"我想也是这样,这就是为什么我们要去找那个洞穴。"

他说:"那是受诅咒的金子,它不会让你免费取走。你要付出代价。"

"任何事都要付出代价。"

我正在记忆所有路标:要先爬上羊的头盖骨,穿过前三条小溪,沿着第四条小溪向前走,直到堆满了石头的第五条,找到海鸥形的石头所在之处,沿着两道黑色石头形成的狭窄石墙一直走上斜坡……

我可以记得住,我知道。足够让我下山时找到路线。但雾气让我有些混乱,我不是很肯定。

我们来到山上高处的一个小湖湾,喝了点新鲜的水,抓了些巨大的白色的生物,不是虾,也不是龙虾或蝲蛄,然后像吃香肠一样地将它们生吃掉了,在这么高的地方,我们找不到任何干木柴来生火。

我们睡在冰冷的湖边一块宽阔的岩石上,醒来时太阳还未升起,天上堆满了云,世界一片灰蓝色。

"你睡觉时在哭泣。"卡卢姆说。

"我做了一个梦。"我对他说。

"我从来不做噩梦。"卡卢姆说道。

"这是个美梦。"我说。我说的是实话。我梦到弗洛拉依然还活着。她抱怨村里的男孩子们,跟我讲她和牲畜在山里的日子,还说了些无关紧要的话。她边露出她那迷人的微笑,边摇动头发,她那头金红色的头发同她母亲的一样,尽管现在她母亲的头发里已掺进了白色的银丝。

"美梦不该让一个男人哭成这样。"卡卢姆说道。顿了一会儿,他又说:"我从不做梦,既没有美梦,也没有噩梦。"

"没有?"

"从我还是个年轻人时就没有了。"

我们站起身。我的脑海中突然闪过一个想法:"是自从去了那个洞穴之后,你就不再做梦的吗?"

他没有回答。我们沿着山间行走,进入雾霭之中,接着太阳升起来了。

阳光下,雾变得更浓,充满光亮,却没有消散,于是我意识到,这一定是一朵云。周围的世界色彩绚丽。接着我似乎看到了一个和我同样身高的男人,和我一样又矮又小的男人,他的脸是一片阴影。他站在我前方的空气中,就像是一个幽灵,或是一位天使,我移动时,他也跟着移动。阳光给他罩上了一圈光晕,他闪闪发光,我说不清他离我是近还是远。我曾经亲见过奇迹,也曾看到过邪恶之物,但我却从未见过这样的东西。

"这是魔法吗?"我问道,尽管我没有在空气中嗅到魔法的气息。

卡卢姆说:"什么都不是。光线的产物。一道影子,一个反射。最多就这样。我也看到自己身边有个男人。我移动时,他也跟着移动。"我回转身,却没有看到他身边站着任何人。

接着空中那个发光的小个子男人和云一起消散了。依然还是白天,路上只有我俩,没有别人。

高 能 预 警

整个早晨我们都在向上攀登。前日卡卢姆在瀑布滑倒时扭伤了脚踝,这会儿它在我面前膨胀起来,又红又肿,但他全然没有放慢脚步,就算他感觉到不适或痛楚,脸上也没有一丝一毫显露。

当天际因暮色而模糊不清时,我问:"还有多久?"

"一个小时,或许还不用。我们会抵达洞穴,然后先睡一觉过夜。明天早上你进去,可以带出你能背的黄金,然后我们就返回,离开这座岛。"

这时候,我看着他的样子:已经有些灰白的头发,灰色的眼睛,这是个多么高大又贪婪的男人啊。然后我说:"你要睡在洞穴外面?"

"对。洞穴里没有野兽,没有东西会在晚上出来袭击你,没有东西会来吃我们。但在阳光出来之前,你最好不要进去。"

这时我们绕过一块落石,小径上满是石头和灰色的阻塞物,我们已能瞧见洞口。我说:"就这样?"

"你本以为会看到大理石柱子?还是篝火边瞎传的故事里那种巨人的洞穴?"

"差不多。它看起来什么也不是,只是岩壁上的一个洞,一道影子。而且这里没有守卫?"

"没有守卫。只有这地方,就这里。"

"一个满是财宝的洞穴,而你则是唯一一个找到了它的人?"

卡卢姆大笑起来,如同狐狸吠叫。"岛上的人知道该怎么找到它,但他们都很睿智,知道不要来这里取走它的财富。他们说这个洞穴会让人变得邪恶,每来这儿一次,每进入取走黄金一次,它就吃掉一点灵魂中的善,所以他们不会进来。"

"这是真的吗?它令你变得邪恶了吗?"

"……没有。洞穴以其他东西为食,不是善与恶,事实并非如传言那般。你可以带走黄金,但带走之后,事情就——"他顿了一下,"事情就*变得平淡起来*。在彩虹中你看到的美减少了,布道变得不那么有意义,接吻也索然无味……"他看着洞口,我觉得自己在他眼中看到了恐惧。"变少了。"

我说:"有许多人认为黄金的光辉比彩虹的美丽更重要。"

"我年轻时就是其中之一。而现在你是另一个。"

"所以我们等天亮后再进去。"

"你进去。我会在外面这里等你。不用害怕,没有野兽守卫这个洞穴。就算你不会任何魔咒或韵文,也没有咒语会令黄金消失。"

于是我们便开始露营,或者不如说我们就这样坐在黑暗中,背靠着冰冷的石墙。那个晚上我们没有睡着。

我说:"你曾经从这里拿走过黄金,就像我明天会做的那样。你用这笔钱买了一栋屋子,一个新娘,还有好名声。"

他的声音从黑暗中传来:"啊。但一旦我得到了它们,它们对我而言就不再有价值,甚至比没有价值更低。就算你带出来的黄金能够让国王穿过大海回到我们这里,来统治我们,给我们带来一片欢乐、繁荣而温暖的土地,这一切对你来说依然一文不值。这就像你在传说中听到的某个男人的遭遇。"

"我这辈子为的就是带回国王。"我告诉他。

他说:"你带着黄金回去找他,你的国王会想要更多——因为国王总是想要更多。这就是他们会做的事。你每回来一次,万事的意义便会削弱一分。彩虹变得无足轻重。杀人也变得无足轻重。"

在黑暗中,又是一片沉默。我听不到鸟叫,只有风声在山峰之间呼啸,就像是母亲在寻觅她的孩子。

我说:"我俩都杀过男人。你杀过女人吗,卡卢姆·麦卡因斯?"

"我没有。我不杀女人和女孩。"

我的手在黑暗中移上短剑,摸索着木与银交织的剑柄和铁质的刀刃。它正在我的手中。我本不打算告诉他的,只要等我们离开了群山,我就动手,深深地刺出一刀,但现在,我感觉有话要从我嘴里蹦出来,假如此时不说,便再也不会说了。"据说你曾经杀过一个女孩,"我对他说,"在一片灌木丛里。"

沉默。风在呼号。"谁告诉你的?"他问,接着又说,"算了。我没有杀过女人。没有哪个有荣誉的男人会杀女人……"

我知道,要是我说一个字,他就会对这个话题保持沉默,决不再谈起它。于是我没有回答,只是等待着。

卡卢姆·麦卡因斯开始说起来,他小心翼翼地挑选用词,就像正在讲一个儿时听来、此刻已几乎忘却的故事。"有人告诉我,低地的母牛长得又壮又美,男人要是冒险向南去,带回来漂亮的红牛,就会赢得荣耀。于是我向南去了,但没有一头牛长得足够漂亮,直到我进了一片低地的山里,见到了一个人能见到的最好、最红、最肥壮的牛群。于是我便开始赶着它们往回走。

"她拿着一根棍子跟在我身后。这些牲口属于她父亲,她说。她还说我是个流氓无赖之类的粗野玩意儿。但她长得很美,甚至在生气的时候也很美,要不是我已有了一位年轻的妻子,我大概会对她更友善些的。但我拔出刀子,架在她的喉咙上,命令她闭嘴。她照做了。

"我没有杀死她——我不会杀女人,这是事实——我用她的头发将她绑在一棵荆棘树上,从她的腰带上取下匕首,试图制服她,因为她正挣扎着想要逃脱。我把匕首尖深深扎入草皮。我用她的长发将她绑在荆棘树上,赶走了她的牲口之后,就再也没有想起过她的事来。

"又过了一年,我才回到那儿。那天我不是去赶牛的,只是沿着河岸走过去——那地方很偏僻,若不是特意去找,根本看不见她。可能根本没有人找过她。"

"我听说有人在寻找她,"我对他说,"但有些人觉得她被人掳走了,其他人则觉得她可能和某个修锅匠私奔,要不就是去了城里。但他们还是去找了。"

"啊。我只能看到我看到的事——可能你得站在我的位置,才能看到我所见的东西。或许,我是干了件坏事。"

"或许?"

他说:"我曾经从迷雾中的洞穴里拿出过金子。我再也无法辨认什么是善,什么是恶。后来我找了一个旅馆里的孩子,让他带个口信,告诉他们她在哪儿,还有他们可以在什么地方找到她。"

我闭上双眼,但这世界已无法变得更黑。

"这是件恶事。"我对他说。

我在脑海中看到了那幅场景,她的骨架上已没有衣服,没有血肉,像每个人有朝一日都会遭遇的那样惨白赤裸,被挂在荆棘树上,如同一个孩童的木偶。她那头金红色的头发将她悬上了高高的树杈。

"等天亮后,"卡卢姆·麦卡因斯说道,就好像我们之前谈论的是食物或天气,"你把短剑留在这里,这是习俗,然后你进去洞里,把你能扛得上的金子带出来。你可以带着它和你一起回大陆去。在这儿,所有知道你扛的东西是什么、知道它来自何处的灵魂,都不会将它从你手中夺走。你漂洋过海,把它带给国王,他可以用它来支付给他的手下,喂饱他们,给他们购买武器。总有一日,他会回来。到那时候,再来告诉我这是恶事吧,小家伙。"

太阳升起时,我进入洞穴。里面十分潮湿。我能听到涌泉里汩汩冒出水的声音,感受到一阵风吹过面颊,这有些古怪,因为山里不该有风。

我原本以为洞穴里应该满是黄金,一块块金子该像木柴一般堆在一起,间或摆着一些装满金币的袋子。洞里该有金链子和金戒指,而金盘子该像有钱人家里的瓷盘一样高高叠起。

我想象的是一幅富庶的画面,然而洞中却丝毫没有那样的景象。只有影子。只有石块。

但那里面确实有什么东西。有什么东西正在等待。

我有不少秘密,而这一条潜伏在所有秘密之下,甚至我的孩子们都不知道,尽管我估计我妻子已经猜到了。这个秘密是:我的母亲是个普通人类,她是一位磨坊主之女,但我的父亲却是从西边来找她的,当与她有了一段露水姻缘之后,他又回到了西边。我对自己的出身没有什么感伤,我很肯定他后来就没再想起过她,我怀疑他甚至都不知道我的存在。但他给了我一具这么小,这么快,又这么强壮的身体,而且或许我在其他一些方面也与他相似——我不知道。我很丑,但我的父亲长得很美,至少我母亲这么对我说,我想她可能骗了我。

我不知道,假如我父亲是个低地的旅馆老板,我在这洞穴里又能看到什么。

你会看到金子,一个似低吟却又非低吟的声音在洞穴的深处响起。那是个孤独的声音,带着惆怅和厌烦。

"如果我会看到金子,"我大声问道,"那些金子是真的,还是幻象?"

低吟被逗乐了。**你的思维方式就像是个凡人,看事情非此即彼。他们看到并摸到的是金子。他们带回去的是金子,在路上他们能感受到它的重量,还能与其他凡人交换,获取所需。既然他们能看到它、触摸它、窃取它,并且为它而杀戮,那么它究竟**

高能预警

是不是真的,又有什么关系?他们需要金子,我给予他们。

"那么你给他们金子,又拿走了什么?"

很少,因为我需要的非常少,而且我已垂垂老矣;我太老了,没办法跟随我的姐妹们进入西方。我品尝他们的欢愉,以他们不需要也不看重的东西为食。轻尝他们的心,细咬他们的良知,耙梳下他们灵魂的一小块碎片。作为回报,我让自己的碎片随着他们离开洞穴,通过他们的双眼来眺望这个世界,见他们之所见,直到他们的生命终结,而我则取回原本就属于我的一切。

"你会在我面前展露真形吗?"

在黑暗中,我也能看得清清楚楚,远比任何人类男女结合所生之子看得更清楚。我看到有什么东西在阴影中移动,接着阴影聚拢、移动,在我知觉的边缘,近乎于想象之处,显出一个形状不固定的东西。我有些不安,于是说出了正适合于此刻的话:"请以不会伤害我也不会威胁到我的形态出现在我面前。"

这是你的愿望吗?

远处有水滴落。"是的。"我说。

它从阴影中走出,用没有双眼的眼窝紧紧盯着我,两排已被风化的牙齿朝我露出微笑。它全身上下仅剩骨头,除了那头长发,它的头发是金红色的,缠绕在一棵荆棘的树枝上。

"这景象冒犯我了。"

我从你的思想中取得了这副身体,从骨骸边传来低语,但骨骸的下巴一动不动。我选择了你所爱的东西。你的女儿弗洛拉,这是你最后一次见到她时她的样子。

我闭上双眼,但这影像还在眼前残留。

它说,那掠夺者正在山洞口等着你。他等着你出去,手无寸铁,又被黄金拖累。他要杀了你,然后从死去的你双手中夺走金子。

"但我不会带着金子出去,不是吗?"

我想到卡卢姆·麦卡因斯,他的头发是狼皮般的灰色,他那双眼睛也是灰色,我还想到了他短剑的形状。他比我更高大,但所有男人都比我高大。或许我比他更强壮,速度也更快,但他同样也很快,并且强壮。

他杀了我女儿,我想,接着我想知道这想法究竟是我自己产生的,还是那影子偷偷放进我脑海中的。我大声说道:"有其他出洞穴的路吗?"

你从哪里来,就从哪里离开,得穿过我家的门口。

我站着,一动不动,但在脑海中,我就像是一个陷阱中的动物,心中闪过一个又一个念头,发现自己没有胜机,没有慰藉,也没有解决之道。

我说:"我手上没有武器。他告诉我,我不能带着武器进入这个地方,这不符合传统。"

现在它就是传统了,不能带着武器进入我的领地。但过去不是这样的。来,跟着我。我女儿的骨架说道。

我跟着她,我能看到她,尽管这儿是如此之黑,其他什么也看不见。

在阴影中,它说,它现在在你手掌之下。

高 能 预 警

我蹲下身,摸索着它。它的握柄感觉像是骨头,也或许是鹿角。在黑暗中,我小心翼翼地抚摸它的刀刃,发现自己握住的东西与其说是把小刀,不如说更像一柄锥子。它很薄,如针尖般锐利。这总好过没有。

"我需要付出代价吗?"

任何事都要付出代价。

"那么我会支付的。此外我还想要另一件东西,你说你能通过他的双眼见到世界。"

空洞的头骨上没有眼睛,但它点了点头。

"那么,等他睡着了请告诉我。"

它没有说话,只是将身形混入黑暗之中。我感觉自己在这地方又变得孤单一人。

时间渐渐过去。我循着滴水声走去,找到一处岩潭,喝了点水,将最后一点燕麦浸泡在水中,然后将它放入口中一直咀嚼,直到它彻底溶解在嘴里。我睡着了,醒来之后,又睡着了,我梦到了我的妻子莫拉格,尽管四季变换,她依然在等待着我,就像我们等待着我们的女儿一般等待着我,直到永远。

有什么东西——我想大概是一根手指——触碰到了我的手,但它不是骨头,也不坚硬。它很柔软,和人类的一样,只是太过冰冷。

他睡着了。

在清晨之前的蓝色光芒中,我离开了洞穴。他横躺在洞口,像是一只猫,我知道这样一来,任何最轻微的触碰都会将他吵醒。我将武器紧握在身前,它的握柄是骨质的,刀刃是针尖般发黑的银。我将它探出,没有吵醒他,便拿到了我需要的东西。

接着我又靠近一步,他的手抓住了我的脚踝,他睁开眼睛。

"金子在哪里?"卡卢姆·麦卡因斯问道。

"我什么也没拿。"山间的风很冷。我向后跳了一步,躲过了他抓向我的那一击。他依然躺在地上,以一边手肘支起身体。

接着他说:"我的短剑在哪里?"

"我拿走了,"我告诉他,"你睡着的时候拿的。"

他睡眼惺忪地看着我:"你为什么要这么做?如果我打算杀你,来的路上就可以下手了。我有一打机会可以杀掉你。"

"但那时候我手里还没有金子,不是吗?"

他没有回答。

我说:"如果你以为,你是从我手中夺得洞穴里的金子,而不是亲自进去拿,就能拯救你那不幸灵魂的话,那你就是个傻瓜。"

他的脸上再没有一丝睡意:"傻瓜,我?"

他已做好了战斗的准备。激怒一个做好战斗准备的人是件好事。

我说:"不是傻瓜。不是。我曾经遇到过不少白痴和傻瓜,他们都很开心地干着各种蠢事,即使头发里夹着稻草也兴高采烈。但你太聪明了,干不了蠢事。你所寻找的只是不幸,你能带来的也只有不幸,你将不幸带给了你所触碰的一切。"

他站起身,手里拿着一块石头,就像举着一把斧头,向我走来。我的个子很小,所以他无法像攻击一个和他体型相当的男

高 能 预 警

子一样攻击我。他弯下腰来。这是个错误。

我紧紧握住骨质握柄向前扎去,用锥尖迅猛地一击,如蛇一般。我知道我瞄准的是什么地方,也知道那儿被刺中后会有什么效果。

他扔下石头,紧紧抓住自己的右肩。"我的手臂!"他说,"我的手臂失去知觉了。"

他咒骂着,让空中充满了诅咒与威胁的污言秽语。山顶的晨光令一切呈现蓝色,如此美丽。在这样的光线下,即使是已浸透他衣服的鲜血也是紫色的。他倒退一步,站在我与洞穴之间。我感觉到自己暴露在外,背后是渐渐升起的太阳。

"为什么你没有带出金子?"他问我。他的手臂虚弱无力地垂在身侧。

"洞穴里没有像我这样的人能拿的金子。"我说。

他向前一扑,接着跑向我,踢中了我。锥子从我手中脱出。我用肩膀撞向他的大腿,抱紧了他,一起摔向山侧。

他的脑袋在我上方,我看到他脸上露出了胜利的喜色,接着我看到了天空,如果山谷出现在我头顶上方,我将被高高举起摔向山谷;若它出现在我下方,我将摔向死亡。

一阵震动和一次撞击之后,我们在山的一侧翻滚,整个世界飞快旋转,岩石、疼痛、天空,我知道我死定了,但还是紧紧攀住了卡卢姆·麦卡因斯的大腿。

我看到一只金雕飞翔,但不确定是在我下方还是上方。我看到它在那儿,在晨光中的天空飞翔,我在时间与知觉的碎片中看到了它,在疼痛中看到了它。我并不害怕,没有时间也没有余裕令我恐惧,无论是我的思维还是我的心中都没有害怕的余地。我从天空中跌落,紧紧抓住一个正想要杀死我的男人的大腿。我们撞在岩石之间,刮擦着,满身挫伤,接着……

……我们停了下来。

令我们停下的力量足以让我感到自己身躯一震,我差点从卡卢姆·麦卡因斯身上摔下来,掉下去直至死亡。山的这一侧很久以前便已崩塌,断裂得只剩一片空荡荡的岩石,又平又滑,像是镜子。但它在我们身下。我们所在之处是山间一块突出的岩石,这块岩石上有一个小小的奇迹——在这远高于林线、没有任何树木能够生长之处,长着一棵扭曲的山楂树,大不过一株灌木,却已年代久远。它的根系扎在山间,正是这棵山楂树用它灰色的臂膀接住了我们。

我松开抱着的大腿,从卡卢姆·麦卡因斯的身体上爬开,爬到山侧。我站在狭窄而突出的岩石上,往下看这陡峭的山崖。从我所在之处没有地方可以下去。完全没有。

我抬头往上看。我想,慢慢往上爬,如果幸运,可能还是可以爬到山上去的。只要不下雨。只要风刮得不那么饥渴。而且我还有什么可选?另一个选项只是死亡。

一个声音说道:"那么,你要把我留在这里让我去死是吗,矮子?"

我没有回答。我没有什么可回答的。

他睁开双眼,说道:"我的右手臂被你刺中,动弹不得。我想

高 能 预 警

我在摔下来时断了一条腿。我没法儿和你一起往上爬。"

我说:"我可能成功,但也可能失败。"

"你会爬上去的。我看过你爬山的样子。你帮我穿过了那道瀑布。你爬上岩石的样子,就像松鼠爬树。"

我对自己的攀爬能力不像他那么有信心。

他说:"用你视为神圣的一切向我起誓,用你那位被我们从这片土地上赶出去后便一直在海的另一边等待的国王起誓,用你珍视的一切起誓——用影子、老鹰的羽毛和缄默起誓,发誓你会回来找我。"

"你知道我是什么吗?"我说。

"我不知道,"他说,"我只知道自己想活下去。"

我想了想。"我以这些东西起誓,"我对他说,"我以影子、老鹰羽毛与缄默起誓。我以绿色的群山和矗立的岩石起誓,我会回来。"

"我本可以杀了你,"在山楂树上的男人说道,他的话音里带着一丝调侃,就好像男人之间讲的笑话,"我本打算杀了你,然后带走金子。"

"我知道。"

他的头发在脸颊边吹拂,让他像是带上了一个灰狼轮廓状的光晕。落下时他的脸颊擦伤了,流下鲜红的血。"你可以带着绳索回来,"他说,"我的绳子还在上面,就在洞口。但你还需要其他东西。"

"是的,"我说,"我会带着绳子回来的。"我抬头看着头顶上的岩石,尽全力审视它们。若你在攀岩,有时候好视力就意味着生与死之间的差别。我看向自己往上去时该落脚的地方,可以看到洞穴外那块突出的岩石,打斗后就是从那儿落下的。我要往那里爬。是的。

我往手心里吹了口气,在开始攀爬之前,吹干手上的汗水。"我会回来找你的,"我说,"带着绳子。我发过誓了。"

"什么时候?"他闭上双眼问道。

"一年之内,"我对他说,"我会在一年之内回来找你的。"

我开始攀爬。男人的喊叫伴随着我,我一步步地爬动、挤压、拖曳自己的身体,向着山的上方爬去。在他的喊叫声中混合着猛禽的尖啸,它们一直伴随着我,随着我从迷雾之岛回到大陆,除此之外,再没有任何东西能见证我的痛苦与时间。我将一直听到他的喊叫,在我意识的边缘,在我的睡梦中,在我醒来之前,我将一直听到,直至我死亡。

没有下雨,尽管风一直吹在我身上,拉拽着我,却没有将我扯下去。我爬上去了,安全地爬上去了。

我爬到岩石上,在午时的阳光中,洞穴的入口显得更为黑暗。我转过身,背对这座山,背对那些已开始在岩缝、裂隙和我头颅深处聚集的阴影,开始离开迷雾之岛的缓慢旅行。在这世上有成百的道路和成千的小径能将我带回低地的家中,那是我的妻子正等待我之处。

我最后的那位女房东

　　我最后的那位女房东？她和你完全不像，一点儿也不。她的房间
　　潮湿阴冷。早餐难以入口：油汪汪的鸡蛋
　　坚韧如同腊肠，外加一个烤过的橘子，塞满豆泥。
　　她的面孔能让豆子凝结，毫不友善。
　　你温和待我，我希望你的世界也能同样温和。
　　我的意思是，据说我们所见的世界并非真实，
　　它取决于我们自身。圣人所见全是圣人，而杀手
　　看到的只有杀人犯和受害人。我之所见为死亡。
　　我的女房东告诉我，她不会欣然走在海滩上
　　因为那儿满布武器：手工敲打出来的巨大岩石，
　　每一块都等待着攻击。她那小小的手袋里只有一点点钱，
　　她说，但他们依然会从她指缝里，夺走那些油腻的钞票，
　　只剩卷起的手袋，藏在岩石之下。
　　而那海水，她说，那海水能将任何人
　　拖到水下，冰冷的咸涩的海水，泛着灰与棕色。它如罪孽般

TRIGGER WARNING

沉重,

  做好一切准备,将你带走:孩子们被带入海中,如此轻松
  当他们成了多余之人,或是终于惊觉
  尴尬的现实,想要跑向
  那些可能听得见他们的人。
  西码头燃烧的夜晚①,码头上全都是人,她说。

  房间的窗帘上,蕾丝落满尘埃,满是污垢的窗子紧锁不开。
  海景——那是个笑话。早晨,她见我抽动她的窗帘,
  我想看看外面是否下雨,她敲打了我的手指关节。
  "马罗尼先生,"她说,"在这屋里,
  我们绝不从窗子里看海。它会带来厄运。"
  她说:"人们来到海边,是为忘记烦恼。

  "这就是我们之所作所为。这就是英国人之所作所为。你和女朋友分手

  "因为她已怀孕,而你担忧,如果被妻子发现,
  "不知她会说些什么。或者你给睡过的银行家下毒,
  "为了骗取保险,在马盖特、在托基②,

---

① 此处指英国南部海边城市布莱顿的西码头,此城以布满卵石的海滩著称。西码头于1866年投付使用,1975年关闭,2002年,西码头的主体部分崩塌,2003年3月及5月,又连遭两场大火。
② 马盖特和托基都是英国的海边小镇。

高 能 预 警

"在一打海边小镇与一打男人结婚。
"主爱他们,可是为什么他们要如此站立,静止不动?"
我问她说的是谁,谁站立得如此静止不动,她告诉我
这和我一点儿关系也没有,还要我保证
在午时到四点之间一定得要出门,彼时女仆前来打扫,
我在屋内,只会碍手碍脚。

我在这旅店已住三周,寻觅着永居之所。
我以现金付款。其他住客,都是些度假中的无爱之人,
无论这里是霍夫①,或是地狱,他们全无所谓。我们在一起
吃那些滑溜溜的鸡蛋。我见过他们漫步在天气晴朗之日,
若是下雨,便蜷在雨棚下。我的女房东
只关心一件事——下午茶前,他们是否全已离开屋子。
一位来自巴斯顿的退休牙科医生,南下来此
度过一周海边孤独而细雨绵绵的日子,早餐时,
或我们穿过滨海区时,他会冲我点点头。浴室在客厅下。
半夜,我起身出门。我看到他身穿便袍。我看到他敲了敲
她的门。我看到门打开。他走进去。没什么可多说的。
早餐时我的女房东出现了,愉快而活泼。她说
牙医一早便已离开,因为家中有人死去。她说的是事实。

---

① 霍夫是布莱顿边上的城市,1997 年,两城合并为一个行政管理区布莱顿-霍夫。

TRIGGER WARNING

那一晚,大雨敲打窗户。时间已过去一周,
正是此刻,我告诉女房东,我已找到一个处所
我可以搬去,说完我便支付了房租。
那一晚,她给我一杯威士忌,接着又是一杯,她说
我一直是她喜欢的类型,而她正是一个有需要的女人,
一朵已成熟待采的花朵。接着她微笑起来,威士忌令我点了点头,
令我觉得她的脸和身形不再那么讨人厌。于是
那一晚,我敲了敲她的门。她打开房门:我记得
她皮肤的洁白。她晨袍的洁白。我绝不会忘记。
"马罗尼先生。"她悄声说道。我向她伸手,那便是永恒,
那一刻。海峡冰冷咸湿,她在我的口袋里放满石块
令我下沉。这样,当他们找到我,假如他们能找到我,
我就可能是任何人,被蟹食尽的血肉和被海水冲刷的骨架,
如此而已。

我想我该喜欢这全新的永居之所,我该喜欢上海岸边的此处。而你们
热情地接待我。你们全都待我如此热情。

在我们这儿有多少人? 我看得到,但我数不清。
我们聚集在沙滩上,盯着头顶房间的亮光

高 能 预 警

　　那是她的屋子。我们看到扭动的窗帘,看到一张苍白的脸庞
　　自污垢中朝下望。她似乎满心恐惧,就仿佛在某个无爱之日,我们可能
　　自岩石上冲她站起身来,责难她的怠慢,
　　为她那难吃的早餐,她那讨厌的假日,以及我们的命运,将她撕得粉碎。

　　我们站立得如此静止不动。
　　为什么我们得站立得如此静止不动?

冒险故事

在我们家,"冒险"这个词通常代表"我们平安渡过的一场小灾难"或"破坏日常惯例的事件"。而我母亲,则用这个词来表示"**她今天早上做的事**"。去超市进错了停车场,寻找车子时与某人谈了两句,对方的姐妹竟是她早在七十年代就认得的人,这对我母亲来说,就是好一场冒险了。

现在她年岁渐长,已不再像过去那样出门了。自从我父亲去世之后,就再也不出门了。

我上一次去看望她时,我们一起整理出他的一些遗物。她给了我一个黑色皮镜头盒,里面装满了旧纽扣,还请我带走任何一件我想要的父亲的旧线衫和羊毛衫,希望我能以此来纪念他。我爱我的父亲,但我没法想象自己穿着他的线衫是什么样子。他的体型比我大许多,这辈子一直都是。他的任何东西都不适合我。

于是我说:"那是什么?"

"哦,"我母亲说道,"那是你父亲服役时从德国带回来的东西。"那是一块雕刻过的斑驳的红色石头,差不多我的拇指一般大。它刻出了一个人的轮廓,一个英雄,或者也可能是某位神明,刻工粗糙的面孔上带着痛苦的表情。

"这玩意儿看起来不怎么有德国味。"我说。

"确实不是,亲爱的。我想它是来自……好吧,现在那地方叫哈萨克斯坦。我不确定当时叫啥。"

"爸服役时去哈萨克斯坦干吗?"那大概是1950年前后的事。我的父亲服兵役期间,在德国开了一家军官俱乐部,在他那些饭后的战后部队故事里,他所做的事无非也就是未经允许使用了卡车,或者运送了某些来路不明的威士忌。

"哦。"她脸上的表情就好像她说得太多了。接着她说:"没干啥,亲爱的。他不喜欢谈起那时候的经历。"

我把雕像和纽扣放在一起,还有一小卷黑白照的底片,我打算把它带回家冲洗。

我睡在客厅另一头的空卧室里,狭窄的空床上。

第二天一早,我走入曾经是我父亲办公室的房间,想再看一次那个小雕像。我穿过客厅,走入起居室,我母亲已开始摆起了早餐。

"那个小石头雕刻怎么了?"

"我把它收起来了,亲爱的。"母亲说道。

"为什么?"

"嗯,你父亲总是说,他不该把那东西从它本来的地方拿出来。"

"为什么不行?"

她从那把替我倒了一辈子茶的瓷茶壶倒出茶来。

"有人对它穷追不舍,最后,他们的轮船爆炸了。在村里。因为那些会飞的东西卷进了他们的螺旋桨。"

"会飞的东西?"

她想了一会儿。"翼手龙,亲爱的。那个词开头是个'翼'字。你父亲说的。当然,他说飞艇里的人就该遇上那些跟着他们的东西,因为他们在1942年对阿兹特克人做了坏事。"

"妈,阿兹特克人很多年以前就已灭亡了,远远早于1942年。"

"哦,是的,亲爱的。那些在美洲的阿兹特克人确实是这样,但山谷里的不是。那些其他人,那些在飞艇里的人,嗯,你父亲说他们不是真正的人类。但他们看起来像,他们来自某个名字挺滑稽的地方。那是什么地方来着?"她想了一会儿,接着说道:"你该喝你的茶了,亲爱的。"

"好。不,等等。所以这些人到底是什么?而且翼手龙早在五千万年以前就灭绝了。"

"你要这么说也成,亲爱的。你父亲从未好好说明白过。"她顿了一下,接着说:"曾经有位女孩。那事情发生在我和你父亲开始约会之前至少五年。他那会儿长得很不错。嗯,我一直觉得他挺英俊。他和她在德国相遇。她正在躲一群寻找那雕像的人。她是他们的女王,或者公主,要不就是女巫,诸如此类的。他们绑架了她,而他当时与她在一起,于是他们就连他也一起绑架了。他们不算是真正的外星人,他们更像是那种,电视里会变成狼的那种人……"

"狼人?"

"我猜是的,亲爱的。"她看起来有些迟疑,"那雕像是个圣物,只要你拥有它,甚至只要你曾经拥有过它,你就能统治那些人。"她抿了一口茶。"你父亲怎么说来着?进入山谷的入口是一条小径,后来那德国女孩,嗯,显然她不是德国人,总之他们炸掉了通道,用的是一个……一个放射机器,切断了通往外界的道路,所以你父亲得自己找路回家。他本来会遇上一大堆麻烦,但是和他一起逃脱的那个人,叫巴里·安斯康的那个,他当时在军情局,而且——"

"等等,巴里·安斯康?我小时候常常来访,和我们共度周末的那个人?每次都会给我五十便士,玩硬币魔术的水平很差,睡觉会打呼,长着傻乎乎小胡子的?"

"是的,亲爱的,巴里。他退休之后去了南美。厄瓜多尔,我想是那里。这就是他们相遇的过程。当时你父亲正在服役。"我父亲有一次告诉过我,母亲从未喜欢过巴里·安斯康这个人,即使他是我父亲的朋友。

"然后?"

她又给我倒了一杯茶。"那是很早很早以前的事了,亲爱的。你父亲只和我完整说过一次。但不是我们刚认识就说的。他只是在我们结婚时提起,他说我应该知道。我们当时正在度蜜月。我们去了一个西班牙的小渔村。现在它已经是一个挺大的观光镇了,但当时,甚至都没有人听说过它。它叫什么来着?

TRIGGER WARNING

哦对,托雷莫利诺斯。"

"我能再看看它吗?那个雕像?"

"不行,亲爱的。"

"你把它收起来了?"

"我把它丢掉了。"母亲冷冷地说道。接着,就好像要阻止我在垃圾桶里翻找,她说:"今天早上清洁工已经来过了。"

后来我俩都没再说话。

她呒着她的茶。

"你绝对猜不到上礼拜我遇到了谁。你以前的学校老师。是叫布鲁克斯女士吧?我们在西夫韦超市里遇见的。她和我一起去书店喝了杯咖啡,因为我想和她谈谈加入镇上狂欢节委员会的事。但书店关门了,所以我们只得去了老茶馆。这可实在是好一场大冒险啊。"

橘黄色
（调查者书面问卷的第三方回复）
绝密

1）杰迈玛·葛罗芬戴尔·佩图拉·拉姆西。

2）6月17日9时。

3）最近五年。在我们搬到苏格兰的格拉斯哥之前,在威尔士的加地夫。

4）我不知道。我想他现在可能在做杂志发行的工作。他不再和我们说任何话。离婚很糟糕,妈妈因为要付他一大笔钱而感到很紧张。这在我看来不太好。不过这笔钱或许还是值得的,只要能甩掉他。

5）一位创始人和企业家。她创办了松饼公司,开创了松饼连锁店。我孩提时挺喜欢它们,但如果你每顿都吃松饼,一定会

TRIGGER WARNING

得病的,而且妈妈一直把我们当试验用小老鼠。最难吃的是圣诞节火鸡松饼。不过,五年前她售出了松饼连锁店的产权,开创了妈妈牌彩色泡泡店(但还没有正式注册公司)。

6)两名。我妹妹尼丽丝刚过十五岁,还有我弟弟普雷利,十二岁。

7)一天好多次。

8)不。

9)通过网络。很可能是易趣。

10)自从她认定,这个世界正大声呼唤色彩亮丽的荧光泡沫后,她就开始从世界各地购买颜料和染色剂。就是那种你能吹出泡泡的泡沫混合剂。

11)它实际上不是实验室。我是说,她叫它实验室,但实际上那只是个车库。她从松饼公司那儿拿到了钱,装修了车库,所以里面有洗涤槽、浴缸、煤气喷灯和其他东西,墙上和地板上也贴了瓷砖,这样清洗起来能更轻松点。

12)我不知道。尼丽丝以前挺正常的。十三岁之后,她开始

高 能 预 警

读那种杂志,还把那些浪荡的蠢女照片贴在墙上,比方布兰妮·斯皮尔斯。要是哪个布兰妮的歌迷读到这一段,我很抱歉,但我就是不喜欢她。去年之前,这整个橘黄色的事儿都没发生。

13)人造日晒霜。她往身上涂了那种玩意儿之后的几个小时里,你都没法走近她。而且她每次涂完后,都等不及日晒霜干透,所以那玩意儿会蹭在她的床单上、冰箱门把手上和淋浴房里,把橘黄色抹得到处都是。她的朋友也会涂,但从来不会像她这样。我是说,她往身上抹得那么厚,你完全看不到任何原本的肤色,而且她还觉得自己看起来特别棒。她去过一次晒黑沙龙,但我想她并不喜欢,因为她后来再也没去过。

14)橘子妹。乌巴鲁巴怪。胡萝卜头。芒果妖。"法奇那"①。

15)不是很好。但她看起来毫不在乎,真的。我是说,这姑娘可是曾经说过,她完全看不出科学或数学的意义,因为她一毕业就要去跳钢管舞这样的话。我那时说,才没有人肯付钱看你的裸体,她说,你怎么知道?我告诉她,我看过她自拍的裸舞短

---

① 乌巴鲁巴怪是《查理与巧克力工厂》中的角色,在 1971 年版的电影中,乌巴鲁巴怪们的形象有着橘黄色皮肤和绿色的头发。"法奇那"是一种法国知名气泡橘汁饮料。

TRIGGER WARNING

视频,她留在照相机里了,她尖叫起来,还叫我还给她,我说我已经把它们删了。说实话,我不认为她能成为下一个贝蒂·佩姬①或者诸如此类的其他人。首先吧,她的身材很差,又矮又胖。

16)德国麻疹,腮腺炎,另外我记得普雷利和祖父母在墨尔本时曾经发过水痘。

17)在一个小罐子里,我想,它看起来有点像果酱罐子。

18)我不这么认为。不管怎么说,上面没有看起来像是警告标记的东西。但确实有个退货地址。它邮购自海外,退货地址是外语写成的。

19)你得明白,我妈在整整五年的时间里一直从世界各地买各种颜料和染色剂。有荧光泡沫的玩意儿不是你能吹出发光彩色泡泡的那种东西,它们不会突然爆裂,把染色剂溅得到处都是。妈妈说她会发起诉讼的。所以,不是。

20)一开始,尼丽丝和妈妈进行了一场大喊大叫的比赛,因为妈妈从商店回家时,除了洗发水之外,尼丽丝购物清单上的其

---

① 贝蒂·佩姬(Bettie Page,1923—2008),五十年代著名的海报女郎,以性感著称。

高 能 预 警

他东西一件也没有买。妈妈说,她没能在超市里找到日晒霜,但我估摸她只是忘记了。然后尼丽丝就怒气冲冲地离开,摔上门,跑进她的卧室,把音响开得震天响,放的多半就是布兰妮·斯皮尔斯。那会儿我从后门出去了,正在喂三只猫、一只栗鼠和一只豚鼠,我们家的豚鼠叫罗兰,长得像个长毛垫子,反正整个过程我都没看到。

21)在厨房桌子上。

22)那是第二天我在后院里发现空果酱罐时发生的事。它扔在尼丽丝的窗下。用不着夏洛克·福尔摩斯出马就能猜到是怎么回事。

23)老实说,我根本没为此烦恼。我以为这最多也就是导致更多的大喊大叫,你明白吧?而且老妈很快就会搞明白怎么回事。

24)是的,挺丑,但不是特别丑,你明白我的意思。也就是说,就尼丽丝来说是意料之中的丑。

25)她开始发光了。

26)是那种闪烁的橘色。

TRIGGER WARNING

27）她开始对我们说，她会被人当做神一样崇拜，因为她正处于万物初始之时。

28）普雷利说她飘起来了，离地大概一英寸。但我没有亲眼见到。我那时还以为他只是在配合她刚觉醒的命运。

29）别人叫她"尼丽丝"时，她再也不会回应。她描述自己时，要不是说"无所不在的大能"，就是说"交通工具"。（"是时候该喂饱交通工具了。"）

30）黑巧克力。这很古怪，因为以前这屋子里只有我一人算是有点喜欢这东西吧。但那时候，普雷利不得不出门，一条接一条地去买黑巧克力给她。

31）没有。妈妈和我当时只觉得这更"尼丽丝"了。只是比平时的尼丽丝稍微再古怪一点罢了。

32）那个晚上，天色开始变暗。你可以从门缝下面看到橘黄色在闪烁，就像是萤火虫之类的，也有点像是霓虹灯的灯光秀。最古怪的一点是，就算闭上眼睛，我也能看到它。

33）第二天一早。我们所有人。

34）到此时，事情已经显而易见。她甚至看起来都不再像尼丽丝本人。她看起来有点像是弄脏了的东西，像个残影。我想过这个问题，它是……好吧，假设你盯着某种特别亮的东西看，它会呈现出蓝色；然后你闭上双眼，你能看见眼前有个亮橘红色的残影，对吧？她看起来就像那样。

35）那也没起什么作用。

36）她让普雷利出门去给她买更多巧克力。妈妈和我则不准离开。

37）大多数时间我就是坐后院里读书，除此之外没有太多事情可做。我开始戴起太阳眼镜，妈妈也是，因为那种橘色的亮光太伤眼了。除此之外，没什么特别的。

38）只有我们打算离开或者想打电话给什么人的时候才会。但是屋子里有吃的东西，而且冰箱里有松饼。

39）"要是一年前你阻止她涂那愚蠢的日晒霜，我们现在根本就不会这么麻烦！"不过这么说不公平，我事后也道歉了。

40）普雷利带着黑巧克力条回来时，他说他去找过一名交通

TRIGGER WARNING

监理员,说自己的姐姐变成了一个橘黄色的发光巨人,还试图控制我们的思想。他说对方的反应十分粗暴。

41)我没有男朋友。以前有过,但自从他和他那该死的前女友去了滚石乐队的演唱会后,我们就分手了,她的头发是染成金色的,我懒得提她名字。此外,我是说,滚石乐队?那些在舞台上蹦跶来蹦跶去,装得自己很摇滚的矮子老山羊怪?帮帮忙哦。所以,就分手啦。

42)我很想做个兽医。但我又觉得这活儿可能会让动物们死去,我就不确定了。在做决定之前,我想先出去旅行一段时间。

43)花园水管。我们趁她分心吃巧克力的时候,把水管开到最大,然后朝她冲水。

44)就只是橘黄色的蒸汽,真的。妈妈说她实验室里有溶剂和其他东西,只要我们能去那里,但那时候"无所不在的大能"彻头彻尾地成了一个嘶嘶作响的疯子,她大概是想把我们钉在地板上。我很难解释。我是说,我没被卡住,但就是不能离开,也挪不了腿。我只能待在她把我留那儿的地方。

45)离地毯大概半米以上。要穿门而过时她会稍微下沉一点,以免脑袋撞上门框。而且在水管事件后她就没再回自己的房间,而是留在主卧室里,乖戾地飘来飘去,呈现出一种发光的橘黄色。

46)彻底主宰世界。

47)我把它写在一张纸上,交给普雷利。

48)他不得不把它带回来。我不认为"无所不在的大能"真的对金钱有所了解。

49)我不知道。那主要是妈妈的主意,不是我的。我想她本期望溶剂能消融那种橘黄色。而且在那时候,它应该不会造成疼痛。没有什么能让事情变得更糟了。

50)不像水管,溶剂没有让她生气。我很肯定她喜欢它。我想我看到过她把巧克力棒伸进溶剂里蘸了吃,不过我得眯起眼睛来,才能看到她所在地方的东西。所有一切都笼罩在某种强烈的橘黄色光芒之下。

51)我们都会死。妈妈对普雷利说,要是乌巴鲁巴怪再让他出门去买巧克力,他就别回来了。而我已经做好了宠物们会遭殃的心理准备——我有两天没有喂栗鼠和豚鼠罗兰了,因为我不能去后院。我哪儿也不能去。我唯一能去的只有厕所,还得开口请求才成。

52)我猜他们认为房子着火了。到处都是橘色的光。我是说,这是必然会犯的错误。

53)我们很欣慰,她没对我们做出这样的事。妈妈说这证明尼丽丝还在那东西里的某处,因为要是她有能力将我们变成一摊软泥——就好像她对救火队员做的那样——她本来早就可以得手。我说这或许只是因为一开始她还没具备这样的能力,后来她又懒得管我们了。

54)你再也没法看到一个人形了。它彻底变成了一团明亮而闪烁的橘黄色光,有时候它会直接在你的脑海中说话。

55)宇宙飞船降落的时候。

56)我不知道。我的意思是,它比整栋房子都要大,但没有压碎任何东西。它像是从我们周围凭空冒出来的,我们整栋屋子就出现在它里面。整条街都在里面了。

57)没有。但是除此之外它还能是什么?

58) 某种苍白的蓝色。它们也不会闪动。它们只是眨动。

59) 六个以上,二十个以下。你很难辨认自己面前的智能蓝光是否就是五分钟前跟你聊天的那。

60) 三件事。首先,承诺尼丽丝不会受伤,也不会受到伤害;其次,如果他们能把她变回原来的样子,他们得让我们知道,并把她带回来;第三,一个荧光泡沫混合物的配方。(我只能确认他们读取了我妈的思维,因为她什么都没说,不过也可能是"无所不知的大能"告诉他们的——她显然读取了某些"交通工具"的记忆。)此外,他们给了普雷利一件类似玻璃滑板的东西。

61) 一阵像是液体流动的声音,接着周围一切都变得透明了。我尖叫起来,妈妈也是。普雷利则说:"酷毙了!"于是我就在尖叫的同时咯咯傻笑起来,最后它就又变回我们的家了。

62) 我们跑到后院里,抬头往天上看。有东西在很高的地方闪动着蓝色和橘色的光,它越变越小,我们一直望着它,直到它消失为止。

63) 因为我不想要。

64) 我给剩下的动物喂了食物。罗兰的精神不太正常。三只猫看起来挺高兴的,因为有人又来喂它们了。我不知道那只栗鼠怎么跑出去的。

65)有时候。我是说,你得记得她是全世界最讨人厌的家伙,就算是在这整个儿"无所不在的大能"事件之前也是。但没错,我想是的。要是老实承认的话。

66)晚上坐在屋外,抬头看着天空,不知道她现在在做什么。

67)他想要回他的玻璃滑板。他说那是他的东西,政府没有权力带走它。(你也是政府的人,对吧?)不过妈妈看起来挺乐于与政府共享彩色泡泡配方的专利。那个男人说这可能会是某种全新的分子式的分支,诸如此类的。没有人给我任何东西,所以我没什么好担心的。

68)有一次,在后院里,抬头看着夜晚的天空时。但我想那实际上只是颗橘黄色的星星。可能是火星,我知道人们又称呼它为红色星球。尽管有一会儿我觉得那或许是她又变回了自己,然后在天空中舞蹈,不管她在哪儿,反正所有外星人都热爱她的钢管舞,因为它们没见过更好的,它们会认为那是一种全新的艺术形式,这样就不会介意她又矮又胖了。

69)我不知道。坐在后院里和猫聊天吧,大概。或者吹点儿

高 能 预 警

傻乎乎的彩色泡泡。

70）到我死为止。

我保证这是一份真实的事件陈述。

杰迈玛·葛罗芬戴尔·佩图拉·拉姆西

月历故事集

一月故事

砰!

"这事儿总这样吗?"那孩子看起来有些迷惑。他环顾屋内,视线找不着聚焦之处。要是他不当心,这一点可能会导致他被杀。

"十二"拍了拍他的手臂。"不,不总是这样。要是有麻烦,'它'会从那上面下来。"

他指着他们头顶天花板上阁楼的门。那扇门歪歪斜斜的,藏身其后的黑暗仿若一只眼睛。

孩子点点头,然后问:"我们还有多少时间?"

"总共?大概还有十分钟。"

"我一直问基地里的人,但他们不肯回答,说我可以自己看。它们是什么人?"

"十二"没有回答。在他们头顶阁楼里的黑暗中,有什么东西发生了变化,虽然很细微。他将手指放在嘴唇上,接着抬起武

高能预警

器,指示孩子照做。

它们自阁楼的洞中落下,身体呈现砖灰色和苔藓绿,牙齿尖利,速度很快,非常快。"十二"开枪时,孩子还在摸索扳机,等他把对方五个全都撂倒,孩子还没能射出一枪。

他往左边一瞥。孩子浑身颤抖。

"你看到了。"他说。

"我想我懂了,它们是**什么东西**?"

"你问'什么'或'谁'都一样。它们是敌人,从时间的边缘悄悄溜进来的。现在,动起来,他们就要大规模入侵了。"

他们一起走下楼梯。此刻他们正在一间乡村小屋中。一对男女坐在厨房桌边,桌上摆着一瓶香槟。他们似乎并未注意到这两名身着制服走过屋子的男子。女人倒了一杯香槟。

孩子的制服非常新,深蓝色,完好无损。他的皮带上挂着计时器,里面满是白沙。"十二"的制服已然磨损,褪成浅蓝,被切割、撕裂或烧灼过的地方打了补丁。他们接近厨房门,然后——

砰!

他们出了门,站在森林里,那儿非常阴冷。

"趴下!""十二"喊道。

一个尖锐的东西从他们头顶掠过,扎入身后的树中。

孩子说道:"我以为你说过事情不总是这样。"

"十二"耸了耸肩。

"它们是从哪来的?"

"时间,""十二"说道,"他们躲藏在每一秒之后,时刻试图闯入。"

在他们附近的森林里,有什么东西"呼"地掠过,一棵冷杉燃烧起点点铜绿色的火焰。

"它们在哪?"

"还是在头顶。通常它们不是在你上面,就是在你下面。"它们落下时就像从烟火中掉落的火星,美丽、洁白,多半又有点危险。

孩子掌握了诀窍。这一次,他俩一同开火。

"他们给你介绍过吗?""十二"问道。他俩落在地上,火星现在看来不那么美丽了,却更为危险。

"没怎么说明。他们只是告诉我,这事儿为期一年。"

"十二"装填弹药时几乎没有停手。他有些生气,又有点害怕。孩子看起来几乎都没到能握起武器的年纪。"他们告诉过你,这'一年'可能指一辈子吗?"

孩子摇摇头。"十二"记起自己还是个这样的孩子时的事,那时候他的制服也是这样的,干干净净,毫无烧灼痕迹。他也曾有过这样孩子气的脸庞吗?这样无瑕纯洁?

他料理了五只火星恶魔。孩子则负责剩下的三只。

"所以这是战斗的一整年。"孩子说道。

"一秒接一秒全是。""十二"说。

砰!

浪涛撞击在沙滩上。天气炎热,此时正是南半球的一月,但此刻依然还在夜间。在他们头顶的天空中,烟火高悬,一动不动。"十二"检查了一下他的计时器,里面只剩下两粒沙子。弹药几乎已经射完。

他扫视沙滩、浪涛和岩石。

"我没看到它。"他说。

"我看到了。"孩子说道。

他伸手指点时,它自海中升起,那是某种远超人类认知的庞然大物,形如山峦,长满触手和爪钳,一边现身,一边咆哮。

"十二"将背上的火箭筒自肩头拿下,点燃它,眼看着火焰在那生物的身体上炸开了花。

"比我以前见过的都要更大,"他说,"可能它们把最好的留在最后了。"

"嘿,"孩子说道,"我才刚开始呢。"

它向他们冲来,蟹爪一开一合地抽打他们,触手甩动,喉咙大张,又徒劳地合上。他们跳上沙脊。

孩子跑得比"十二"快,他还年轻,但有时候这样做很冒险。"十二"的臀部抽痛,他趔趄了一步。什么东西卷上他的大腿,他猜测是触手,此时他那最后一粒沙子从计时器中滑落,他摔倒了。

他抬头向上看。

孩子正站在沙脊之上,双脚牢牢站立,姿势就像你在新兵训练营里学到的那样,手中抓着一支样式陌生的火箭筒——"十二"估计,那是在他的时代之后的东西。他被拉下沙脊,心中默念着道别的话语,沙砾擦过他的脸颊,接着一声巨响,触手松开了他的大腿。生物向后退去，回到海中。

他凭空倒下，而此时他的最后那一粒沙子落地，午夜笼罩了他。

"十二"在一个年代久远的地方张开双眼。"十四"帮助他从高台上下来。

"怎么回事？""一九一四"问道。她身穿一件拖地白裙，戴着长长的白色手套。

"它们一年比一年危险，""二零一二"说道，"每一秒，还有隐藏在它们后面的东西。但我喜欢这个新来的孩子。我想他以后会干得不错。"

二月故事

灰色的二月天空下，浓雾弥漫的白色沙地，黑色的岩石，连大海看起来都是黑色的。一切就像一张黑白照片，只有身着黄色雨衣的女孩给这个世界增添了一丝色彩。

二十年前，无论何种天气，那位老妇都会在沙滩上行走。她会垂头扫视沙间，时不时弯下腰，辛劳地拿起一块块石头，检查石头压过的地方。后来她不再出现，取而代之的是一位中年妇女，我估计是老妇的女儿，相较母亲，她似乎不那么热情。现在，中年妇女也不再出现，接替她的人是这名女孩。

她向我走来。我是这片大雾中唯一一个还站在沙滩边的人。我看起来没比她年长多少。

高能预警

"你在找什么?"我喊道。

她做了个鬼脸:"你为什么会觉得我在找东西?"

"你每天都会来这里。在你之前来的是一位夫人,在她之前则是一位年纪很大、撑着伞的老太太。"

"那是我外祖母。"身着黄色雨衣的女孩说道。

"她遗失了什么东西?"

"一个吊坠。"

"它一定非常贵重。"

"也不尽然。只是很有纪念意义。"

"既然你家里的人已经找了这么多年,我想应该不只如此。"

"没错。"她有些犹豫,接着又说:"外祖母说它能将她带回家。她说她到这儿来只是随便看看,她当时很好奇。她戴着吊坠,又有些担心它遗失,就把它藏在某块岩石下面,这样她想回程时就能找回它。紧接着到了要回去的时候,她却不确定自己当初是放在哪块石头下面了,再也找不着。那是五十年前的事情了。"

"她的老家在哪里?"

"她从未告诉过我们。"

女孩说话的口气让我问出了一个令我恐惧的问题:"她还活着吗? 你的外祖母?"

"活着,算是活着吧。但最近她已经完全不和我们讲话了,就只是盯着海面。变得如此老迈一定是一件十分可怖的事情。"

我摇了摇头。她说错了。接着我将手伸入外套口袋,将它拿出来交给她。"是这样的吊坠吗?去年我在这片沙滩上找到的,就在一块石头下面。"

吊坠并未因为沙砾或咸海水而失去光泽。

女孩露出了吃惊的表情,接着她拥抱了我,又感谢了我,她拿上吊坠,穿过雾茫茫的沙滩向小镇的方向跑去。

我目送她离开,她就像是这片黑白两色的世界中唯一的一抹金色,手中拿着她外祖母的吊坠。那个吊坠,与挂在我脖子上的是一对。

我不知道她的外祖母——我的小妹妹——是否会回家,要是她回去了,又是否会原谅我捉弄了她。也可能她会选择留在陆地上,派这女孩回去接替她。那一定很有趣。

当我的外孙侄女跑出我的视线,而我则孤身留在沙滩上时,我向上游去,让吊坠拉我回家,进入我们头顶的广阔世界,在那里,我们与宇宙鲸鱼共游,而海与天空,是合为一体的。

三月故事

我们所知的一切,只是最终她并未被处决。

——查尔斯·约翰逊

《海盗通史——最臭名昭著的强盗与杀人犯》[1]

---

[1] 此书初版于1724年在英国发行,里面包含不少当时著名海盗的传记。作者"查尔斯·约翰逊船长"据说是个假名。

高 能 预 警

大屋中十分闷热,于是她们两人出门去了走廊上。春季的暴风正在西边远处酝酿,天空中已出现道道闪电,时不时吹来一阵寒风,让她们获得片刻凉爽。母女二人优雅地坐在秋千上,谈论着女人的丈夫什么时候才能回家,此时他正带着一整船的烟草前往遥远的英格兰。

玛丽才十三岁,她是那么可爱,又是那么容易受到惊吓,她说:"我声明,我认为所有海盗都该被绞死,这样父亲就能安全地回到我们身边。"

她的母亲露出了温柔的微笑,她笑着说道:"我根本懒得谈论海盗,玛丽。"

当她还是个小女孩时,一直穿得像个男孩,以此来掩饰她父亲的丑事。直到她与父母一同坐船从科克前往卡罗莱纳州后,才第一次穿上女装。她的母亲是他父亲的婢女与情妇,只有在新大陆,他才会称她为妻子。

在这趟旅行中,她被不熟悉的衣服包裹,笨拙地穿着奇怪的裙子,初次坠入爱河。她当时十一岁,夺走了她的心的,不是任何一名水手,而是这艘船本身:安妮会坐在船首,望着灰色的大西洋在他们身下翻滚,听着海鸥的鸣叫,感受爱尔兰的大陆,连同那些古老的谎言一起渐渐消散。

他们上陆后,她为离开挚爱而难过了许久,甚至她父亲在新大陆取得成功后,她所梦想的依然是航行时的嘎吱声和拍击声。

她的父亲是个好人。她回来后,他很高兴,完全没有提及她

TRIGGER WARNING

离开的那段时间,没有提到她嫁的那名年轻男子,也没有提到他是怎么将她带到新普罗维登斯岛①去的。她过了三年才回到家中,带着一个还在吃奶的娃娃。她说她的丈夫死了。然而尽管流言四起,最尖刻的小道消息也没能想到,安妮·莱利正是"红色拉克姆"的大副,女海盗安妮·伯尼②。

"要是你像个男人一样战斗,就不会像条狗似的死去。"这是安妮·伯尼对那个令她怀上孩子的男人最后说的话,至少,人们是这么传说的。

莱利夫人望着闪电大作,听到远处传来第一声雷鸣。她的头发如今已成灰色,但皮肤仍像当地所有贵妇一般洁白无瑕。

"听起来像是火炮射击的声音。"玛丽说道(安妮以自己母亲的名字给女儿命名,这个名字同时还来自于她离开大屋那些年时最好的朋友③)。

---

① 新普罗维登斯岛在加勒比海,巴哈马群岛中,岛上的拿骚市现在是巴哈马首都,历史上曾是赫赫有名的海盗岛。

② 安妮·伯尼(Anne Bonny)是十八世纪加勒比海盗附近活动的著名海盗,又因为她与下文所提到的玛丽·里德(Mary Read)两人都是当时少有的女海盗而闻名于世。主要事迹见《海盗通史》。"红色拉克姆"(Red Rackham)是安妮·伯尼做海盗时的船长,同时据说也是她的情人,两人曾生有一子。

③ 此处暗示玛丽·里德,玛丽和安妮都在拉克姆的船"复仇号"上,据说两人是朋友。

高 能 预 警

"你为什么会这么说?"她的母亲有些窘迫,"在这间屋子里,我们不会谈到射击火炮。"

三月的初雨落下,莱利夫人做了一件令她女儿感到极为吃惊的事。她从秋千上起身,跑进大雨之中,让雨水洒在她的脸上,就好像海中喷洒的浪花。就这样一位备受尊敬的夫人来说,这行为实在有些出格。

雨水落在她的脸上,她在脑海中想象着:她是自己那艘船的船长,炮火包围了他们,带有咸味的海风夹着刺鼻的火药味。她的船甲板将会被漆成红色,以此来掩饰战斗中流淌的鲜血。大风灌满她那翻腾的船帆,噼啪作响,如同火炮的怒号,而他们则准备与商船接舷,将他们所想要的一切——珠宝或钱币——悉数夺走。当这一切疯狂结束之后,她与自己的大副之间,那燃烧般的热吻……

"母亲?"玛丽问道,"我想你一定正在想什么不得了的秘密,你脸上挂着这么古怪的微笑。"

"傻姑娘,心肝宝贝。"她母亲说道,接着她说:"我正在想你的父亲。"她说的是事实,而三月的风,疯狂地吹动着她们。

四月故事

当鸭子们不再信任你的时候,你就该知道自己已欺"鸭"太甚了,而我父亲自去年夏天开始,骗走了他所能骗走的鸭子们的一切。

TRIGGER WARNING

他会走到池塘边。"嘿,鸭子们!"他会这样对鸭子们说。

到一月时,他们会直接游开。有一只公鸭特别容易生气,我们称他为"唐老鸭",但只能在他背后这么叫,鸭子们对这类事是特别敏感的。那只公鸭会在附近游荡,斥责我父亲。"我们没有兴趣,"他会这么说,"我们不想买你出售的任何东西:不要什么人寿保险,不要什么百科全书,不要什么铝墙板,不要什么安全火柴,尤其不需要什么防潮火柴。"

"'翻倍或血本无归'①!"一只愤愤不平的野鸭生气地呱呱叫道,"当然啦,你会让我们丢硬币来赌,然后你就用一枚两面一样的25美分硬币……!"

那些曾经在我父亲将硬币丢入池塘时聚拢来疑惑地检查的鸭子们,纷纷赞同地呱呱叫了几声,接着优雅却粗暴地径直游到池塘的另一边去了。

我的父亲将这事儿视为对他个人的挑战。"那些鸭子,"他说,"他们一直都在那儿,就好像一头你可以挤奶的母牛。他们都很容易上当,是群好家伙,你可以一次又一次地回去找他们。我就是做得有点过头了。"

"你需要重新赢得他们的信任。"我对他说,"或者做得更好些,你可以从开诚布公开始。翻开新的一页。你现在有份真正的工作了。"

---

① "翻倍或血本无归"(double or nothing)是一种赌博的规则,要么加码,要么全赔。

高能预警

他在村子里的旅馆上班,那地方正对着鸭子的池塘。

我的父亲没有翻过新的一页。他甚至都没怎么翻动旧的那页。他从旅馆厨房里偷了新鲜面包,又带上几瓶没喝完的红酒,接着便去鸭子的池塘赢得鸭子们的信任了。

整个三月他都款待他们,喂他们食物,给他们讲笑话,尽他所能地软化他们的态度。还没到四月,世界一片积水,树木长出新的绿叶,一切都抖去了冬季的气息,他带着一副牌出门了。

"玩场友谊赛如何?"我父亲问道,"不赌钱的?"

鸭子们交换了一个紧张的眼神。"我不知道……"有几只鸭子警惕地喃喃道。

接着一只我不认得的年长野鸭慈祥地展开一片翅膀。"在你给我们提供了这么多新鲜面包、这么多好酒之后,我们不能无礼地拒绝你的要求。或许,玩金罗美?'快乐家庭'?"①

"扑克牌如何?"我父亲说着,将扑克牌面朝上放下,鸭子们同意了。

我的父亲十分高兴。他甚至都不用开口建议赌钱来让游戏变得更有趣,年长的野鸭先这么提议了。

这些年来,我对出老千已略懂一二,我看过我父亲晚上坐在我们的房间里一遍遍地练习,但那老野鸭大概能让他再学会点

---

① 金罗美(Gin Rummy),一种纸牌游戏,需将手中的牌组合成套路计分。"快乐家庭"是一种以收集牌面分值为目标的多人纸牌游戏。——编注

东西。那老野鸭从纸牌堆的最下面出老千。从中间出老千。他知道每一张牌在牌堆里的什么地方,他只需要轻轻一挥翅膀,就能将它们放进他需要它们出现的位置。

鸭子们夺走了我父亲的一切:他的钱包,他的手表,他的鞋子,他的鼻烟盒,还有他身上穿的衣服。要是鸭子们接受将一个孩子作为赌注,他会连我也一起输掉,又或许可以说,从很多方面来讲,他已经输掉了我。

他回到旅馆时,身上只有内裤和袜子。鸭子们不喜欢袜子,他们说,这玩意儿太鸭里鸭气了。

"至少你还保留了自己的袜子。"我对他说。

在四月,我父亲终于学会了不要信任鸭子。

五月故事

五月时我收到了一张匿名的母亲节贺卡。这事儿让我十分迷惑。要是我有过孩子,我自己该知道,对吧?

六月时我发现了一张纸条,上面写着:"尽快恢复正常服务。"纸条黏在浴室镜子上,边上还有些脏污的铜币,面值与来源全都不明。

七月,我收到了三张明信片,隔周一张,邮戳显示它们全都

高能预警

来自奥兹国的翡翠城①,上面的内容告诉我,寄出了明信片的人在那里度过了一段开心的时光,还让我提醒多琳更换后门的锁,并保证叫她取消预定的牛奶。我不认得任何叫做多琳的人。

八月,有人往我门口台阶上放了一盒巧克力。盒子上贴着一张便笺,说这个盒子是某个案件的重要证据,无论任何情况,在尚未取得里面的巧克力上的指纹之前,都不能把它们吃掉。在八月的炎夏天气里,巧克力全都糊成了一摊软炉炉的棕黄色物质,于是我把整个盒子都扔了。

九月,我收到一个包裹,里面放着《动作漫画·创刊号》②、一本莎士比亚的《第一对开本》③,还有一本盗版的简·奥斯汀小说《智慧与荒原》④,我不熟悉这个书名。我对漫画、莎士比亚和简·奥斯汀都没什么兴趣,就把它们留在了卧室里。一周后,我在泡澡时想读点什么,回去找时发现它们都消失了。

十月,我发现了一张便笺,上面写着"尽快恢复正常服务。

---

① 典出《奥兹国历险记》。

②《动作漫画》(action comics)是美国漫画杂志,超人系列最初刊载其上,创刊号当初售价10美分,如今全世界仅存一百本左右,十分昂贵。

③ 莎士比亚的《第一对开本》(fist folio)特指最早的莎士比亚剧本合集,由莎士比亚在国王剧团的同事约翰·赫明斯和亨利·康德尔在莎士比亚身后的1623年筹划出版,以对开本形式印刷,里面包括莎士比亚的36部戏剧。当时印刷数量为750本,目前仅存三百余本。

④ 这是本盗版书,奥斯汀本人并没有写过这样一本书。

你最忠诚的,"它被贴在金鱼缸边上。似乎有两条金鱼被人捞走了,换上了相似的替代品。

十一月,我收到了一封勒索信,上面写若我还想看到活着的西奥博德叔叔,得按照哪些步骤去做。我压根就没有一个叫西奥博德的叔叔,但我还是往纽扣洞里插上了一枝粉红色的康乃馨,并且在这一整个月里,除了色拉之外什么都没吃。

十二月,我收到一张邮戳是北极的圣诞贺卡,上面的内容告诉我,这一整年,出于某位办事员的失误,我的名字既不在"顽皮"的,也不在"好"的名单上[1]。这张贺卡底下的签名以 S 打头,可能是"圣诞老人",但看起来更像是"斯蒂夫"。

一月的一天,我醒来时发现有人在我那小小的厨房天花板上漆了一行字:在帮助他人之前,请先保证你自己面具的安全。油漆的一部分滴落在了地板上。

二月,我去乘公交车,有个男人在车站与我搭话,给我看了他购物袋里的一座黑色猎鹰雕像。他请我帮助他,保证它的安全,不要被"胖人"找到,接着他看到我身后的某个人,迅速跑开了。

三月,我接到三封垃圾邮件,第一封说我已赢得一百万美金,第二封说我已被法兰西学院录取,第三封则告诉我,我已被

---

[1] 传说圣诞老人手里有一个名单,孩子们的名字会根据他们一整年的表现归类于"顽皮"或"好孩子"之下,圣诞老人会根据这个名单来给予礼物。

高 能 预 警

任命为神圣罗马帝国的虚位元首。

四月,我在床边小桌上发现了一张纸条,上面对他们的服务表示了歉意,还向我保证说,从今往后,宇宙中的所有错误都将被永远修正。"我们对给您造成的所有不便感到十分抱歉",纸条上写了这么一句。

五月,我又收到了一张母亲节卡片。这一次不是匿名的。底下有个签名,但我认不出那个字迹。那个单词是 S 开头的,但几乎可以确定,并不是"斯蒂夫"。

六月故事

我的父母总是不赞同彼此。这就是他们整天在干的事。而且他们所做的比不赞同彼此更多,他们会争吵,事事如此。我依然不确定自己是否真的有搞清楚,他们到底是怎么才能在不断争吵的间隙找到足够时间去结婚的,更不用说是生下我和我妹妹了。

我妈妈认为财富应该全部重新分配,她认为共产主义的大问题在于它还不够激进。我爸爸的床头上摆着一个相框,里面放着女王的照片,他总是尽可能为保守党投票。我妈妈想给我起名叫苏珊。我爸爸想给我起名叫赫丽埃塔,这是他姑姑的名字。两人都不肯让步,最后,我成了学校里唯一的一个苏丽埃塔,很可能也是全世界唯一的那个。我的妹妹名叫爱丽米玛,理由也差不多。

TRIGGER WARNING

他俩在任何事情上都无法取得一致意见,甚至连天气都是。我爸爸总是觉得太热,我妈妈则总是觉得太冷。他俩轮流把取暖器打开又关上,把窗户关上又打开,只要对方一离开房间就动手。我和妹妹一年到头都在感冒,我们觉得很可能就是这个造成的。

他们甚至无法在几月外出度假这个问题上取得一致。爸爸说最好是八月,但妈妈说显而易见毫无疑问必须是七月。这就意味着我们只能各退一步将度假时间定在六月,这对所有人来说,都很不方便。

接着爸爸建议去冰岛骑小马旅行,而我妈妈只想将这个提议改为坐在骆驼车队里横渡撒哈拉,我和妹妹表示我俩更愿意坐在法国南部或者别的什么地方的沙滩上,于是他俩就只是看着我们,那表情好像我们都是傻瓜。这对夫妇停止争吵了一段足够长的时间,以此告诉我们他俩绝不会听取我们这个建议,同时也不会有一趟前往迪斯尼乐园的旅行,接着便又继续反对对方的意见了。

这场"我们六月去哪儿度假"的矛盾大争吵终结于无数次摔门,无数次相互叫喊,无数次类似"现在就去!"之类的话。

待这麻烦的假日来临,我和妹妹能确定的只有一件事:我们哪儿也去不成。我们从图书馆里尽己所能借来一大堆书,做好了在接下来十天里继续听一大堆争吵的心理准备。

接着就有一群人开着大篷车来了,将一堆东西带进屋子里安装起来。

高能预警

妈妈让他们将一个桑拿浴池装进了地下室。他们往地上堆起大量沙砾,由天花板上挂下一盏太阳灯。她在太阳灯下的沙子上铺了一块毛巾,铺好便立刻躺卧下去。她还在地下室的墙壁上画了沙丘和骆驼的图案,但在这极度高温之下,它们全都脱落了。

爸爸让那些人往车库里搬了一台冰箱,那是他能找到的最大的冰箱,大到你能直接走进去。冰箱将车库塞得满满当当,所以他只能把车停在私人车道上。他每天早上起来,温暖地穿上一件厚厚的冰岛羊毛衫,带上一本书和满满一保温杯的热可可、一些马麦酱和黄瓜三明治,脸上挂着灿烂的笑容,一头扎入冰箱中,到晚饭前都不会出来。

我不知道有没有其他任何人的家庭像我家这么古怪。我的父母从不会在任何事上取得一致意见。

"你知道下午时,妈妈会穿上外套,偷偷溜进车库里吗?"我和妹妹坐在花园里,读着我们那些从图书馆里借来的书时,她突然说道。

我不知道,但我确实看到今天早上,爸爸只穿着沐浴短裤和便袍,走到地下室去和妈妈一起,脸上还带着傻呵呵的微笑。

我不理解我的父母。老实说,我不认为有谁能理解他们。

七月故事

那一天,我的妻子离开了我,她说她需要私人空间,需要一

TRIGGER WARNING

点时间来重新考虑一切。那天是七月一日,阳光强烈地照射在小镇中央的湖面上,我屋子周围草地上的玉米长到了齐膝高,热情过度的孩子们将最早的一批烟花和鞭炮①放上天空,把大家都吓了一跳,就在这时候,我在后院里用书本堆起一个圆顶冰屋。

我使用的材料是平装书,主要是担心我的建筑工程若是不够稳固,精装书和百科全书掉落下来就太重了。

但它支撑起来了。它大约十二英尺高,有一个入口通道,让我能爬行进入其中,还能抵御寒冷的北极之风。

我将更多书带入这个用书做成的圆顶冰屋中,在里面阅读。里面十分温暖舒适,这让我觉得有些惊奇。当我开始读书时,将它们一本本摊开放在地上,让地面上铺满书本,然后带入更多书本,坐在书上,以此来将七月的最后一抹绿色从我的世界里彻底消除。

第二天,朋友们来拜访我。他们四肢着地爬进我的冰屋里。他们说我的举动过于疯狂。我对他们说,在我与寒冷的冬季之间的唯一区隔,就只有我父亲收藏的那些五十年代的平装书,它们大多都标题耸动、封面恶俗,内容无聊透顶。

我的朋友们离开了。

我坐在自己的冰屋里,想象外面是一片北极之夜,不知北极光是否会充满我头顶的天空。我看向屋外,所见的却只是一个

---

① 七月四日是美国独立日,一般都会燃放烟花来庆祝,七月一日放得是有点早。

高 能 预 警

漫天繁星的夜晚,星星们全都如同针眼一般大小。

我在自己那间书本建成的冰屋中入睡。感到一阵饥饿。于是我在地面上挖了一个洞,丢进一根钓鱼线,一直等待,直到有什么东西咬到了钩子。我将鱼线提起,那是一条书本构成的鱼,准确地说,是绿色封面的企鹅出版社典藏版侦探故事集。因为不想在冰屋里烧火,我将它生吃了下去。

当我外出时,我注意到有人已用书覆盖了整个世界。都是些白色封面的书,阴影则是白色、蓝色和紫色。我在这书本的浮冰上漫步。

我看到远处的冰面上,有个什么人看起来似乎是我的妻子。她正在制造一条由自传组成的冰河。

"我以为你离开我了,"我对她说,"我以为你把我一个人丢下了。"

她没有回答。我这才意识到她只是一片影子中的影子。

此时正是七月,在一年的这个时段里,太阳永远都不会照射到北极点。我有些疲倦,便返程走向冰屋。

我先看到了北极熊的影子,然后才见到了北极熊的身子,它们是如此巨大、苍白,由那些情感激烈的书页组成——古典与现代诗歌构成了熊的形状,在浮冰上徘徊,它们满身是字,辞藻掩盖住了它们的美。我能看到纸页,还有穿过它们的字词,我很担心它们会看见我。

我爬行返回冰屋,避开北极熊。我可能睡在黑暗中。接着我爬到屋外,仰天躺在冰上,抬头望着天空中山腰的北极光那料想之外的色彩,听着远处童话书的冰山撞上神话学的冰川后,崩解而发出的噼啪声。

我不知道是什么时候,突然意识到有人躺在我身旁的地面上。我可以听到她的呼吸。

"它们很美,不是吗?"她说。

"是北极的光晕,北极光。"我告诉她。

"那是镇子上的独立日烟火,宝贝。"我的妻子说道。

她握住我的手,我俩一起看着这场烟火。

等最后一丝烟火在一片金色星云中消失后,她说:"我回家了。"

我没有说话。但我紧紧地抓住她的手,离开了我那由书本组成的冰屋,跟在她身后进了我们住的屋子里,在七月的高温中像猫一般地躺下。

我听到远处传来雷声,到了晚上,入睡时分,屋外下起雨来。雨水摧毁了我的书本冰屋,将这世上的所有词语全都冲刷殆尽。

八月故事

八月初,森林中起了大火。所有能令这个世界湿润的风暴都已南下,带走了所有雨水。每天我们都能看到直升机从头顶飞过,带着一架架的湖水,前去浇熄远处的火焰。

澳大利亚人彼得是我的房东,我替他做饭,他则负责照料这片土地。他说:"在澳大利亚,桉树利用大火来存活。有些桉树

高 能 预 警

的种子得等到发生一场森林大火,将一切林下灌木全都燃烧殆尽后才会发芽。它们需要高热。"

"这想法有点怪,"我说,"火焰居然能孕育出生物。"

"其实没那么奇怪,"彼得说,"很正常。或许在地球更炎热的过去,这种事更常见。"

"很难想象一个比这里更热的世界。"

他哼了一声。"这算不上什么。"他说着,又提到年轻时在澳大利亚经历的高温生活。

第二天早上,电视新闻建议居住在我们这块地区的居民疏散财物,因为我们正处于火灾多发区域。

"狗屁!"彼得生气地说道,"它绝对不会给我们造成任何问题。我们在高处,而且周围四面都是溪流。"

水位高时,溪流大约有四英尺,甚至五英尺那么深。但现在只不过一英尺,最多也只有两英尺。

下午晚些时候,空气中漫布着树木灼烧的烟味,电视和收音机里都在让我们尽可能撤离。我们相视一笑,喝着啤酒,祝贺我们彼此对这困境有如此深刻的认识,祝贺我们没有陷入恐慌而逃走。

"我们正在沾沾自喜,我们全人类,"我说,"我们所有人。人类。我们看到炎热的八月里,树上的叶子在燃烧,而我们依然相信,没有任何事真的会改变。我们的帝国将会永恒。"

"没有任何事物能够永恒。"彼得说道,他给自己又倒了一杯啤酒,接着对我说了他的一个朋友的故事,那人住在澳大利亚腹地,曾经阻止过一场丛林大火烧尽他的家庭农场,方法就是无论火势蔓延到何处,都往那里浇上啤酒。

大火向下烧进山谷,直冲我们而来,如同世界末日。我们这才意识到小溪的防护是何等薄弱。空气自身似乎都在燃烧。

最终我们还是逃走了,相互推搡着,边在呛人的浓烟中咳嗽,边跑下山去,直到接近一条溪流。我俩躺进水中,只将脑袋露在水面上。

在这地狱之中,我们看到它们自火焰中诞生、升腾、翱翔于天际。它们令我想起鸟类,啄食着山上燃烧的房屋废墟。我看到其中一只抬起脑袋,耀武扬威地鸣叫着。这叫声盖过了树叶燃烧的噼啪声,盖过了火焰的咆哮。我听到凤凰的啼鸣,而此时,我终于明白,没有任何事物能够永恒。

一百只火鸟飞升上天空,溪水沸腾起来。

九月故事

我的母亲有一只狮子头形状的戒指。她用它来施放一些小魔法:寻找停车位,让她在超市排的队伍前进得快一点,让邻桌吵架的那对儿停止争吵、重新相爱,诸如此类的。她去世时将这戒指留给了我。

我第一次遗失它,是在咖啡馆里。我想我那时正在有些紧张地摆弄着它,脱下来又戴回去。等到回家后我才意识到,它已经不见了。

高能预警

我返回咖啡馆,却完全没有看到它的踪迹。

几天后,一位出租车司机将它带回给我,他是在咖啡馆外的人行道上捡到戒指的。他说我母亲托梦给他,将我的地址给他,还给了他一份她的老式芝士蛋糕食谱。

我第二次将戒指弄丢时,正在一座桥上俯身,无所事事地把松果扔进下面的河里。我不觉得戒指很松,但它还是随着一枚松果一起脱手了。我眼睁睁地看着它划出一道弧线落下,掉进河边湿润的黑泥里,响亮地发出了噗的一声,消失不见了。

一周后,我从一个酒吧里遇见的人手中买了条大马哈鱼,是从他那辆古老的绿色货车后面的冷柜里拿出来的。我买它打算做一顿生日晚餐。当我剖开鱼腹,我母亲的狮子头戒指滚了出来。

第三次我把它弄丢时,正在后院里边读书边做日光浴。那是八月的事了。戒指放在我身边的毛巾上,边上还有我的太阳眼镜和一瓶防晒霜。一只巨大的鸟类(我估计是喜鹊或寒鸦,也可能不对,但很显然它是某种鸦科动物)飞落下来,叼走了我母亲的戒指。

第二天晚上,一个动作笨拙却有生命的稻草人将它送还给我。他站在后门的灯光下,一动不动,把我吓了一跳,我刚从他那被稻草包裹的手掌上接过戒指,他便立刻蹒跚步入黑暗之中。

"这不是什么必须留着的东西。"我对自己说道。

次日一早,我把戒指放在我那辆旧车的杂物箱中,将车开向旧车处理场。我满意地看着车子被砸成一个老式电视机大小的金属块,接着被放入集装箱里,准备送往罗马尼亚,到那里,它或许能被造成什么有用的东西。

九月初,我清空了银行账号,搬去巴西,在那里找了一份网页设计师的工作,换了一个假名。

目前为止,我还未再见到母亲的戒指。但有时候我会从沉睡中惊醒,心脏狂跳不已,全身被汗水浸透,不知道下一次她会用什么方式将那枚戒指还给我。

十月故事

"感觉不错。"我边伸长脖子从最后的束缚中挣脱出来,边说道。

事实上,这感觉何止不错,简直是非常好。我在灯里蹲了这么久,都开始觉得没有人会再擦亮它了。

"你是灯神。"手中拿着抛光布的年轻夫人说道。

"是的。你真是个聪明的姑娘,亲爱的。你怎么猜到的?"

"你出现时伴随着一股烟雾,"她说,"而且你看起来像个灯神。你还戴着头巾,穿着尖头鞋。"

我双臂抱胸,眨了眨眼睛。现在我身穿蓝色牛仔裤、灰色运动鞋和一件褪色的灰线衫,这正是此时此地的男性标准着装。我将一只手举到额前,接着深深地鞠了一个躬。

"我是灯神。"我对她说,"喜悦吧,幸运儿。我有能力实现你的三个愿望,但是别试图许下'我希望能实现更多愿望'这样

高 能 预 警

的愿望,我不会实现它的,而你则会损失一个愿望。来吧,开始许愿。"

我又将双臂环抱胸前。

"不用。"她说,"我的意思是谢谢,很好,但是不用。我挺好的。"

"蜜糖,"我说,"亲爱的,宝贝。或许你没听清楚我说什么。我是个灯神。至于那三个愿望,我们说的是你可以要求任何你想要的东西。你有没有梦想过飞翔? 我可以给你双翅。你想成为有钱人吗,比克里萨斯①更富有? 还是想要权力? 只要开口就行。三个愿望,无论你想要什么都可以。"

"正如我所说,"她说,"谢谢。我很好。你想喝点什么吗? 在灯里面待了这么长时间,你一定渴得都快干透了。要喝酒吗? 还是水? 茶?"

"呃……"事实上,被她这么一提,我觉得渴极了,"你有没有薄荷茶?"

她给我做了一壶薄荷茶,用的茶壶与那只我待了近千年的灯几乎一模一样。

"谢谢你的茶。"

"别客气。"

"但我不明白。我碰到的每个人都会问我要各种东西,漂亮

---

① 克里萨斯(Croesus),希腊传说中的吕底亚国王,按照希罗多德的记载,吕底亚曾经是小亚细亚地区最富有的国家,后被赫梯灭亡。

房子、美女组成的后宫——当然你不需要后宫……"

"我可能需要的,"她说,"你不能预先就在心里对别人下定论。哦,还有别叫我亲爱的,或者甜心,还有其他诸如此类的称呼。我的名字叫哈泽尔。"

"啊!"我明白过来了,"那么你是想要个美女?我向你道歉。你只需要许愿就行了。"我双臂抱胸。

"不用,"她说,"我很好。不用许愿。茶喝起来如何?"

我告诉她,她的薄荷茶是我喝过的所有茶里最好喝的。

她问我是从什么时候开始觉得需要满足人们的愿望,我又是为何希望能取悦于人的。她问起了我的母亲,我告诉她,不要用她评价人类的标准来衡量我,因为我是个灯神,我充满了力量和愿望,具有魔力且神秘。

她问我喜欢不喜欢鹰嘴豆泥,我表示肯定,她烤了一片皮塔饼,把它切成片,让我蘸着鹰嘴豆泥吃。

我将面饼蘸上豆泥,愉快地吃了起来。豆泥让我有了一个主意。

"就只是许个愿望,"我耐心地说道,"我可以给你带来一顿足以配得上一位苏丹的大餐。每一碟都会比前一碟更美味,而且全都以黄金盘子盛起。饭后你还能留下这些金盘。"

"听起来不错,"她微笑着说道,"你愿意一起走走吗?"

我们一起在小镇上穿行。在灯里待了这么久之后,能伸展开双腿的感觉着实不错。我们漫步到一处公园绿地,坐在小湖边的长椅上。天气挺暖和,但时不时吹来一阵阵风,每一次都会拂下不少秋天的树叶。

我将自己年轻时作为灯神的经历告诉了哈泽尔,说我们曾经热衷于偷听天使的交谈,但若是被他们发现,会将彗星扔到我们身上。我告诉她灯神战争时的那些坏日子,而苏莱曼大帝①又是如何将我们囚禁在那些中空的事物里,诸如瓶子、灯、陶土罐之类的。

她则告诉了我她父母的事,他们死于一场飞机事故,只给她留下这栋屋子。她告诉我,她的工作是给童书画插图,当初她发现自己无法胜任医学插画的工作,是童书插图支持了她。她说无论被指派给什么书画插画,她都很开心。她还告诉我,她每周会去当地的社区大学里教一趟人体素描课。

我看出她的生活中没有任何瑕疵,也没有任何需要用愿望来填补的空洞,只除了一条。

"你活得不错,"我对她说,"但没有人与你分享。许愿吧,我会给你带来最合适的男人。女人也行。一位明星。一个富有的……人……"

"不用。我很好。"她说。

我们走回她家,经过一些已装点好准备过万圣节的屋子。

"这是不对的,"我对她说,"人们总有想要的东西。"

"我没有。我已经有了我需要的一切。"

---

① 奥斯曼帝国的苏丹。

"那我怎么办?"

她想了一会儿。接着她指了指她家前门:"你能耙叶子吗?"

"这是你的愿望?"

"不。只是我做饭时,你可以干点活儿来打发时间。"

我将树叶耙到篱笆边上,扫作一堆,这样风就不会把它们吹散了。晚饭后,我洗净了所有碟子。晚上,我在哈泽尔家空出来的房间里过了夜。

并不是说她不想要人帮助。她让我帮她。我给她跑腿,购买画材和生活用品。白天她一旦画起画就得花上很多时间,她让我帮她揉揉脖子和肩膀。我的双手很稳,捏得不错。

很快,在感恩节前夕,我就从空房里搬出来,穿过了客厅,进入主卧室,睡到了哈泽尔的床上。

今天早上,我望着她的睡颜。我盯着她睡着时双唇抿起的轮廓。逐渐蔓延的日光触摸到她的脸颊,她张开双眼,看着我露出微笑。

"你知道我从未要求过的东西,"她说,"其实是关于你的。要是我让你许三个愿望,你又会想要什么呢?"

我想了一会儿,接着搂紧了她,她将脑袋搁在我的肩膀上。

"不要什么,"我对她说,"我过得很好。"

高能预警

十一月故事

那个火盆很小,四四方方,看起来年代久远,被火熏成了黑色,材质可能是青铜或者黄铜。在车库旧货拍卖场上,它能吸引到爱罗薇兹的目光,主要是上面缠绕着动物的花纹,它或许是龙,也可能是海蛇。其中有一条的脑袋已经不见了。

它的要价不过一美元,于是爱罗薇兹付了钱,还买了一顶边上有羽毛装饰的帽子。还没到家,她就有些后悔买帽子了,心想或许可以将它作为礼物送给什么人。但她刚到家就看到了一封来自医院的信,于是便把火盆放进后院,把帽子放在进门的衣橱里,再也没有想起这两样东西。

几个月过去了,她想离开屋子的愿望也随着时间渐渐流逝。每一天,她都在日渐虚弱,每一天,她都被夺走更多。她把床搬到楼下的房间里,因为走路让她疼痛,爬楼梯令她精疲力竭,在楼下就寝更简单些。

十一月来临了,此时,她已知道自己永远不能再见到圣诞节。

在这世上,有些东西是你不能扔掉,但也不能让你爱的人在你死后见着的。那些是你得烧掉的东西。

她拿出一个装满纸张、信件和旧照片的黑色硬纸板文件夹,来到院子里,在火盆中填入小树枝和棕色购物纸袋,接着以烧烤用打火器点燃。直到它开始燃烧之后,她才打开文件夹。

TRIGGER WARNING

她先从信件烧起,尤其是那些她不希望其他人看到的。当她还在上大学时,曾经与一位教授发生过一段关系——要是你可以用"关系"来称呼那段经历的话——它非常阴暗、非常迅速,而且绝对错误。她曾经将他的所有信件钉在一起,现在则一张张地丢进火焰。有一张照片拍的是他俩站在一起,最后她将这张照片也丢进去,眼看着它卷了起来,渐渐焦黑。

突然她意识到自己已不记得那位教授的名字,也不记得他教授哪门学科,更不明白为什么这段关系会伤她如此之深,令她在后来的一年里,几乎选择自杀。接着,她又伸手去拿文件夹里的第二件东西。

那是她的老狗莱西的照片,在后院里的橡树旁,它趴在她的背上。莱西七年前就死了,但那棵树依然还在原处,此刻在这十一月的寒风中,已不剩多少叶子。她将照片扔进火盆。她曾经那么喜爱那条狗。

她将视线转到树上,边回忆着……

但后院里却没有了树。

甚至连树桩都看不到,只有一片枯萎的十一月的草坪,遍布着隔壁邻居家的树上掉落的叶片。

爱罗薇兹看到这个景象,却不担心是不是自己发了疯。她僵硬地起身,走进屋子,镜子上映出了她的影子,令她大吃一惊。这些天来一直如此。她的头发已是如此稀薄,如此疏散,她的脸庞又是如此憔悴。

她从临时搭起的床边小桌上拿起几张纸,最上面是肿瘤医师写来的报告,其下放着一打写满了数据和字词的纸张。再往下还有不少,每一沓纸的第一页上方都印着一个医院的标志。她把它们全数拿起,那是相当厚的一捆纸,她还拿上了医院的账单。保险将其中大部分都抵销了,但不是全部。

她走回屋外,在厨房里停留了一会儿,以平顺呼吸。

火盆正等待着,她将病历丢进火焰。她看着它们渐渐变成棕色、黑色,最终成为灰烬,散落在十一月的风中。

爱罗薇兹站起身,等最后一份医疗记录烧尽,她走回屋里。客厅的镜子向她展现出一个熟悉又陌生的爱罗薇兹:她又长出一头浓密的棕色头发,她朝着镜子里的自己微笑,就好像她热爱生活,并且从沉睡中舒舒服服地醒来了。

爱罗薇兹走到客厅的衣柜边。里面的架子上放着一顶几乎已被她遗忘的红色帽子,她将帽子戴在头上,有点担心红色会令自己的脸看起来苍白憔悴,气色不佳。她看向镜子,但镜子里的她看起来却十分不错。她将帽子倾斜成一个俏皮的角度。

在屋外,最后一丝烟从黑色的蛇纹火盆里飘出,消散在十一月寒冷的空气中。

十二月故事

夏天露宿街头虽然辛苦,但至少你能睡在公园里,不至于因为寒冷而冻死。冬天就不一样了,冬季是可能致命的。即使不会让你死亡,也会令你成为它的一名无家可归的特殊朋友,侵入你生活中的方方面面。

多娜是从老手们那儿学到这一点的。他们告诉她,要点在于,你要尽可能找到一个能在白天睡觉的地方——地铁环线就很不错,买一张车票就能坐上一整天,在车厢里你尽可以打个盹儿。还有那些便宜小咖啡馆,他们不会介意一名十八岁的姑娘只花五十便士买一杯茶,就在角落里打上一到三个小时的瞌睡,只要她看起来多少还有点尊严——但在晚上,气温骤降,温暖的地方都关门、上锁、关灯时,她得一直醒着走动。

此时正是晚上九点,多娜正在行走。她一直留在灯光明亮的地区,而且她并不耻于向人要钱。再也不会了。反正人们可以拒绝,而且通常他们都会拒绝。

街角站着的女人看起来十分陌生。要是多娜见过她,就不会主动去接近那女人。让来自比丹登的某个人看到她这样是场噩梦,一方面是羞耻,另一方面,她也担心他们会告诉她的妈妈(妈妈从不多说什么,听到外婆的死讯,也只说了句"谢天谢地总算解脱了"),接着妈妈会告诉爸爸,他可能会来这里找她,把她带回家。而这会毁了她。她甚至都不想再见到他。

街角的女人停下脚步,看起来有些迷惑,她四下张望了一会儿,就像是迷路了。迷路的人有时候会是个讨钱的好对象,只要你告诉他们,要怎么走才能到他们想去的地方。

多娜靠近了她,说道:"能给点零钱吗?"

女人低头看她。接着她脸上的表情变了,看起来就像是……多娜突然明白了那句老话的意思,明白了为什么人们会说"她看起来就像是撞见了鬼"。她明白了。那女人说道："你？"

"我？"多娜说道。要是她认出这个女人,她可能会倒退几步,甚至会跑掉,但她不认得这女人。女人看起来有一点点像多娜的母亲,但更和蔼,更温和,拥有一些多娜的母亲缺乏的东西。很难看清她真实的长相,因为她穿着一件厚厚的冬衣,戴着一顶厚厚的羊毛绒线帽,但她在帽子下的头发和多娜一样,都是橙色的。

女人说道："多娜。"多娜本可以跑开,但她没有,她留在原地不动,因为这实在过于疯狂,过于不同寻常,荒谬得难以言叙。

女人说道："上帝啊,多娜。是你,对吧？我记得的。"她站住了,眼中似乎涌出泪水。

多娜看着女人,一个荒谬而几乎不可能成真的念头跳进她的脑海,她说："你是我想的那个人吗？"

女人点点头。"我就是你,"她说,"或者说是我将会是你。总有一天。我刚正沿着这条路走着,回忆过去的一切,当我……当你……"她又停顿了一会儿。"听着。事情对你来说不会一直都是这样的。甚至不会持续很久。只是你绝对不要干任何傻事,也不要做任何不可挽回的事。我保证一切都会好的。就好像Youtube视频网站说的那样,你知道的对吧？**事情会变好的。**"

TRIGGER WARNING

"'你管子'①是什么?"多娜问道。

"哦,宝贝。"女人说道。接着她环抱多娜,将她拉近,紧紧地搂在怀里。

"你会带我回家吗?"多娜问道。

"我不能,"女人说,"你现在还没有家。你还没有遇上任何一位将会带你离开这条街道、帮你找份工作的人。你还没有遇上那位会成为你的伙伴的人。你俩会找到一个对彼此和你们的孩子来说都很安全的处所,一个温暖的地方。"

多娜感到内心涌起一阵愤怒。"你为什么要告诉我这些?"她问。

"这样你会知道一切能变好,给你一些希望。"

多娜后退了一步。"我不需要希望,"她说,"我需要一个温暖的地方。我想要一个家。我现在就想要,而不是二十年之后。"

在那张平静的脸上出现了受伤的表情。"要不了二十——"

"我才不管!反正不是今晚。我现在无处可去。而且我很冷。你有零钱吗?"

女人点点头。"给你。"她说。她打开钱包,拿出一张二十镑的纸币。多娜接了过去,但这张钱看起来与她熟悉的钞票全

---

① 年轻多娜的时代还没有 youtube,她听成了 you tube。

高 能 预 警

然不同。她回头看向那女人,想再问点问题。但女人已经不见了,多娜再去看钱时,钱也一同消失了。

她站着,阵阵发抖。就算曾经有过这样一张钞票,此刻它也已经不见。但她还保留着一样东西:她知道总有一天它会实现的。到头来一定会。她还知道她不需要去做任何傻事。她知道自己不用买一张地铁的末班车票,就为了看着一辆地铁向她开来,等地铁开到来不及刹车时,跳下铁轨。

冬天的风十分寒冷,刺痛了她,割伤了她,冷到彻骨,但她还是在一家商店入口处看到有什么东西被风吹过,她弯腰将它捡起,是一张五镑的纸钞。或许明天会更容易些。她不必再做任何她曾经想象过自己将会去做的事。

若你在街头露宿,十二月可能致命。但至少不是今年。这个夜晚不至于此。

蜂蜜与死亡奇案

在好些年里,对当地的老百姓来说,那个幽灵似的白人老头,那个背着大肩袋的外国人,在他身上到底发生了什么,始终是个谜团。有些人认为他被谋杀了,但后来,他们挖开山腰高处,老高那小小窝棚的地板寻找财宝,寻得的却只有一些灰烬,以及一个被火燎黑的锡托盘。

那是老高自己也消失之后的事情了,你知道,此后老高的儿子才从漓江回来,接手了山上的蜜蜂。

这是问题所在,福尔摩斯在1899年写道:厌倦。了无生趣。或者不如这么说,事情变得太容易。过去,解决犯罪案件能作为挑战带来乐趣,更有你无法解决的可能性,所以那时候罪案能成为吸引你注意力的东西。然而如果每个案子都能解决,而且能解决得如此轻松,那么也就没有了解决的理由。

看,这人被谋杀了。那么,肯定是有人杀了他。他被谋杀的理由一只手也能数得过来:他给谁惹了麻烦,要不就是他拥有什么别人想要的东西,再或者是他激怒了什么人。这有什么挑

高 能 预 警

战性?

我会在报纸上读到某起警方无法解决的案件,然而在读完整篇报道之前,我就发现自己已经解决了它,即使不知道细节,也能掌握大致的过程。破解犯罪案件实在是太容易了。事情结束了。为什么要打电话给警方,告诉他们困惑着他们的答案?一次又一次地,我只是随它去,将案子留给他们作为挑战,因为它对我来说已毫无挑战可言。

唯有在面对挑战时,我才是活着的。

那座雾霭茫茫的山丘很高,高到有时候人们会管它叫做山脉。山里的蜜蜂总是在夏季苍白的日光中嗡嗡飞行,从山坡上的一朵春花上飞到另一朵春花上。老高听着它们的声音,一点也不高兴。他的侄子住在山谷的村子里,有不少蜂箱,即使早在一年的这个时节,他的蜂箱里也已满是蜂蜜,而且那些蜂蜜都像羊脂玉一样雪白。老高并不相信白蜜尝起来能比其他黄色或浅棕色的蜂蜜更好吃,但他的蜜蜂生产的蜜数量稀少,而他的侄子能把白蜜卖出比他最好的蜂蜜还要多一倍的价钱。

在他侄子那边的山上,蜜蜂认真又勤劳,那些金棕色的小工人们四处授粉,再将大量花蜜带回蜂箱。老高的蜜蜂却性情暴烈,通体漆黑,像子弹一样闪着反光,它们只会生产足够它们过冬的蜂蜜,最多再多一点点,只够老高挨家挨户地向邻居兜售,

TRIGGER WARNING

一次卖出一小块蜂巢。如果他有子脾①可售,就能多赚点钱,那里面包含着幼蜂,尝起来是甜丝丝的蛋白质的味道。但这样的机会很少,因为他的蜜蜂总是愠怒而闷闷不乐,无论干什么都尽可能偷懒,连繁殖后代也是如此。而且老高清楚,自己卖出去的每一片子脾都会变成蜜蜂,若他卖了它们,在这一年接下来的日子里,它们便不会再为他生产可以出售的蜂蜜。

老高和他的蜜蜂一样阴沉易怒。他曾经有过一位妻子,但她死于生产。将她害死的儿子多活了一个星期,接着也死了。没有人会在老高的葬礼上致辞,没有人会给他扫墓,也不会有人给他献上祭品。他死后将无人缅怀,像他的蜜蜂一样不被注意,平凡无奇。

那个白人老头是在当年晚春时出现的,上山的路一通他就来了,肩上背着一个棕色大袋子。在见到他之前,老高就听说过他了。

"有个外国人正在到处看蜜蜂。"他的侄子说。

老高什么也没说。他是去找侄子买一桶劣质蜂巢的,那都是些受损或即将被丢弃的蜂巢。他以低廉的价格购来喂养他自己的蜜蜂,或者挑一些在他村子里出售,没有人会察觉。两个人坐在山腰上老高侄子的小屋里喝茶。晚春时,从第一滴蜜落下到初霜之前,老高的侄子都会从村里的屋子来到山腰上的小屋

---

① 蜂巢中用于母蜂产卵的结构。

中,与蜂箱同住同睡,以防小偷。他的妻子和孩子会替他将蜂巢和一罐罐雪白的蜂蜜带下山出售。

老高并不担心小偷。老高的那些闪闪发亮的黑蜜蜂会毫不留情地攻击任何胆敢惊扰它们的人。除非要收集蜂蜜,他总是睡在自己村里。

"我会让他来找你,"老高的侄子说道,"回答他一些问题,带他去看看你的蜜蜂,他就会付你钱。"

"他会说我们的话?"

"他的口音挺重的。他说他是从水手那儿学的,那些人大部分都是广东人。但他学得挺快,虽然他年纪已经挺大了。"

老高哼了一声,他对水手没什么兴趣。此时已近中午,他得顶着炎热的天气再走上四个小时,才能从这山谷走到自己村子里。他喝完了茶。他侄子喝的茶比他所能提供的茶要好得多。

天还没暗的时候,他抵达了自己的养蜂场,将大部分受损的蜜倒入最薄弱的蜂房。他有七个蜂房,而他侄子有一百多个。干这活儿的时候,老高被蜇了两次,一次在手背上,一次在脖子后面。他一生中被蜜蜂蜇过千百次,他都说不清具体的数字了。普通蜜蜂蜇他,他是几乎察觉不到的,但被他那种黑蜜蜂蜇一下,虽然不会起肿包,也不会留下印子,却会疼得要命。

第二天,村里有个男孩来老高家,告诉他有人——一名高个子外国人——正在询问关于他的事。老高只是咕哝了一声。他迈着不变的步子,与那男孩一起穿过村子。男孩跑在他前面,很快就跑没影了。

TRIGGER WARNING

老高找到外国人时,他正坐在张寡妇家门口喝茶。老高在五十年前就认得张寡妇的母亲了,她是他妻子的朋友。而现在,她早就去世了。他相信,所有认得他妻子的人都已去世。张寡妇给老高端来一杯茶,将他介绍给这看起来年纪更大些的外国人,对方此时已将袋子移开,坐在了小桌边。

他们品茗绿茶。外国人说:"我想看看你的蜜蜂。"

迈克罗夫特的死是帝国的终结,没有人知道这一点,只除了我俩。他躺在白色的房间里,身上只盖着一条白色的薄床单,看起来就像他已成为大众印象里的那种幽灵,只差往床单上戳两个露出眼睛的洞来完成这个印象。

我本以为他会因疾病而日渐消瘦,但他的身躯看起来似乎比过去更庞大,手指肿得就像板油香肠。

我说:"早上好,迈克罗夫特。霍普金斯医生告诉我,你还能再活两个礼拜。他警告我,不管在什么情况下都不能告诉你这件事。"

"这人是蠢货,"迈克罗夫特说道,他的呼吸在字与字之间形成了粗重的喘息,"我撑不过周五。"

"至少周六。"我说。

"你总是个乐观主义者。不,到周四晚上,我就将是道几何题,令霍普金斯医生和斯尼比与马尔特森的丧葬承办人头疼,他们得迎接挑战,看要如何通过狭窄的门和通道,才能将我的尸体从这房间和这栋屋子里移出去。"

高能预警

"我考虑过,"我说,"尤其是下楼梯特别成问题。不过他们可以通过窗子把你放到街上,就像吊一架三角钢琴。"

迈克罗夫特听后哼了一声。接着他说:"我五十四岁了,夏洛克。我的头脑是大不列颠政府。不是投票和选举程序这些无聊的事,而是具体的政府运转工作。除我之外,没有人知道阿富汗山上军队的行进与威尔士北部荒凉的海岸有关,没有人能看破全局。你能想象,这儿的人和他们的孩子制造的混乱,会导致印度独立吗?"

我以前从未想过这个问题。"它会独立?"

"必然的事。最多三十年。就这个议题和其他一些主题,我已写过不少备忘录。我写过俄国革命的备忘录——我敢打赌十年内就会发生——还有德国的问题,还有……哦,太多了。但我也没期待有人会去读它们,理解它们。"又是一阵喘息。我哥哥的肺咔嗒作响,就像是空屋的窗子。"你要知道,要是我能活下来,大不列颠帝国就可能再延续千年之久,能将和平和进步带给全世界。"

在过去,尤其我还在年少时,无论什么时候,只要听到迈克罗夫特发表这样的豪言壮语,就会出言嘲讽他。但现在,在他的病床边,我不会这么做。此外我也很确信,他口中所谓的帝国,并非当前存在于世的这个由有瑕疵又不可靠的人群组成的有瑕疵又不可靠的社会组织,而是仅存于他脑海中的大不列颠帝国,它有强大的力量能创造文明和全世界的繁荣。

我现在不信,过去也从未信任过帝国。但我信任迈克罗夫特。

迈克罗夫特·福尔摩斯。五十四岁。他已见到了新世纪，但女王将会比他再多活几个月。她比他年长三十岁，不管从什么角度看，都像是一只顽强而上了年纪的鸟儿。我问自己这不幸的结局是否能够避免。

迈克罗夫特说："当然，你是对的，夏洛克。假如我强迫自己运动；假如我以谷物和卷心菜为食，来取代腰眼肉牛排；假如我养成和妻子还有孩子跳跳乡村舞的习惯，做其他各种违背我天性的行为，那我或许还能再活十年，甚至更久。但从中我又能获得什么呢？几乎没有。而且迟早我还得步入垂暮之年。不。我一直认为培养一个功能性的政府部门至少得两百年，更不用说秘密机构……"

我什么也没说。

白色的房间里，墙上没有任何装饰。迈克罗夫特的发言中同样也没有。没有插画，没有照片，也没有油画。我将他这朴素的住所与我在贝克街上那些杂乱的房间相比，不由得对迈克罗夫特的头脑感到惊讶，而这已不是第一次。他不需要任何外部事物，因为一切都发生在内部——一切他看到的、他经历过的、他阅读到的东西。他可以闭上眼睛，穿行于国家美术馆，或是浏览大不列颠博物馆的阅读室——或者更有可能的是，将帝国边境上用维根出产的羊毛换得的谍报，与霍夫当地的失业数据相比照，接着据此——也仅仅只是据此——便能下令让某人升迁，或是不声不响地处死某个卖国贼。

高能预警

迈克罗夫特大声喘息,接着他说:"这是种犯罪,夏洛克。"

"你说什么?"

"犯罪。这是种犯罪,我的弟弟,它是如此凶残,如此骇人听闻,与你研究的那些廉价惊悚小说里的大屠杀无异。这是种针对这个世界,针对天性,针对秩序的犯罪。"

"我一定是糊涂了,我亲爱的伙伴,我完全不明白你的意思。你说的犯罪指什么?"

"具体地说,"迈克罗夫特说道,"是我的死亡。笼统地说,是死亡本身。"他望着我的眼睛。"我的意思是,"他说,"现在根本没有一桩犯罪案件值得研究,对吧,夏洛克,我的老伙计?你曾经费时研究过在海德公园里管一支铜管乐队的那个可怜虫的案子,他被第三短号手用马钱子碱制剂杀害,现在还有什么犯罪能比它更吸引你的注意?"

"用的是砒霜。"我纠正他,几乎不假思索。

"我想你会发现,"迈克罗夫特喘息道,"就是现在,那砒霜实际上是从漆成绿色的音乐台上剥落下来,掉落进他晚饭里的。砒霜症状只是个转移视线的手段。不,其实真正令那可怜人死掉的是马钱子碱。"

那天迈克罗夫特没再和我多说什么,后来也再没开口。周四下午稍晚,他吐出最后一口气,周五,来自斯尼比与马尔特森的丧葬承办人便将他装入柜子,通过白色房间的窗子,把我兄长的尸体垂到街上,就像吊起一架三角钢琴。

出席他葬礼的人有我,我的朋友华生,我们的侄子哈里特,此外,根据迈克罗夫特明确表示过的意愿,再没有别人。公共服务部门、外交部,甚至第欧根尼俱乐部①——这些政府机构及其代表悉数缺席。迈克罗夫特生前离群索居,死后同样也与世隔绝。于是只有我们三人,还有一个不认得我兄长的人,他全然没有概念,不知自己正将大不列颠政府全能的膀臂送入墓穴之中。

四个结实的汉子拉着绳索,将兄长的棺木放入他的安眠之所,而且我敢说,他们费了好大劲儿才克制住没有因为它的重量而发声咒骂。我给了他们每个人半个克朗的小费。

迈克罗夫特终年五十四岁,在他们将他放入墓穴时,在我的想象中,我依然能够听到他那短促而晦暗的喘息,就好像在说:"现在,有一桩犯罪值得你去研究。"

那陌生人的口音不太重,尽管他的词汇量有限。他使用当地方言讲话,或者某种相似的方言。他学得很快。老高清了清嗓子,往街上的尘土里吐出一口唾沫。他什么也没说。他不想带陌生人到山腰上去,他不想惊扰到他的蜜蜂。根据老高的经验,他打扰那些蜜蜂的次数越少,它们就干得越好。而且万一它们蜇了这个外国人该怎么办?

陌生人的头发是银白色的,已有些稀疏,至于他的鼻子,这

---

① 第欧根尼俱乐部(Diogenes Club)是柯南·道尔在福尔摩斯系列里虚构出来的俱乐部,由迈克罗夫特·福尔摩斯创办,俱乐部内禁止交谈,只为更好地思考休息。

高 能 预 警

是老高见过的第一个外国鼻子,它又大又弯,轮廓很深,让老高联想到老鹰的喙。老高不太确定自己是否能像辨认其他人的表情一样辨认这个外国人的情绪,但他觉得这个人看起来很认真,同时,或许不太开心。

"为什么?"

"我研究蜜蜂。你兄弟告诉我,你这儿养着黑色的大蜜蜂。不同寻常的蜜蜂。"

老高耸了耸肩。他没有纠正外国人对他和他侄子之间亲属关系的错误认识。

外国人问老高吃了没有,老高说没有,于是外国人便让张寡妇给他们端上汤和米饭,还有厨房里随便什么吃着不错的菜肴。张寡妇端上来一锅黑木耳炖汤,一些蔬菜和一条薄薄的小河鱼,没比蝌蚪大多少。两个男人静静地吃起来。饭后,陌生人说:"如果你能带我去看你的蜜蜂,我会付你足够的钱。"

老高什么也没说,但陌生人大方地付钱给张寡妇,然后背上袋子。接着他等待着,等老高开始向前走,他便跟上老高。他背着袋子,看起来就像它轻如无物。老高想,就一个老人来说,他很强壮,老高想知道是不是所有这样的外国人都很强壮。

"你从哪儿来?"

"英国。"陌生人说。

老高回忆起他的父亲告诉过他,曾经有一场与英国人的战争,为了贸易,也为了鸦片,不过那是很早以前的事了。

他们爬上山腰,或者也可以说,爬上了山冈。这里地势陡

TRIGGER WARNING

峭,石头很多,因此无法修整成耕地。老高想测一测陌生人的速度,于是走得比平常更快,而那陌生人一直跟着他,背上还背着行囊。

然而,外国人还是停下来了好几次。他停下来检查花朵——那是种白色小花,早春的时候它能开遍山谷,但到了晚春时,就只山的这一侧开放了。有一只蜜蜂停留在一朵花上,陌生人跪下观察它。接着他将手伸入口袋,拿出一个巨大的放大镜,用它来检查蜜蜂,还在一本小小的口袋装笔记本上写下记录。他写的字老高无法理解。

老高以前从未见过放大镜,他凑近身子也看起蜜蜂来,它是那么黑,那么强壮,与山谷里其他地方的蜜蜂截然不同。

"这是你的蜜蜂?"

"是的,"老高说,"或者也可能是长得差不多的。"

"那我们得让她自己找路回去。"陌生人说道,他将放大镜放下,没有惊扰到蜜蜂。

农庄,

东部沙地,苏塞克斯[①]

1922 年 8 月 11 日

亲爱的华生,

[①] 根据柯南·道尔原著,福尔摩斯退休后就到苏塞克斯,以养蜂作为退休生涯的消遣。

高能预警

我还是对我们今天下午的讨论耿耿于怀,我仔细考虑了这个问题,决定更正我此前的观点。

我可以接受你发表 1903 年解决的案件,特别是我退休前的最后那个案子[①],但有以下条件。

首先,按照惯例,你得隐瞒事件相关人士的真实姓名和真实地点,我建议你用猴子腺体替换掉我们遭遇的那个问题(我指的是普雷斯伯里教授的花园,具体我就不在这儿细说了),也可以说是某种猿或狐猴的实验提取物,实验由某位外国的神秘人物完成。或许你可以写,那种猴子提取物能让普雷斯伯里教授走路的样子像头猿猴——或者他也可以成为某种"爬行类人种"?——还能让他爬上建筑物和树梢。要么他可以长出条尾巴,但就算是对你来说这也太异想天开了,华生,尽管这没比你对我生活和工作中遇到的单调无聊的事件所做的添油加醋更异想天开多少。

另外,我已写完了你叙述结束后的那段演讲,它应由我的口中述说。请确保你发表时的内容与之类似,我将在其中痛斥过于长久的生命,痛斥令愚者干出蠢事来延续他们愚蠢生命的可悲欲望。

在人性中,存在一种非常真实的危险性。如果某人能够永

---

① 此处应指"爬行人"一案(The Adventure of the Creeping Man),知名教授普雷斯伯里的助手发现教授自欧洲大陆回英国后举止变得不太正常,夜晚在地面爬行,家中饲养多年的狗也袭击了教授。

生不死,如果永葆青春能由人自取,那么肉体、肉欲与世俗也将延续它们毫无价值的生命。灵魂将不可避免地呼唤某些更高层次的东西,它将成为最后的一点喜悦残存。我们这可怜的世界又会成为什么样的污水坑?

我想,像这样的几行字,应该能让我的心情安定下来。

你完成后发表前,请记得一定让我先看一遍。

老友,依旧是你最顺从的仆人,
夏洛克·福尔摩斯

他们在午后稍晚时见到了老高的蜜蜂。老高的蜂箱是一些灰色的木头盒子,堆在一个简陋得几乎无法被称之为棚屋的建筑后面。建筑只有四根柱子,一个顶棚,挂了几张油布来抵挡最糟糕的春雨和夏季雷暴。里面放了一只木炭火盆,如果你能找张毯子将它和自己盖起来,在火盆上煮点饭,还能获得些许温暖;建筑中央则摆着一块木板,上面有一只老旧的瓷枕,如果老高得跟蜜蜂一起睡在山冈上,就用它来做床铺,这种情况多半发生在秋天,那时候才是他采蜜最多的季节。相比于他侄子蜂房的产量,他的蜂房几乎不值一提,但也足够他花上两到三天,将碾碎的蜂巢搅拌成浆,用布料过滤后倒入他带上山冈的桶和罐子里。他会将剩下的残留物——包括黏稠的蜡油、少量花粉、泥土和蜂王浆——放进一只罐子里混合,从中提取蜂蜡,将带甜味的水还给蜜蜂。接着他会带着蜂蜜和蜂蜡块下山,到村里出售。

他带着外国人看了十一只蜂房,冷淡地瞧着那外国人戴上

高能预警

面罩,打开其中一只,先是检查了一通蜜蜂,接着检查巢室的容量,最后用放大镜观察蜂后。他看起来一点也不害怕,也没有什么不适,他所有的动作都显得轻柔缓慢,没有被蜜蜂蜇伤,也没有压扁或伤到任何一只蜜蜂。这令老高印象深刻。他本以为外国人都是高深莫测、难以理解的神秘生物,但这人却似乎因为遇见老高的蜜蜂而狂喜万分。他的眼睛都闪闪发亮起来。

老高点燃火盆,煮了点水。然而,还没等木炭发出热量,那外国人就从背包里拿出一个由玻璃和金属组成的奇妙装置。他将小溪里取来的水注入装置的上半部分,点燃火焰,不一会儿一小壶水便开始冒出蒸汽,汩汩冒泡了。接着外国人从包里拿出两只锡杯和用纸包起来的一些绿茶,往杯子里放了点茶叶,倒入开水。

那是老高喝过的最好的茶,远比他侄子的茶要好许多。他们盘腿坐在地板上,喝起茶来。

"我想在这间屋子里过一个夏天。"外国人说。

"这里?这都不能叫屋子。"老高说,"留在村里吧,张寡妇有间空房。"

"我要留在这里,"陌生人说道,"此外我还想向你租一个蜂房。"

老高已经有很多年没有大笑过了,村里人甚至都觉得他不可能会笑。但此时,他大笑起来,爆发出一阵混合着惊讶与兴味的哄笑。

"我是认真的。"陌生人说道。他拿出四枚银币,放在两人之间的地面上。老高没瞧清楚他是从哪儿拿出来的。三枚墨西哥鹰元,这种银币过去曾在中国广泛流通,还有一枚"袁大头"。这些银币的价值足以抵得上老高卖蜂蜜一整年的收入。"我支付这些钱,"陌生人说,"希望有人能给我带来食物,三天一次就够了。"

老高什么也没说。他喝完茶,站起身来,推开油布,走入高高的山间。他走到那十一只蜂箱边上,每一只蜂箱里都有两个巢室,内里分别有一个、两个、三个,甚至其中之一有四个蜂室。他带着陌生人到有四个蜂室的蜂箱前,它的每个蜂室里都填满了蜂巢。

"这个蜂箱是你的了。"他说。

它们是植物萃取物。这是显而易见的事。它们在有限的时间里,以它们的方式起了作用,而且作用得十分猛烈。但看着可怜的普雷斯伯里教授度过他最后的日子,他的皮肤,他的双眼,他的行走姿势都变得如此怪异,我确信他所走的道路并非全然错误。

我拿到了他的种子、豆荚、块根和凝固的提取物,我思考着,衡量着,谋划着,反思着。这是个智力问题,而且可以解决,正如我那老数学家家庭教师总是希望能向我证明的,用智商即可。

它们是植物萃取物,而且致命。

我曾用于证明它们无害的理论可以证明它们其实并不灵验。

高 能 预 警

这不是个三斗烟级别[①]的问题。我怀疑它甚至可能是种三百斗烟级别的问题,直到我脑海中突然闪过一个念头——或者也可以说是狂想——某种加工这植物的方式或许能令人类得以食用它们。

这可不是一个可以轻松地坐在贝克街上就完成的调查研究。因此,1903年秋,我搬到苏塞克斯,用了一整个冬天,我想我读完了目前已出版的每一本书、每一本短论小册和每一篇专题论文——那些关于如何照料饲养蜜蜂的。接下来,1904年的早春,我带着全身上下唯一的装备——我的理论知识——迎来了本地农夫寄出的第一袋蜜蜂。

我有时候会想,华生到底有没有怀疑过这一切。不过,他那了不起的愚钝始终令我心怀敬意,而且老实说,有时候我还挺依赖这一点的。不过,他知道我脑子里没有工作、没有需要解决的案子时,我会表现出什么样子。他知道没有案子需要解决时,我会如何厌倦,如何情绪低落。

所以,他又怎么会相信我真的退休了?他知道我的手段。

是的,我收到第一批蜜蜂时,他也出现在那里。他望着我,站在一个安全的距离之外,我从包裹中将那些蜜蜂倒入一个准备好的空蜂箱时,它们就像是一团缓慢流淌又嗡嗡作响的糖蜜。

他看得出我的兴奋,却什么也没说。

---

① 典出《红发会》一案。

TRIGGER WARNING

一年年过去,我们看着帝国崩溃,看着政府失去控制,看着那些可怜而英勇的男孩们被派到弗兰德斯①的战壕中死去,这一切都令我更坚信自己的看法:我正在做的不是正确的事,却是我唯一能做的事。

我的面容变得不再熟悉,我的手指关节膨胀疼痛(不过没肿痛得太厉害,我认为这应归功于在刚成为养蜂观察家的开始几年里,我曾被蜜蜂蜇过太多次)。而勇敢的、迟钝的、亲爱的华生,他也和我一样,随着时间渐渐老去,变得苍白而瘦小,皮肤成了灰色,小胡子也成了和皮肤一样的灰色。但我想给自己的研究推出结论的决心并未减弱。要是说有什么改变,那也是增强才对。

于是,我在南部丘陵②对自己的猜想进行了最初的验证。我自己设计了一座养蜂场,在朗氏蜂箱③的基础上进行了改良。我相信我犯过所有养蜂人曾经犯过的所有错误,另外,据我观察,还有一大蜂箱的错误是任何养蜂人都不曾、将来也很可能并不会犯下的。《毒蜂箱奇案》,华生或许会给其中的部分起上这样

---

① 比利时的弗兰德斯曾是一战的战场。

② 苏塞克斯即位于此地。

③ 朗氏蜂箱由兰斯特罗斯(Langstroth)发明于1852年,如今已在全世界养蜂业内普及,并经过一定改良。朗氏蜂箱更好地利用了蜂路(蜂巢内蜜蜂活动的空间),它从上端开启,巢脾悬挂在箱内,可以从蜂箱上方任意提取,并可随意水平调动。

高 能 预 警

一个名字,尽管要是有人足够有心来研究,《带刺女人的组织之谜》这个名字或许更能让别人对我的研究产生兴趣。(我谴责了特尔福德夫人未经我的同意便带走架子上的一罐蜂蜜,又向她保证,将来会从普通蜂箱里给她几罐用于烹饪,而试验用蜂箱中的蜂蜜,自采集后便会被锁上。我想这事儿不会引起什么评论。)

我用荷兰蜂做实验,还用过德国蜂和意大利蜂、卡尼鄂拉蜂和高加索蜂。我们的英国蜂已凋敝,这实在是件遗憾的事,即使它们在什么地方依然存活,也已与其他种群杂交了。尽管我曾经找到并且研究过一小只蜂箱,是我从圣奥尔本的修道院里购得后,从一小块含有王台的蜂框慢慢培养起来的,在我看来,它算得上是英国蜂的原始种了。

我用了近二十年来实验,最后得出结论,我所要寻找的蜜蜂即使存在,也无法在英格兰找到,而且它们同样无法在我能用国际包裹邮购到的距离里存活。我需要调查印度蜂。我需要前往或许比印度更远的地方。

我对各种语言略有所知。

我有花种,有各种萃取物和糖浆的酊剂。这些就足够了。

我将它们打包,安排人手每周清洁南部丘陵的小屋,给它通风,安排威尔金斯博士——我恐怕自己养成了叫他"小威尔金斯"的习惯,然而他自己并不乐意——检查蜂箱、采集并将多余的蜂蜜售往伊斯特本的市场,还要做好蜂箱过冬的准备。

我告诉他们,我不知道什么时候才能回去。

我已是老人。或许他们也并不期待我能回去。

而且,若这案子如我所想,那么严格地说,他们是对的。

老高不由自主地被打动了。他的一生都是在蜜蜂群中度过的。然而,望着那陌生人轻晃手腕,动作干净利落地将蜜蜂从蜂盒中摇出,而黑蜜蜂看来也似乎惊讶多过于愤怒,它们只是飞出来,又爬回蜂箱,这情景实在令人印象深刻。陌生人将里面充满了蜂巢的蜂盒放在一个瘠薄些的蜂箱上,如此一来,老高便仍旧能从陌生人租的那只蜂巢中获得蜂蜜了。

也就是这样,老高多了一名租客。

老高给了张寡妇的孙女几个钱,让她每周去给陌生人送三次饭,基本上是米饭和蔬菜,还有满满一陶罐的汤——至少她从村里出门时是满的。

老高自己每隔十天去一次山上。一开始他是去检查蜂箱的,但不久他便发现,在陌生人的照料下,所有十一只蜂箱全都生气勃勃的,而它们过去从未这样。而且事实上现在有十二只蜂箱了,那位陌生人在山间行走时,偶然碰上一群黑蜜蜂,便将它们捕获了。

下一次上山时,老高带去了一些木头,他和那位陌生人花了好几个下午的时间,一语不发地共同劳作,给蜂箱又做了一些蜂盒,并在里面放置了一些蜂框。

一天晚上,陌生人告诉老高,他们所制作的那种蜂框是一名美国人发明的,也就是七十年前的事。老高觉得这是胡说八道,

高能预警

他做的蜂框和他父亲一样,山谷里的那些人也是这么做的,而且他很确定,他的祖父和曾曾祖父也是这么做的。不过他什么都没说。

他很乐于有陌生人陪伴。他们一起制作蜂箱,老高希望陌生人能再年轻点,这样他就能在这儿留更久,老高死后,也能将自己的蜂箱传给他。但他俩都是老头子了,他们一起钉蜂盒,两人全都白发苍苍,面容衰老,谁也不可能再多见十个冬天。

陌生人将那个属于他的蜂箱从其他蜂箱中移出,老高注意到,他在那蜂箱边,培育了一个整洁的小花园。他用一张网盖住整片植物,同时还给自己的蜂箱开了"后门",这样能碰到这些植物的就只有他那个蜂箱里的蜜蜂了。老高还注意到,在网下有几个托盘,里面放的可能是某些糖溶液,有一个盘子里的溶液是亮红色的,一个绿色的,一个清蓝色,一个黄色。他指着盘子,但陌生人却只是点点头,露出微笑。

然而蜜蜂叠在那些糖水上,挤在锡盘边上,吸饱后才返回蜂箱。

陌生人画了不少老高的蜜蜂的素描。他将画展示给老高看,试图解释老高的蜜蜂与其他蜜蜂之间的区别,还说到古蜂如何在石缝里留存数千年。然而陌生人的中文辜负了他,而且说老实话,老高对这个话题也没什么兴趣。它们是他的蜜蜂,至少在他死之前是,而他死后,它们则是山冈上的蜂。他曾经将其他蜜蜂带到这里来,但它们全都病死了,要不就是被黑蜜蜂袭击——它们会夺走其他蜜蜂的蜂蜜,让它们饿死。

TRIGGER WARNING

到访结束于夏末。老高下山去了。他再也没有见过那位陌生人。

一切结束了。

它起效了。我的心中生起一阵复杂的情绪,有胜利的喜悦,也有失望,就好像我被战胜,也好像远处的积雨云在逗弄着我的情绪。

看着自己的双手,我感到十分古怪,它们不再是我所知道的双手,而是我记忆中很久以前年轻时的手,骨节不再突出肿胀,我的头发也不再花白,它又变回了黑色,一切回到从前。

这是一种曾经击败过多少人的探寻,是一个没有明确解决方案的问题。中国的第一位皇帝在三千年前死去,几乎毁灭他的整个帝国,为的正是追寻这个问题的答案,而它所花费我的时间不过是,多少,二十年?

我不知道自己是否做了一件正确的事(尽管毫不夸张地说,要是没有这么一件活儿,"退休"将会是如此令人发狂)。我从迈克罗夫特那儿接受了这个任务。我研究了这个问题。我不可避免地,解决了这个问题。

我会告诉全世界吗? 不。

此外,我的包里还剩下半罐暗棕色的蜂蜜,这半罐蜜能抵得上好几个国家。(我本想写"抵得上全中国的茶叶",这或许是因为我此刻的处境,然而即使是华生,恐怕也会讥讽这是陈词滥调。)

高能预警

说到华生……

还有一件事要做。我还剩下一个目标,但它实在有点儿小。我得取道上海,然后搭艘船,绕过半个世界去南安普顿。

一旦我到了那儿,我要去找华生,看他是否还活着——我希望他还活着。我承认我的想法很荒谬,但若华生死去,我应该会以某种方式感应到。

我得买些戏剧化妆品,将自己伪装成一名老人,以免吓到他,然后邀请我的旧友来喝杯茶。

我想,在那个午后,茶边该有蜂蜜和烤面包。

确实有些传言,说有个外国人经过村子向东去了,但将这些话告诉老高的人并不认为,那名外国人和住在老高棚屋里的是同一个人。那个外国人更年轻,更有精神,头发也是黑的。他并不是春天里在这片地区行走的老人,不过有个人告诉老高,他俩拿的袋子看起来差不多。

老高到山冈上查看,虽然在抵达前,老高也怀疑自己是否能找到些什么。

陌生人已经离开了,带走了他的袋子。

有些烧东西的痕迹,很显眼。烧了些纸——老高认出了一张陌生人画的他那些蜜蜂素描的一角,但其他几张纸都已彻底烧成灰烬,要不就已焦黑,即便老高认得外国字,也无法看清写的是什么了。烧掉的不只是纸,陌生人租的蜂箱如今仅剩一些盘绕的灰烬,还有些扭曲焦黑的锡块,可能曾经盛放过那些色彩鲜明的溶液。

陌生人告诉过他,颜色是特意添加进糖水里的,用来区分不同的糖水,但老高没有询问他这样做的目的。

他像个侦探似的查看了棚屋,想要寻找线索,来了解陌生人的天性和下落。在瓷枕边上,他找到了留给他的四枚银元——两枚"袁大头"和两枚墨西哥比索——他将这些钱收了起来。

在棚屋后,他找到一堆用过的糖浆,上面爬着这个季节的最后几只蜜蜂,它们正吸吮着这块依然黏稠的蜡上最后一丝甜味。

老高苦苦思索了许久,这才将这些糖浆收集起来,包在布里,放进一只装满水的罐子。他用炉子将水加热,却没有煮至烧开。不久蜡便漂浮在水面上,布料里只剩下死蜂、泥土、花粉和蜂胶。

他让水冷却。

接着他走到屋外,望着月亮。此时已几近满月。

他不知道有多少村民了解他的儿子在还是个小婴儿时就已死去。他还记得自己的妻子,但她的容颜却已十分模糊,而他手中也没有她的肖像画或照片。他想,由他来照管这座高高的山上黑色子弹头一样的蜜蜂是再合适不过的了,再没有任何人比他更了解它们的秉性。

水已凉了。他将已凝结成块的蜂蜡从水中取出,放在床板上,完成冷却的过程。接着他将装着泥土和杂质的布料从罐子里捞出来。然后——因为从某种意义上讲,他同样也是名侦探,而只要你消除了所有的不可能因素,那么剩下的那一条,无论有

高 能 预 警

多离奇也即为真相——他将罐子里的甜水喝了下去。糖浆里毕竟还有很多蜂蜜,即使大部分都已从布料中滴落,获得净化后也是如此。那水尝起来像是蜂蜜,但并不是老高曾经尝过的任何蜂蜜。它尝起来有些像烟,有些像金属,又像怪异的花朵,带着古老的香气。老高想,它尝起来,有点儿像做爱的感觉。

他将这水全部饮尽,接着,便枕着瓷枕睡去了。

他想,等他醒来,他得考虑一下该如何处理他的侄子,因为一旦老高消失,他一定会想继承这山上的十二只蜂箱。

或许,他可以成为一名私生子,一位适时回到村里的年轻人。要不就只是儿子。小高。现在谁还记得?都没有关系。

他会去城里,然后再回来,只要时间与环境允许,他会在这山的一侧永远养育这些黑色蜜蜂。

那个男人，遗忘了雷·布拉德伯里

我正在渐渐遗忘一些事，这令我感到害怕。

我丧失了一些词汇，却还记得它们的概念。我希望自己不要连概念都忘记。要是把概念给忘了，那我一定是察觉不到的。要是我把一个概念忘记了，我怎么可能知道？

这事儿挺可笑，因为我的记忆力一向很好。一切都在我的脑海里。有时我的记忆力甚至好到令我觉得，自己能够记得那些尚未知晓的事。*提前记住……*

我想这事儿没有个专有名词，不是吗？提前记住尚未发生的事。有时候我在脑海里搜寻某个词语，却发现它并不在我脑中，就像有什么人在夜间将它从我的脑子里取走了似的，但对于"提前记得这事儿"的专有名词，我没有这种感觉。

当我还是个年轻人时，曾经在一栋大房子里跟别人合租过一段时间。那会儿我还是个学生。厨房里我们各有各的架子，上面整齐地标着我们每个人的名字，冰箱里的格子也是各自分开的，我们可以在里面存放自己的鸡蛋、起司、酸奶和牛奶。我总是特别留意，严格遵守规定，只使用自己的东西，但其他人却

高能预警

不是这样……这里,我忘了一个词,那个词的意思是"留心遵守规则"。在那屋子里的其他人……他们都不会这样。有时候我打开冰箱,会发现我的鸡蛋全都消失得无影无踪。

我正在想着一片满是太空船的天空,那么多的太空船,多到简直如同一场蝗灾,全都在夜晚亮紫色的天空中闪着银光。

那时候,就算是我房间里的东西也会消失。比如靴子。我记得我的靴子跑了。或者该说,"被带走了",因为事实上我没瞧见它们正离去时的场景。靴子是不会自己"跑掉"的,是有什么人"带走了"它们。就好像我的大字典。在同一幢房子里,就是那段时间。我去床边的小书架上(我的所有东西都放在床边,因为我的房间差不多也就只有能放进一张床的碗柜那么大),架子上的字典不见了,只留下一个字典大小的空缺来彰显它的不复存在。

那本字典和它带来的词汇全都消失了。接下来的一个月,他们拿走了我的收音机、一罐剃须泡沫、一沓便笺纸和一盒铅笔。还有我的酸奶。还有蜡烛,那是我在后来一次停电时才发现的。

现在我在想的是一个脚穿新网球鞋的男孩,他相信自己能永远跑下去。我,我还是想不起来。一座干燥的城镇,天上一直下着雨。一条通往沙漠的道路,在那路上,好人能见着海市蜃楼。一只干着电影制片人工作的恐龙。那海市蜃楼是忽必烈大帝堂皇的享乐宫。不……

有时候遇上了词语消失的情况,我可以换个角度来找回它

TRIGGER WARNING

们。我在寻找一个词语——比如我正谈到火星上的居民,然后我意识到他们的专有名词不见了。同时我也意识到那个消失的词语原本是在一个句子或一个书名里的。《＿＿＿＿编年史》[1]。《＿＿＿＿叔叔马丁》[2]。要是这样还不能让这词语回来,我会在脑海里反复这个过程。那些小绿人,我这样想,或者是高个子黑皮肤的外星人,性情温柔:他们看起来黑乎乎的,长着金色的眼睛……接下来,突然之间,那个词语"火星人"便等着我了,就好像在长长的一天之后,突然见到了你的老友或是恋人。

收音机不见后,我便离开了那栋屋子。这种感觉太叫人倦怠,所有那些你以为好好地全都属于你的东西逐渐消失,一件又一件,一个又一个,一只又一只,一个词再一个词。

在我十二岁那年,有位老人给我讲过一个故事,我永远都不会忘记。

一天晚上,有个可怜虫发现自己出现在一片沙漠里,他的手中没有祈祷书,因此也就无法念出任何祷告。于是他说:"全知全能的上帝啊,我没有祈祷书,又不记得任何祷告。但你知道所有祷告,因为你是上帝。所以我接下来要做一件事,我会念出字母表,然后由你来组合成词语。"

我正在遗忘一些事,这令我感到害怕。

---

[1]《火星编年史》,雷·布拉德伯里的代表作。
[2] 此处原文为《我最爱的＿＿＿＿》,《亲爱的火星人》即为 CBS 电视剧《火星叔叔马丁》的原名。

高能预警

伊卡洛斯①！我没把名字全都忘记。我还记得伊卡洛斯。他飞得离太阳太近。然而在传说里，他这样做是值得的。做出尝试始终是值得的，即使你最终失败，即使你最终得永远像颗流星般坠落。这比在黑暗中默默发光要好些，至少你能激励其他人，让其他人活下去，好过坐在黑暗中，咒骂那些借走了你的蜡烛却总是不还给你的家伙们。

然而，我还会失去一些人。

这种情况发生得都有些古怪。事实上我没有真的失去他们。这事儿和一个人失去了双亲不一样，也不像是你小时候，在人群里牵着母亲的手，一抬头却发现牵着你的人并不是你的母亲……或者长大点也一样。到那时候，你不得不在葬礼上、在回忆录中，将他们的骨灰撒在花园的花坛上或是撒进海里的时候，你得绞尽脑汁，才能觅得词汇来描述他们。

有时候我会想象自己的骨灰被撒在图书馆里的样子。但到那时候，图书馆管理员就会在第二天一早，读者们还没入馆时将它们悉数扫去。

我希望自己的骨灰能被撒在图书馆里，或者，撒在游乐场上。那种二十世纪三十年代的游乐场，你可以在里面骑着黑色

---

① 希腊传说中的人物，代达罗斯之子。代达罗斯前往克里特岛，被国王囚禁后用鸟的羽毛粘成翅膀，试图飞出这座岛屿。伊卡洛斯也粘上了羽毛，但他过于热衷飞行的感觉，飞得太高，导致太阳令粘羽毛的蜂蜡融化，落入海中而死。

TRIGGER WARNING

的……黑色的……那个……

我忘了那个词。旋转木马？旋转托盘？就是那种你骑上去，便会觉得自己再度变得年轻的东西。摩天轮。是的。另一场嘉年华出现在镇上，它带来罪恶。"当我刺伤拇指……"[1]

莎士比亚。

我记得莎士比亚，我记得他的名字，记得他是谁、他写过什么。目前来看，他还是安全的，不然人们就得说"那个写了'生存或是死亡'[2]的人"了——不，不是杰克·本尼主演的那部电影[3]，杰克的原名是本杰明·库比尔斯基，他在伊利诺伊州的沃伊根市长大，那地方离芝加哥大概一小时的路程。伊利诺伊州的沃伊根日后将以伊利诺伊州的绿城之名被人永世铭记，那是因为有人写了一部系列小说，那位作者是个美国人，曾经离开沃伊根，定居洛杉矶。我是说，当然，我正在回忆他的名字。闭上眼睛我就能看到他出现在我脑海里。

过去我常常在他的书封底看到他的照片。他看起来很温和，充满智慧，又很和善。

---

[1] 此处指雷·布拉德伯里的小说《暗夜嘉年华》(*Something Wicked This Way Comes*)。书中引用莎士比亚的《麦克白》台词，"当我刺伤拇指，邪恶就此而来"。

[2] 莎士比亚《哈姆雷特》中的经典名句。

[3] 杰克·本尼(Jack Benny, 1894—1974)，美国演员，曾经主演过电影《生存或是死亡》，所以小说里有此联想。

高 能 预 警

他写过一篇关于爱伦·坡的小说,以此来防止人们遗忘爱伦·坡,故事发生在未来,人们燃烧书籍,将之遗忘①。在那故事里,我们在火星上,但我们也可能在沃伊根或是洛杉矶,在那儿,我们成了评论家,我们管制书籍,遗忘了它们,带走了词汇,带走了所有词汇和所有满是词汇的字典与收音机。我们走入屋中,一个接一个地死去,死于猩猩之手②,死于陷阱与钟摆③,看在上帝的分上,被蒙特梭利④所杀……

爱伦·坡。我知道爱伦·坡。还有蒙特梭利。还有本杰明·库比尔斯基和他的妻子萨蒂·马克斯,她和马克斯兄弟⑤没有关系,她登台演出时的艺名叫玛丽·利文斯顿。所有这些名字都在我的脑海中。

当时我只有十二岁。

我已经读过那些书,也看过电影⑥,看到书籍纸张燃烧的场景时,我知道这是我得记住的一幕。因为那些人会将书焚毁,或

---

① 雷·布拉德伯里的经典代表作《华氏451》,里面的主角一开始是名消防员,专职烧书。

② 爱伦·坡小说《莫格街谋杀案》中的杀人凶手是一群猩猩。

③《陷阱与钟摆》是爱伦·坡写于1842年的短篇小说。

④ 蒙特梭利是爱伦·坡小说《一桶蒙特亚白葡萄酒》里的主角,他用一桶白葡萄酒把朋友骗到地窖,杀死后埋在了地窖里。

⑤ 卓别林同时期的喜剧表演团体。

⑥《华氏451》曾经在1966年拍成电影。

TRIGGER WARNING

将它们遗忘,所以人们得把书的内容记下来。我们得将它们托付于记忆。我们自身将是书籍。我们由此成为作者,也由此成为他们的书。

我很难过。在这儿我忘了什么东西。这就好像我正行走于一条死路,形单影只,迷失于沙漠中。我在此处,却不再了解此处究竟是为何地。

你必须去记住一部莎士比亚的戏剧,我会通过《泰脱斯·安特洛尼格斯》[①]来记住你。或者你,不管你是谁吧,你可以去记一部阿加莎·克里斯蒂的小说,这样你就能成为《东方快车谋杀案》。其他人可以去记住罗彻斯特公爵约翰·威尔莫的诗歌,而你,不管正在读这个故事的你到底是谁,你可以去记住一部狄更斯的小说,那么当我想知道巴纳比·拉奇[②]后来遭遇到了什么,我就会去找你,而你则能告诉我。

还有那些焚烧了词句的人们,那些从书架上拿走书籍的人们,那些消防员和不学无术的人,那些对故事、词汇、梦想和万圣节心存恐惧的人,那些在身上文满故事的人[③],还有男孩们!你们可以在地下室种蘑菇[④]!而只要你的词汇是那些人,是那些日

[①] 莎士比亚的早期戏剧,又译《血海歼仇记》。

[②] 狄更斯小说《巴纳比·拉奇》中的主角。

[③] 前文都在引述《华氏451》和《暗夜嘉年华》,身上文满故事文身的人出自雷·布拉德伯里的《图案人》。

[④] 此处引用雷·布拉德伯里的小说《男孩们!在地下室种蘑菇!》。

子,是我的人生,只要你的词汇依然存活,那么你便能永生,你便能产生影响,你便能改变世界,虽然我不记得你的名字。

我读过你那些书。在脑海中,我将它们烧毁,以防消防员来到镇上。

但关于你是谁的记忆却已消失。我等待着,等它回到我身边。正如我等待我的字典,我的收音机,我的靴子,却始终得不到结果。

在我脑海中,仅剩的只有你的名字曾经存在过而留下的空缺。

我甚至对此都不太确信。

我曾经与朋友有过一场交谈。我说:"你对这些故事有印象吗?"我把自己知道的所有词语都告诉了他,我讲述了那些回到有人类孩子居住的家中的野兽[①],讲述了闪电销售员和跟着他的暗夜嘉年华,还有那些火星人,他们坍塌的玻璃之城以及工巧的运河。我将这所有词汇全都告诉了他,他却说他从未听过。于是它们便不复存在。

我感到十分焦虑。

我担心是我令它们存活的。就像在那篇故事的结尾,雪地上的人们一直一直地前后走动,以此来记忆并重复那些故事里的词语,令它们成为现实。

---

① 雷·布拉德伯里《回归》。

TRIGGER WARNING

我想这都是上帝的错。

我的意思是,不能指望上帝记得所有事。上帝也做不到。那忙碌的老家伙。所以,或许有时候他会将事情委派出去,就像这样:"你!我要你来记住百年战争的日期。还有你,你来记住獾狐狓①。你,你来记住原名本杰明·库比尔斯基、来自伊利诺伊州沃伊根的杰克·本尼。"接着,若你把上帝委派你记住的事儿给忘了,那么,梆!再没有什么獾狐狓。留在世上的只剩一个獾狐狓的形状,有点儿像羚羊,又有些像长颈鹿。再没有什么杰克·本尼。再没有什么沃伊根。只剩下你脑海中曾经是个人或一个概念的空洞。

我不知道。

我不知道要到哪儿去寻找。我是否失去了一位作家,就像我曾经失去过一本字典?或者更糟:上帝是否曾经给我下达过一个小小的任务,而现在我却辜负了他,因为我遗忘了这位作家,他从书架上消失了,从工具书里消失了,仅只存在于我们的梦中……

我的梦。我不知道你都做些什么梦。或许你从未梦见过一片其实只是墙纸的草原,它吞噬了两个孩子②;或许你从不知晓火星就是天堂,我们深爱的逝者们全都去往那里,等待着我们,

---

① 一种直到1901年才被发现的哺乳动物,是长颈鹿唯一尚未灭绝的近亲。

② 雷·布拉德伯里《荒原》。

高能预警

在夜晚令我们日渐憔悴;你也从未梦见过那个只因步行便被逮捕的人[①]。

而这些,是我梦到的事。

如果他存在过,那么我已失去了他。失去了他的名字。失去了他那些书的名字,一个接一个接一个地,失去了那些故事。

我害怕自己变得疯狂,因为我无法接受自己只是日渐老去。

若我搞砸了这个小小的任务,哦,上帝,那么就让我这样做吧,这样一来,或许你能将那些故事还给这个世界。

因为,如果这样做有用,人们会记住他。所有人都会记住他。他的名字将在万圣节时再次与那些美国小镇同义,到那时候,树叶将会如同受惊了的鸟儿一般划过人行道。又或者,他的名字将与火星同义,与爱同义。而我的名字则被人遗忘。

我乐意付出这个代价,只要在我离开之前,我脑海中那空洞的书架能够再度填上。

亲爱的上帝,请倾听我的祈祷。

A……B……C……D……E……F……G……

[①] 雷·布拉德伯里《徒步者》。

耶路撒冷

> 我将决不从战斗中退缩
> 决不让剑在手里沉睡
> 直到我们在英格兰这片苍翠而舒适的土地上
> 建起耶路撒冷①
>
> ——威廉·布莱克

莫里森想,耶路撒冷这城市就像一口深潭,里面的时间实在太过稠密,因而吞没了他,吞没了他俩。他可以感觉到时间的压力正将自己向上、向外推挤,就是那种潜泳太深时会产生的感觉。

他很乐于离开此地。

明天他就会再回到工作中去了。工作是很有用的,可以令他将精神集中于某些东西上面。他打开收音机,里面有首歌正

---

① 《耶路撒冷》1820年。

放到一半。他又将收音机关上了。

"我挺喜欢听的。"德洛莉丝说道。她正在清洁冰箱,以便将新鲜食物摆放进去。

他说:"抱歉。"但播放音乐会令他无法思考,他需要安静。

莫里森闭上眼睛,过了一会儿,他回到了耶路撒冷,感受到沙漠的热浪扑面而来。凝望这座古城,他第一次意识到它是多么的小。那是两千年前的真实的耶路撒冷,大不过如今的一座英国乡村小镇。

他们的导游,一名消瘦、坚毅的女人,五十来岁。她说:"那里是耶稣当初进行山顶布道的地方。那里是耶稣被逮捕的地方。他被囚禁在那里。他在那儿被彼拉多审问,就在神庙的那一头远处。在山上,他被钉上了十字架。"她在山坡上来来回回指点着诸多名胜古迹,走了好几个钟头。

德洛莉丝拍了不少照片。她与导游一拍即合。莫里森本不想来耶路撒冷的,他想去希腊度假,但德洛莉丝坚持来这里。耶路撒冷与《圣经》休戚相关,她对他说,它是历史的一部分。

他们从犹太区开始,在古镇上穿行。石头台阶。关闭的店铺。廉价的纪念品。一个男人经过他们,头戴一顶巨大的黑色皮帽,身穿厚厚的外套。莫里森退了一步:"他会热死的。"

"那是他们以前在俄罗斯的穿法,"导游说,"他们到这里来还是这么穿。皮帽子是专门为了假日才戴的。他们中有些人帽子甚至比这顶还要大。"

* * *

TRIGGER WARNING

德洛莉丝在他面前放下了一杯茶。"想什么呢?"她问。

"回想着假期。"

"别在意了,"她说,"随它去吧。为什么不带狗出去散散步呢?"

他喝了茶,牵起皮带,狗期待地看着他,就好像想说些什么似的。"走吧,孩子。"他说。

他向左拐,走上林荫道,朝西斯公园①走去。道上一片绿色。耶路撒冷曾经是金色的,曾经是一座沙与石的城市。他们走过好几个街区,经过了熙熙攘攘的店铺,里面堆着高高的甜食、水果或亮丽的衣服。

*　　*　　*

"后来床单就不见了,"导游对德洛莉丝说道,"耶路撒冷综合征。"

"从来没听说过。"德洛莉丝答道。接着又对莫里森说:"你听说过吗?"

"我刚走神走得有点儿远。"莫里森说道,"那是什么? 那扇门上贴的印花图案?"

"那是为了欢迎某个从麦加朝圣归来的人。"

"这就对了,"德洛莉丝说,"对我们来说,朝圣该来耶路撒冷。但别人可能去其他地方,甚至在圣地也依旧有人外出朝

---

① 汉普斯特·西斯公园位于伦敦北部。

圣。"

"没有人来伦敦,"莫里森说,"没有人来伦敦朝圣的。"

德洛莉丝没理他。"所以说,他们就离开了?"她继续跟导游聊着,"太太购物回来,或是从博物馆回来,发现床单没了。"

"没错。"导游说道,"她去前台,对服务员说不知丈夫去了哪儿。"

德洛莉丝将手搭在莫里森的手臂上,就好像要确认他在场一样。"那么他去哪儿了?"

"他得了耶路撒冷综合征。他在街角,除了一件宽外袍什么也没穿。事实上那件宽外袍也只是床单。他在布道——通常内容是要做个好人、遵从上帝的教导、要彼此相爱。"

"'到耶路撒冷来,然后发了疯',"莫里森说道,"一则不太好的广告标语。"

导游严肃地注视着他。"这是一种,"莫里森觉得她用一种实际上挺骄傲的口气说道,"只有在本地才会得的特殊精神疾病。同时它也是唯一一种可以轻松治愈的精神疾病。你知道要怎么治愈吗?"

"扒了他们的床单?"

导游犹豫了一下,接着微笑起来。"差不多。你带那人离开耶路撒冷,他们很快就会好了。"

* * *

"下午好。"路尽头有个男人打着招呼。他们已经这样相互点头致意有十一年了,但莫里森依然不知道那个人的名字。"晒黑了点。是去度假了吗？"

"去耶路撒冷了。"莫里森说道。

"哦，那地方不太吸引我。感觉是个看一眼就会被绑架，要不就是被炸弹袭击的地方。"

"我们没遇到那样的事。"莫里森说道。

"在家更安全，嗯哼？"

莫里森犹豫片刻，随后又匆忙补充道："我们穿过一家青年旅社，去了一处地下的……嗯……"他有些忘词了。"储存水的地方。是希律王时代的遗迹。他们在地下储藏雨水，以防它蒸发。一百年前，有人乘着小船穿过耶路撒冷的所有地下水道。"

那个他想不起来的词语在意识的边缘徘徊，就像是字典上的一个窟窿。它有两个音节，C字母打头，意思是地下深处的蓄水处。

"那，下次再聊。"邻居说道。

"行！"莫里森说。

西斯一片葱绿。沿平缓的坡地向上，间或出现一株橡树或山毛榉，栗树或白杨。他想象伦敦是一个分裂的世界，在那里，伦敦被十字军征讨，沦陷又被收复，然后再度沦陷，一遍又一遍，不断重复。

他想，这或许并不疯狂。或许裂缝正深深地存在于彼处，又或者天空低得足以令人听到上帝对先知说话的声音。只是，再没有任何人驻足倾听。

高 能 预 警

"蓄水池[①]!"他大声说道。

绿色的西斯变得干燥、金黄,接着热气开始灼烧他的皮肤,仿佛打开了烤箱的门,好像他从来没有离开过一样。

* * *

"我脚痛。"德洛莉丝说着,接着她说:"我要回旅店。"

他们的导游露出了关切的神色。

"我就是想把脚搁起来一会儿,"德洛莉丝说道,"今天走了太多路。"

他们刚好经过著名的礼品商店"基督监狱",里面出售各种纪念品和地毯。"我得回去泡泡脚。你们俩别管我,继续走吧。午饭后再来找我。"

莫里森本想拒绝,但他们租了这名导游一整天的时间。导游肤色很深,饱经风霜,但笑起来的样子却天真无邪。她带他去了咖啡馆。

"这么说,"莫里森问,"生意不错?"

"暴动之后,"她说,"我们见不到太多游客了。"

"我太太德洛莉丝一直想来这儿,看看神圣的古迹。"

"我们这儿有很多。无论你信什么教,这儿都一直是圣城。我一辈子都住在这儿。"

"我想你一定很希望人们能把那些矛盾都解决了。"他说,

[①] 蓄水池(Cistern),即前文莫里森想不起来的词语。

"呃,各种冲突,政治上的那些事。"

她耸了耸肩。"对耶路撒冷来说不算什么。"她说,"人们来到这里,人们相信某些事情,接着他们彼此攻击,以此来证明上帝爱他们。"

"好吧,"他说,"换了是你,怎么解决这个问题?"

她又露出了纯洁的微笑。"有时候,"她说,"我想最好有一场爆炸。将这里夷为一片带有放射性物质的沙漠。如此一来,还会有什么人想要这地方呢?但我又想,他们还是会来这儿,收集那些放射性的尘埃,因为它们可能包含着圣殿山或是耶稣在上十字架前曾经倚靠过的那面墙的原子。人们会为一片有毒的沙漠而征战,只要那片沙漠是耶路撒冷。"

"你不喜欢这里?"

"你们那边没有耶路撒冷,你该为此感到高兴。没有人想分割伦敦。没有人会为讨伐利物浦发动远征军。没有先知行走在伯明翰。你的国家太年轻了,它还是绿色的。"

"英格兰不年轻。"

"在我们这里,人们依然还在为两千年前的决定而战。自从大卫王征讨耶布斯人并取得这座城市后,人们已为争夺它的主权战斗了三千年。"

他沉溺在时间之中,他可以感觉到时间在碾压着自己,就像一片亘古的森林碾压土地。

她问:"你有孩子吗?"

这个问题让莫里森有些惊讶。"我们想要,但事情没有预想的那么顺利。"

"你的太太是来祈求奇迹的吗？有时候人们会这么做。"

"她有……信仰，"他说，"我从没信过什么宗教。但我想她不一样。"他抿了一口咖啡。"那么，嗯，你结婚了没？"

"我已经失去丈夫了。"

"是因为爆炸吗？"

"你说什么？"

"你怎么失去丈夫的？"

"他是个美国游客，从西雅图来的。"

"哦……"

他们喝完了咖啡。"我们去看看你太太的脚怎么样了。"

他们走上狭窄的街道，前往旅店，莫里森说："我真的很孤独。我每天干的工作都是我不喜欢的，回家后见到的太太虽然爱我，却不怎么喜欢我这个人。有时候我觉得自己没法儿动弹，我所能期望的只是整个世界全都消失不见。"

她点点头。"是的，但你没有住在耶路撒冷。"

导游在旅店大堂里等待着，莫里森上楼去房间。卧室和小小的浴室里都没有德洛莉丝的人影，早上铺在他们床上的床单却不见了。不知为什么，看到这幅景象，莫里森并没有感到意外。

*　　*　　*

他的狗可以在西斯公园永远遛下去，但莫里森觉得累极了，而且此时开始下起毛毛雨。他走回了一片绿色的世界。他想，这是一片舒适的绿色世界,其实他心里明白,事实并非如此。他的脑袋就像是一只从楼梯上滚落的文件柜,里面所有的信息一片混乱,毫无秩序。

*　　*　　*

他们在苦殇路找到了他的妻子。是的,她裹了条床单,但是看起来神智正常,并没有发疯。她很平静,虽然有些吓人。

"一切皆是爱,"她正在对周围的人说,"万物皆为耶路撒冷。上帝是爱。耶路撒冷是爱。"

一名游客拍了张照片,但当地人都无视她。莫里森将手搭在她的手臂上。"来,亲爱的,"他说,"我们回家吧。"

她的视线穿过了他。他不知道她在望着什么。她说:"我们已经回家了。在这里,世界的障壁很薄。我们可以听到神在呼唤我们,他的声音穿过障壁。听吧。你可以听到他。听!"

莫里森和导游带她回旅店,德洛莉丝没有挣扎,甚至都没有反抗。她看起来并不像一名先知,更像是一名年近四十、除了床单之外什么也没披的女人。莫里森怀疑他们的导游会被逗笑,但导游眼中只有关切的神色。

他们从耶路撒冷开车到特拉维夫,在睡了将近二十四小时之后,就在旅馆前的沙滩上,德洛莉丝终于回过神来,只是头脑有点混乱,几乎不记得前一天发生了什么事。他想和她谈谈自己看到的东西,谈谈她说的那些话,但发现这些事令她心烦意乱后,就住嘴了。他们装作一切都没有发生,再也没有提起过这件事。

高 能 预 警

有时候他想知道,那一天,当她听到上帝的声音穿过金色的石头时,她的脑子里到底在想什么。但说实话,他也并不是真想了解。还是不知道的好。

这是种当地特有的精神疾病,一旦你把那人带离耶路撒冷……他知道,但正如这些天他想过数百次的那样,他想知道这句话究竟是不是真的。

他很高兴他们又回到了英格兰,回到了家,在这里,没有太多的时间碾压你,令你窒息,令你变为尘埃。

*　　*　　*

莫里森在细雨中走回林荫道,经过一株株树木、一座座狭窄的院落、一片片太阳花和一块块绿色怡人的草地,感到有点冷。

他知道在他转过那个拐角,看到洞开的前门在风中砰然作响前,她就会离开。

他会跟着她。然后,他几乎算是有些愉快地想,他会找到她。

这一次,他会听她说话。

咔哒咔哒敛骨袋

"在你带我上床之前,能给我讲个故事吗?"

"你真的需要我带你上床吗?"我问男孩。

他想了一会儿,接着,极为认真说道:"是的,我认为自己确实需要。因为我已经做完了家庭作业,接下来就是睡觉时间,而我又有点害怕。不是非常害怕,只是有一点儿。但这屋子太大,有很多时候灯不会亮,屋里有点暗。"

我伸出手,揉了揉他的头发。

"我明白,"我说,"这确实是间挺大的屋子。"他点点头。我们正在厨房,这里明亮而温暖。我将杂志放在厨房的桌子上。"你想听我给你讲什么样的故事?"

"嗯,"他边想边说道,"我认为它不能太吓人,因为接下来我上床时,脑海里会一直想到各种怪兽。但要是一点儿也不吓人,那我就没兴趣听了。你是写恐怖小说的,不是吗?她告诉我这是你的工作。"

"她夸张了。确实,我写小说,但还没有一篇是真正发表过的。而且我写各种不同类型的小说。"

高 能 预 警

"但你确实写过恐怖小说?"

"是的。"

男孩自门边的阴影中抬头看我,他在那儿等待着。"你知道关于'咔哒咔哒敛骨袋'的故事吗?"

"我想没有。"

"那是这类故事里最好的。"

"这是你学校里流传的故事?"

他耸了耸肩:"他们有时候会讲。"

"'咔哒咔哒敛骨袋'的故事是什么?"

他是个早熟的孩子,不会因为他姐姐的男朋友很无知而大惊小怪,你可以从他脸上看出这一点来。"每个人都知道的。"

"我不知道。"我边说边忍住笑。

他看着我,样子就像是想判断我是不是在开他玩笑。他说:"我想或许你该带我去床上,然后给我讲个睡前故事,但它最好不要太吓人,因为我马上就要去睡了,而且床那儿实际上有点暗。"

我说:"我该给你姐姐留张纸条,告诉她我们在哪儿吗?"

"你可以这么做。但他们回来时,你会听见的。前门开关时的声音很响。"

我们走出温暖舒适的厨房,进入大屋里冷飕飕的黑暗走道。我按下了灯开关,但大厅依然一片黑暗。

"电灯泡坏了,"男孩说道,"常有的事。"

我们在一片阴暗中调整视力。此时已近满月,青白的月光经过楼梯旁的高窗,照射进大厅里。"我们没事的。"我说。

"是的,"男孩冷静地说道,"我很高兴你能在这儿。"他看起来不那么早熟了。他的手摸索到我的手,舒服地握着我的手指,带着一种信任,就好像他一直都认得我。我感到了成年人的自豪。我还不知道我对他的姐姐,也就是对我女朋友的感情是否属于爱情,但我确实喜欢这孩子将我当做家庭成员一般信任。我觉得自己就像他的长兄,我挺直了腰板,仿佛有什么东西正在打扰这座屋子,而我无论如何都不会允许它进入。

在陈旧的楼梯地毯下,台阶发出了嘎吱嘎吱的声音。

"'咔哒咔哒',"男孩说道,"是最好的怪兽。"

"它们是电视上的吗?"

"我想不是。我想没有人知道它们来自什么地方。很有可能是来自黑暗中。"

"对于怪兽来说,是一个很好的出处。"

"是的。"

我们摸黑走过二楼走廊,从一片月光下走到另一片月光下。这实在是一间大屋子。我希望自己能有个手电筒。

"它们自黑暗中来,"男孩握着我的手说道,"我想它们很可能就是由黑暗变成的,只要你一不留心,它们就会进门。这是它们进门的方式。然后它们会将你带回它们的……不是巢穴。有个词,跟'巢穴'差不多,但不是'巢穴',是什么?"

"'屋子'?"

"不,不是'屋子'。"

高 能 预 警

"'窝'?"

他沉默着,过了一会儿说:"我想是这个词语,对,'窝'。"他攥紧了我的手,不再说话。

"很好。所以它们将粗心的人带回它们的窝。接下来它们会干什么,你的这些怪兽?它们会把你身上的血都吸干,就像吸血鬼那样吗?"

他哼了一声。"吸血鬼不会把你身上全部的血都吸干。它们只吸一点点,只要能保持它们的活力就够了,你知道的,然后它们就可以到处飞行。'咔哒咔哒'是比吸血鬼更吓人得多的怪兽。"

"我不怕吸血鬼。"我告诉他。

"我也是。我也不怕吸血鬼。你想知道'咔哒咔哒'会怎么做吗?它们会喝掉你。"男孩说。

"像喝可乐那样?"

"可乐对你来说很不好。"男孩说,"要是你把一副假牙放进可乐里,第二天早上,它就会溶解得一点不剩。这就是可乐对你造成的伤害,所以你每天晚上总得好好刷牙。"

我小时候也听过可乐的都市传说,当我成年之后,才知道它并不是真的,但这样一个能促进牙齿保洁的谎言很显然不算坏,所以我就由它去了。

"'咔哒咔哒'喝掉你,"男孩说,"它们先是咬你一口,然后你的身体内部就完全液化了,除了你的骨头和皮肤之外,所有的肉、脑子和其他东西全都变成湿答答的奶昔似的东西,接着'咔哒咔哒'就会从曾经是你双眼的地方把它们全都吸走。"

"有点恶心。"我说,"是你编出来的吗?"

我们已经走到最后几级台阶上,即将深入大屋。

"不是。"

"我很难相信你们这些小孩会编出这样的东西。"

"你还没问我'敛骨袋'。"他说。

"对,'敛骨袋'是什么?"

"嗯,"他在我身边的黑暗中,用聪慧而沉静的小小的声音说道,"一旦你只剩骨头和皮,它们会把你挂在钩子上,让你在风中嘎吱作响。"

"那么这些'咔哒咔哒'长什么样?"甚至在问他的时候,我都希望我可以把这个问题收回来,不要提问。我想,一定是巨大的蜘蛛形生物,就像早上在淋浴器边上看到的那个一样。我怕蜘蛛。

男孩说道:"它们的长相是你预料不到的。是那种你不会注意到的样子。"我感到一阵放松。

我们开始走上木头楼梯。我的左手抓着扶栏,右手握住他的手,他走在我身边。在屋子的高处,可以嗅到尘埃和老木头的气息。即使几乎没有一点儿月光,男孩的步伐依然十分确定。

"你知道自己要给我讲什么故事,好让我上床睡觉吗?"他问,"就像我说的,不用真的很吓人。"

"还没想好。"

"或许你可以告诉我,今天晚上你干了什么。"

高能预警

"那对你来说可能算不上什么故事。我女朋友刚搬进镇子边上的新家,那是她从某个姑妈或者什么人手里继承来的。屋子很大,很老。今晚我正打算第一次与她一同过夜,所以我用了一个多小时,等她和她的室友们带着酒和印度菜外卖回来。"

"看到了吗?"男孩说道。这又是某种早熟的调侃,但所有小孩偶尔都会很讨人厌,只要他们认为他们知道什么你不知道的事情。这或许对他们来说是有益的。"你知道所有这一切,但你没有对此进行思考。你只是让你的脑子自行填补了空白。"

他打开了阁楼的门。里面是彻底的漆黑,但打开的房门令风开始吹动,我听到有什么东西轻轻地咔哒作响,就像是薄薄的皮里面放着干骨头,被微风吹拂的声音。咔哒。噼啪。咔哒。噼啪。就像这样。

要是可以的话,我原本是能逃走的。但细小却有力的手指无情地将我向前推进黑暗之中。

好奇屏蔽符

在佛罗里达,到处都是跳蚤市场,我眼前这个算不上是其中最糟的。它曾经是一家飞机库,但在二十年前,本地的机场就关闭了。在这家跳蚤市场里,有上百位卖家坐在他们的金属桌子后面,大部分人出售的都是假冒伪劣产品,太阳镜、手表、包或皮带之类。有一家非洲人出售的是木雕动物,在他们身后,一名红脸膛、大嗓门,名叫察乐蒂·帕罗特(我绝不会忘记这个名字)①的妇女则出售各种没有封面的平装书和老旧通俗杂志,书页全都卷曲泛黄。在她身边的角落里,另有一位我始终不知道名字的墨西哥女人出售电影海报和卷起来的电影剧照。

我有时会从察乐蒂·帕罗特手里买点书。

没多久卖电影海报的女人离开了,取而代之的是一名戴着太阳眼镜的小个子男人,他拿灰色的桌布覆盖住整张金属桌子,在上面摆了一些小雕刻。我停下来观看,都是一些风格独特的

---

① 察乐蒂·帕罗特(Charity Parrot)直译为"慈善的鹦鹉"。

生物，以灰色的骨头、石头和暗色的木头雕成，接着我又审视起他来。我不知道他是否遇上过一场需要动用整形手术才能修复的骇人事故，男人的整张脸都不对劲，它倾斜出奇怪的角度，轮廓也很怪异。他的皮肤过于苍白，头发则黑得像是一顶假发，而且可能是狗毛做的。他的镜片实在太黑，彻底隐藏了他的双眼。但他在这样一个佛罗里达跳蚤市场里，看起来似乎也没什么不合适的，毕竟这些桌子后面坐的都是些怪人，来购物的也都是些怪人。

我没从他那儿买东西。

又一次我去跳蚤市场的时候，察乐蒂·帕罗特离开了，占用了她位置的是一家印度人，出售水烟袋和吸烟设备，但那小个子男人却依然还戴着太阳眼镜坐在跳蚤市场后面的角落里，依然铺着灰色桌布，桌布上是更多动物雕塑。

"这些动物我一样也不认得。"我对他说。

"对。"

"是你自己做的吗？"

他摇了摇头。在跳蚤市场里，你不能问别人他们的货物来自何处。跳蚤市场里的禁忌很少，但这却是其中之一——来源是神圣的。

"你卖得多吗？"

"勉强糊口，"他说，"能租个房顶遮住我的脑袋。"接着他又说："它们的价值超过我的要价。"

我拿起其中之一，它让我觉得有点像一头鹿，如果鹿是食肉动物,大概就是这个样子。我问:"这是什么?"

他瞥了一眼。"我想它是一头史前鹿。说不清楚。"他又说,"它是我父亲的东西。"

此时传来一声报时,那是跳蚤市场即将关闭的声音。

"你想吃点什么吗?"我问。

他警惕地看着我。

"我请客,"我说,"你也不用非得接受。路的那边有一家丹尼餐厅,要不然也可以去那边的酒吧。"

他想了一会儿。"丹尼餐厅就好,"他说,"我会到那里和你碰头。"

我在丹尼餐厅等着他。半小时后,我觉得他不会来了,但他却出乎意料地在我到达后的五十分钟后出现,手腕上系着一只棕色皮袋子,上面挂着长长的垂饰。我猜想那是放钱用的,因为它挂着的样子看起来似乎空空如也,不可能放着他的货物。很快他就在一碟堆满烤薄饼的盘子前吃起来,这顿饭以咖啡结束,最后,他开口了。

* * *

午时过后,太阳渐渐离开。一开始它还是一团闪光,接着一边迅速变黑,这黑色蔓延过太阳深红色的脸庞,最后令它整个成为黑色,就像是从火堆里敲出来的一块煤,接着,夜晚便回到了这个世界。

迟缓者巴塔瑟匆匆下山,将他的网留在树上,没有检查,也没有清空。他一言不发,屏住呼吸,以他那惊人的身躯尽全力移动,直到抵达山脚上那所单间小屋的门口。

"白痴!时候到了!"他喊道。接着跪下,点燃一盏鱼油灯,油灯噼啪响了一阵,散发出恶臭,最后燃起断断续续的火焰。

小屋的门打开,巴塔瑟的儿子走了出来。这儿子比父亲稍微高了一点点,但瘦很多,脸上还没长出胡子。年轻人的名字随他的祖父,当他祖父还在世时,人们叫他小发法尔,但现在,甚至当着他的面,大家都会叫他倒霉鬼发法尔。要是他买回家一只下蛋的家禽,它一定会停止产卵;要是他带着斧子去砍树,树倒下时一定会落在特别麻烦的地方;要是他发现了一笔古代财宝,半埋在土地边缘上锁的箱子里,箱子的钥匙会在他转动时扭断,只剩一声清脆的回响,就像是一曲遥远的合唱,而箱子会消散成沙砾;他爱上的年轻姑娘会爱上其他男人,或者变成雪,要不就变成赎罪奉献物。事情就是这样。

"太阳离开了。"迟缓者巴塔瑟对儿子说道。

发法尔说:"那么,这就是了。这就是终结。"

太阳离开后,世界变得冰冷起来。

巴塔瑟只是说:"很快就是了。我们只剩没几分钟的时间。好在我已为这一天做好了准备。"他将鱼油灯高高举起,走进小屋。

发法尔跟着他的父亲走进这狭窄的住所,里面包括了一个大房间,另外,在住所的另一头,有一扇上锁的门。巴塔瑟正是向这扇门走去。他在门前放下灯,从脖颈上取下钥匙,打开门锁。

发法尔张大了嘴巴。

他只是说:"那颜色。"接着又说:"我不敢走进去。"

"白痴小子,"他的父亲说道,"走过去,脚下尽量当心。"发法尔没有动身,于是他的父亲将他推过门去,接着关上了他们身后的门。

发法尔站着,因为不习惯的亮光而使劲眨着眼睛。

"你得理解,"他的父亲边说边将双手放在大肚腩上,扫视了一圈他们走进的这个房间,"这个房间现时并不存在于你所知道的世界。它存在于比我们早一百万年的罗马帝国末期,这个时期以鲁特琴音乐和烹饪见长,同样还有各种美,以及对奴隶制度的顺从。"

发法尔擦了擦眼睛,看着屋子正中的木窗扉,他们就是从这窗子里走出来的,就像是经过了一道门。"我有点明白了,"他说,"这就是你为什么常常消失不见的原因。我曾经好几次看到你穿过那扇门,进入这间屋子,却从没细想过,只是一直等着,直到你回来。"

迟缓者巴塔瑟脱下身上的深色粗麻布衣服,直至裸体,露出一副挂着长长花白胡子和短短白发的肥硕身躯,接着换上色彩鲜艳的丝绸长袍。

"太阳!"发法尔朝着屋子的小窗外瞥了一眼,惊叫道,"看啊!那是刚点燃的橙红色火焰!感觉一下它所带来的热量!"接着他说:"父亲,为什么我想不到来问你,为什么你会在我们的单间小屋的第二间屋子里花上这么多时间呢?我甚至都没有觉察到这样一个房间的存在?"

巴塔瑟系上最后一条带子,用爬满了优雅野兽刺绣的丝绸覆盖住他庞大的肚子。"那可能,"他承认说,"有部分该归功于恩浦萨①的好奇屏蔽符。"他从颈上取下一只小小的黑色盒子,它有窗和围栏,就像是一个小小的房间,只是几乎放不进一只甲虫。"这个,只要使用得当,就能让我们不被人注意。就像你不会怀疑我进进出出一样,这个时代的人也不会觉得我很奇怪,无论我做什么有违十八世纪或大罗马帝国风俗和习惯的事,都不会被人注意。"

"太叫人吃惊了。"发法尔说道。

"重要的不是太阳离开了,而是要不了几个小时,最多几个礼拜,地球上的一切生命都会死亡。在这里,这个时代,我的名字是精明者巴塔瑟,与天空船交易的商人,出售古董、魔法器具和奇迹——而你,我的儿子,要留在这里。无论谁问起你的来历,你都只是而且单纯只是我的仆人。"

"你的仆人?"倒霉鬼发法尔问道,"为什么不能是你的儿子?"

"理由很多,"他的父亲说道,"太琐碎了,不值得在这种时候进行讨论。"他从屋角的钉子上拿起一只黑色盒子。发法尔觉得自己看到了一条腿,或者是它的脑袋,看起来可能是某种甲虫

---

① 根据希腊神话,恩浦萨(Empusa)是一种能变形的妖怪,会吓唬路人和孩童,化作女妖掐死钟情于她的男人。

似的生物,它在这小小的盒子里冲着他挥动翅膀,但他没有停下来细看。"还因为在这个时代我有不少儿子,都是我和情妇们生的,他们不会乐于知道又多了一个兄弟。尽管考虑到你出生的时间,你要继承任何财产都得再等上一百万年。"

"你有财产?"发法尔问道,他新奇地看着这个房间。他在时间终结之时的一座小山脚下的单间小屋里活了一辈子,以他父亲用网在空中捕到的食物存活,通常只有海鸟或飞蜥,虽然偶尔也会有其他生物被网逮住:自称是天使的生物,要不就是傲慢霸道的戴着金属高冠的蟑螂状生物,它们要么被扔回空中,要么被吃掉,或者用来和路过的少数当地人交换货物。

他的父亲得意地笑了起来,轻抚着长长的白色胡子,那样子就像是在爱抚一头动物。"确实有一笔财产,"他说,"来自濒死地球的岩石和小石头在这个时代值很多钱。对于咒语、法术和魔法装置来说,它们是不可或缺的。而我则贩卖这样的东西。"

倒霉鬼发法尔点了点头。"如果我不想做个仆人,"他说,"而只是简单地要求通过那扇门扉,回到我们来的地方,那会怎么样?"

迟缓者巴塔瑟只是说:"我对这样的问题没什么耐心。太阳已经消失了。要不了几个小时,甚至几分钟内,世界就会终结。或许宇宙同样也会终结。别再考虑这种事。我要去船市场给这扇窗买上一道闭锁咒语。在我出门的这段时间,你可以把这橱柜里所有你看得到的东西拿出来擦亮,小心不要把你的手指直接放在这支绿色长笛上(它虽然会给你音乐,却会把你灵魂中的满足感换成永无止境的渴望),也不要沾湿这块玛瑙波加迪。"他亲切地拍了拍儿子的手,一头辉煌而华丽的生物浮现在他五彩的丝绸长袍上。"我把你从死亡中解救出来,我的孩子。"他说,"我把你带回到这个时代,给了你全新的生活。在这生活中你不再是儿子,而是仆人,那又有什么要紧?生命就是生命,它肯定比死亡好无数倍,至少我们可以这样假定,因为没有人活着回来对此加以辩驳。这就是我的座右铭。"

他说着在窗扉下摸索了一阵,拿出一块灰色破布,将它递给发法尔。"拿着。去干活!好好干,我会让你看到古时的华丽盛宴是如何远胜于熏海鸟和腌欧萨克树根的。不管什么情况,不管别人怎么挑拨,你都绝对不要移动这个窗扉。它的位置是精确校准过的。要是移动了,它可能会通往任何地方。"

他用一块梭织布盖上窗扉,如此一来,别人就看不出它是在屋中悬空出现的一扇巨大的木头窗扉,不至于那么引人注目了。

迟缓者巴塔瑟穿过一扇门离开房间,此前发法尔都没有注意到这扇门。门砰的关上了。发法尔捡起他的那块破布,无精打采地擦拭起来。

几个小时后,他注意到有一道光透过那扇窗扉,它是那样明亮,几乎要穿透盖在上面的梭织布,但很快,它就又再度消失了。

发法尔作为新晋的仆人,被介绍给了精明者巴塔瑟家里的人。他观察着巴塔瑟的五个儿子和七名情妇(尽管他不被允许与他们交谈),又被介绍给掌管钥匙的管家,以及在管家命令下不断奔忙的男仆们,最后见的是那些除了发法尔之外,在这个家中地位最低的人。

男仆们怨恨发法尔,因为他的皮肤苍白,也因为他是除了他们的主人之外,唯一一名被允许进入至圣所的人。至圣所是巴塔瑟主人存放珍奇的房间,那地方在过去都是巴塔瑟主人亲自清洁的。

于是日子一天天过去,几周后,发法尔不再惊奇于巨大又引人注目的明亮的橙红色太阳、白日天空的色彩(尤其是浅橙色和淡紫色)和载着各种令人惊奇的货物,自遥远的世界来到水上市场的船了。

发法尔觉得很痛苦,即使他身边环绕着奇景,即使他身处一个被遗忘的时代,即使他在一个满是奇迹的世界,他依然十分痛苦。在巴塔瑟又一次进入至圣所的大门后,他对这商人说道:"这不公平。"

"不公平?"

"我在这儿清洁、擦拭各种奇物和珍宝,而你和你其他的儿子们则举办宴会、舞会和酒宴,与各种人交际,要不然就是一起享受住在时间初始之刻的美好时光。"

巴塔瑟说道:"最小的儿子常常不能享受到兄长们的特权,而他们都比你年长。"

"红头发的那个只有十五岁,黑皮肤的十四岁,双胞胎不超过十二岁,而我则已经是个十七岁的男人了……"

"他们比你年长一百万年,"他的父亲说道,"我不想再听到这样的胡扯。"

高能预警

倒霉鬼发法尔紧咬住下嘴唇,这才忍住了没有回嘴。

就在这时候,院子里传来一阵骚动,听起来像是一扇巨大的门被打破了,动物吠叫,家禽全都飞了起来。发法尔跑到小窗边上向外看去。"外面有不少人,"他说,"我能看到他们武器上的闪光。"

他的父亲看起来似乎并不惊讶。"当然,"他说,"现在,我有个任务要交给你,发法尔。因为我的盲目乐观,构成我财富的石头现在已几乎用尽,而我目前则面临着无法交货的屈辱,所以你和我得返回我们的老房子,尽可能再多收集一些石头。我们一起去会更安全。时间宝贵。"

"我会帮助你,"发法尔说道,"如果你同意今后待我更好些。"

院子里传来叫喊。"巴塔瑟?卑鄙的人!骗子!大话王!我订的三十颗石头在哪里?"那声音很低,却很有穿透力。

"今后我会待你更好的,"他的父亲说道,"我发誓。"他走到窗扉边,拉下布料。往窗里看去,里面没有一丝光亮,这木框中什么都没有,只有一片无形而深重的黑暗。

"或许那个世界已经终结了,"发法尔说道,"现在那里除了虚无之外什么都没有。"

"自从我们穿过它之后,时间只过去了几秒钟,"他的父亲对他说,"这是时间的法则。当时间还年轻、它经过的路线尚且还狭窄的时候,它会流动得比较快,但在一切终结之时,时间蔓延而去,十分缓慢,就像油在一片沉静的池塘上流溢一样。"

TRIGGER WARNING

接着他取下他之前作为锁扣放置在窗扉上的闭锁咒语生物,推开内窗,它缓缓地打开了。一阵寒冷的风穿过窗子吹来,令发法尔打了个寒战。"你这是在送我们去死。"他说。

"我们都会死的,"他的父亲说道,"但是,现在你在你出生前的一百万年,依然还活着。毫无疑问,我们都是奇迹的产物。现在,儿子,拿着这个袋子,很快你就会发现,它里面灌满了斯万的充塞神力,能将你所放入的一切都容纳其中,无论那东西有多重、多宽、多大。等我们到了那儿,你要尽可能多拿些石头,把它们都放进袋子里。至于我本人,则会去山上检查那些网,看看有没有兜到什么宝贝——或者某些能带到此处此地来作为宝贝交易的东西。"

"我先走?"发法尔攥住袋子问道。

"当然。"

"里面很冷。"

作为回答,他的父亲用手指用力戳了一下他的后背。发法尔踉跄了一步,跌跌撞撞地穿过窗子,他的父亲跟在他身后。

"这太糟了。"发法尔说道。他们走出时间尽头的小屋,发法尔开始弯腰捡拾岩块。他将第一块闪着绿色光芒的石头放入袋中,接着又捡起另一块。天空十分黑暗,但似乎有什么东西在天上悬浮,那是某种莫可名状的物体。

有个什么并不是闪电的东西闪了一下光,借着它的光亮,发法尔看到他的父亲正在山顶上将网从树上拖下来。

一声爆裂。网子着火,瞬间烧尽了。巴塔瑟笨拙地气喘吁吁地跑下山。他指着天空。"那是虚无!"他说,"虚无正在吞噬山顶!虚无已经接管了这个世界!"

此时,吹来一阵狂风,发法尔看到他的父亲爆裂开来,升入空中,消失了。他又将视线转向虚无,那是一片黑暗中的黑暗,只有周围点缀着一些小小的亮点。他转过身跑向小屋,跑向第二间屋子的门,但没有急着进门,他站在门口,转身面向这濒死的地球。倒霉鬼发法尔看着虚无吞没远处的墙、远处的山和天空,接着他一眨不眨地继续观望,看到虚无吞没了冰冷的太阳。他一直看着,直到一片黑暗的无形之物向他扑来,就仿佛如此一来,一切不安与骚动便能结束一般。

也就在此时,发法尔跨入小屋的内室,进入一百万年前,他父亲的至圣所。

外面的门上传来一声巨响。

"巴塔瑟?"院子里的声音说道,"你求我再多给你几天时间,我答应了,你这诈骗犯。现在把我的三十颗石头交给我。给我石头,要不然我会遵循我之前说过的话——你的儿子们都得离开这个世界,去特尔博的没药矿劳作,你的女人们得去卢修斯·利姆的享乐宫中做乐师,在那里,她们会获得演奏音乐的荣耀,而我,卢修斯·利姆,则会跳舞、歌唱,与我的娈童们激烈地做爱。我都不想多费唇舌来描述我该如何处置你的那些仆人们。你的躲藏咒语没有效果,看,我没花什么力气就找到了这间屋子。现在,把我的三十颗石头给我,不然我就撞开门,把你那肥胖的身体放到火上煎烤熬油,把你的骨头丢去喂狗!"

TRIGGER WARNING

发法尔恐惧地战栗起来。时间,他想。我需要时间。他尽可能压低声线,喊道:"就一会儿,卢修斯·利姆。我正在施展复杂的魔法来驱除你那些石头上的负能量。要是我受到干扰,结果会是世界末日。"

发法尔环顾屋内。唯一的那扇窗实在太小,不容许他从中爬出,而这屋子又只有一扇门,门外正守着卢修斯·利姆。"太倒霉了。"他叹息道。接着他拿出父亲给他的袋子,将他所能够得到的所有小装饰品、奇特的小物件和便宜货都扫进袋子里,与此同时还依然留意不要空手去抓那根绿色的笛子。它们在袋子里消失了,而袋子本身却没有变重,看起来也完全没有比此前更满一点点。

他盯着屋子中央的窗扉。那是唯一的出路,却通往虚无,通往一切的终结。

"够了!"门外的声音又开口道,"我的耐心已经用尽了,巴塔瑟。我的厨子今晚就会油炸你的内脏。"外面传来一声巨大的撞击,有什么坚硬而沉重的东西撞在了门上。

接着是一声尖叫,而后又是沉寂。

卢修斯·利姆的声音说道:"他死了?"

另一个声音响起,发法尔觉得它听起来像是他的某个兄弟:"我怀疑这扇门上有魔法防护,被锁住了。"

"那么,"卢修斯·利姆果断说道,"我们就穿墙进去。"

发法尔的运气很差,脑子却不笨。他从钉子上取下父亲挂起的黑色涂漆小盒子。他听到里面有什么东西在急速爬动着。

高能预警

"父亲曾经对我说过不要移动这个窗扉。"他自言自语。接着将肩膀抵在窗下,用力将它抬起,把这沉重的东西抬高了将近半英寸。满溢在窗扉中的黑暗开始改变,它开始充斥着一片珍珠灰色的光芒。

他将小盒子挂在颈上。"这就够了。"倒霉鬼发法尔说道,此时有什么东西撞在房间的墙上,他扯过一片布料,将装满了巴塔瑟的至圣所里所有剩余财富的袋子系在左腕上,跨过了窗扉。

一片光亮,这片光是如此明亮,他闭上眼睛,跨出窗扉。

发法尔开始坠落。

他在空中挣扎着,在刺眼的光亮中紧闭双眼,感觉风正抽打他的身体。

有什么东西撞击、吞噬着他,是水,带着咸味的温暖的水,发法尔翻腾起来,因为太过惊讶,他都忘了呼吸。他的身体向上,脑袋浮出水面,大口大口地呼吸着空气。接着他在水中划动了几下,直到双手抓住了某种植物,他用上双手和双脚的力量,将自己的身体从这片绿色的水中拖了起来,爬上了轻软的干燥陆地,边走边留下一道水迹。

* * *

"那道光,"男人在丹尼餐厅说道,"它亮得刺眼。太阳还没有升起。但我有了这个。"他说着拍了拍太阳眼镜。"而且我一直避开太阳光,这样皮肤就不会被晒得太严重。"

"那么现在?"我问。

"我出售一些雕刻,"他说,"然后寻觅另一扇窗扉。"

"你想回到你自己的时代去?"

他摇了摇头。"我的时代已经死了,"他说,"还有所有我知道的一切、像我一样的一切都已死去。它已经死了。我不会回到时间尽头的黑暗中。"

"那去哪儿?"

他挠了挠脖子。透过他衬衫的领口,我可以看到有一个小小的黑色盒子挂在脖子上,那东西大不过一个项链盒,里面有什么东西在爬动,我想大概是一只甲虫。但佛罗里达有不少大甲虫,它们没什么不同寻常的。

"我想去开始之时,"他说,"一切的源头。我想站在宇宙醒来的第一道光、万物的晨曦之中,甚至为此被刺瞎双眼也在所不惜。我想去太阳新生之时,现在这古老的太阳对我来说还不够明亮。"

他将餐巾拿在手中,用它垫着伸入皮包,小心翼翼地保证隔着布料,拉出一柄长笛状的乐器,它大概一英尺长,用碧玺或者类似材料制成,他将它放在我面前的桌上。"谢谢你请我吃饭,"他说,"这是谢礼。"

接着他起身离去,我坐在那儿,长久地盯着这支绿色的笛子。最终我伸出手,感受到指尖上的冰凉,然而我没有足够的勇气吹响它,或是试图吹奏来自时间尽头的音乐。我只是轻轻地,将笛孔凑到我自己的嘴唇上。

"然后哭泣,就像亚历山大大帝"

那小个子男人匆匆跑进喷泉酒吧①,点了一大杯威士忌。"因为,"他对酒吧里的众人说道,"这是我应得的。"

他看起来精疲力竭,满头大汗,衣服都乱蓬蓬的,一副好些天没睡觉的样子。他系着领带,但松得好像根本没系。他那头灰色的头发过去可能是姜黄色。

"我想也是。"布莱恩说道。

"没错!"那人说道。他抿了一口威士忌,样子就像是想尝尝自己是否喜欢这个味道,接着便满意地一口气灌下了半杯。他一动不动地站了一会儿,仿佛一尊雕像。"听着,"他说,"你们能听到吗?"

"什么?"我问。

"某种像是白噪声一样的声音,事实上只要你稍许留意到它,它就会变成任意一首你喜欢的歌曲。"

---

① 阿瑟·克拉克有一本小说叫《天堂的喷泉》。

TRIGGER WARNING

我侧耳倾听。"没听到。"我说。

"完全正确,"那人志得意满地说道,"这难道不美妙吗?就在昨天,喷泉酒吧里的每个人都在抱怨'呢喃莫扎特'。麦金托什教授在这儿发牢骚说,皇后乐队的《波西米亚狂想曲》一直卡在他脑海里,还一路随着他穿过伦敦。而今天,它已经消失了,就好像这种现象从未出现过一样。你们中的任何人甚至都不记得发生过这样的事。而这一切都归功于我。"

"我怎么了?"麦金托什教授说道,"皇后乐队怎么了?"接着他又说:"我认得你吗?"

"我们见过面,"小个子男人说道,"但人们总是把我遗忘,哎呀。这都是因为我的工作。"他拿出钱包,从中抽出一张名片递给了我。

俄巴底亚·波尔金霍恩

名片上写着这个名字,在它下面,有一行小小的字:

反发明家

"希望你不介意,"我说,"我想问问什么是'反发明家'?"

"指那些让东西不被发明出来的人。"他说。接着他举起见底的杯子:"啊。不好意思,莎莉,我还想要一大杯威士忌。"

那晚上的其他人似乎都认定这人有点疯,而且不好玩。他

高 能 预 警

们回到了各自被打断的谈话中,而我却被他逮住了。"那么,"我放弃了指望自己的聊天运,说道,"你做反发明家很久了吗?"

"从我很年轻时就开始了,"他说,"我从十八岁开始就干反发明的活儿了。你就从来没有怀疑过为什么我们没有喷气式飞行器吗?"

事实上,我想过。

"我在《明日科技》上看到过一点相关报道,那是我还是个小伙子时的事了。"酒吧老板米卡埃尔说道,"人能在它里面飞起来,然后降落。雷蒙德·博尔[1]好像认为我们很快就能人手一架。"

"啊,但我们没有。"俄巴底亚·波尔金霍恩说道,"因为我在大约二十年前把它给'反发明'了。我不得不这样做。它们把所有人都逼疯了。我的意思是说,它们看起来非常有吸引力,又那么便宜,但你不得不忍受几千个无聊的年轻人绑着它们,到处蹿上天空,在卧室窗外盘旋,撞上空中飞车……"

"等等,"莎莉说道,"没有空中飞车这种东西。"

"没错,"小个子男人说道,"但只因为我把它们也'反发明'了。你不会相信它们制造出了怎样的交通堵塞。那时候我抬头向上望,从地平线的这边到那边之间,我只能看到一整片该死的飞车底部,根本就看不到天空。人们还向车窗外扔垃圾……要

---

[1] 雷蒙德·博尔(Raymond Burr, 1917—1993),加拿大导演、演员。

TRIGGER WARNING

操作它们非常容易——显然,它们以太阳引力驱动——但直到我在四频道①听到一位夫人提到它们,她说'为什么,哦,为什么我们不停留在没有空中飞车的时代?',这时候我才意识到它们得消失。她说得对。应该做点什么。我把它们都'反发明'了。我列了一张清单,写满所有如果不存在于世会令世界变得更美好的东西,接着我一件接一件地,将它们都'反发明'了。"

到这时候,他已开始聚集起一小群听众。我很高兴自己的位置不错。

"这得干很多活儿,"他继续说道,"你看,一旦流明泡沫被发明出来,空中飞车就是板上钉钉的事儿了,所以最终我不得不把它们全都'反发明'了。我其实还挺想念流明泡沫的,它是一小团无质量的便携光源,会在你头顶半米高处漂浮,应你的需求而移动。多么美妙的发明。但是,为洒出来的牛奶痛苦也于事无补,而且不敲开几个鸡蛋,你也没法做煎蛋卷。"

"你同样也不能指望我们会相信你说的任何一句话。"有人说道,我想那人是乔斯琳。

"没错,"布莱恩说道,"我的意思是,接下来你大概会告诉我们你把宇宙飞船'反发明'了。"

"但我确实做了。"俄巴底亚·波尔金霍恩说道。他看起来似乎对自己万分满意。"做了两次。我不得不这样做。你看,一

---

① BBC 电台。

高能预警

旦我们跳进太空中,向着其他行星与太阳系之外而去,会碰上一样能引发其他各种发明的东西。偏光瞬时传输机是其中最糟糕的,还有默科特心灵感应翻译器。这两样东西糟糕的程度差不多。但目前为止,再没有什么比登陆月球的火箭更糟糕的了,我还能让一切处于可控范围内。"

"那么,你到底是怎么把东西'反发明'掉的呢?"我问。

"非常困难,"他承认道,"主要是拆散构成某种创造物所有可能性的线,有点像是从一垛干草堆里拆出一根针。但这些线大多又长又乱,就像是意大利通心粉,所以可能说从干草堆里拆出一根意大利通心粉更合适。"

"听起来像是份挺叫人口渴的工作。"米卡埃尔说道,我向他做了个手势,让他给我又倒了半品脱苹果酒。

"这需要一双巧手。"小个子男人说道,"是的。但我很自豪,我干得不错。每天早上我醒来,然后,即使我阻止了某种可能十分美妙的东西发生,我依然会想,俄巴底亚·波尔金霍恩啊,这个世界会变得更美好,只因你把某种东西'反发明'了。"

他凝视着他剩下的那点苏格兰威士忌,让这液体在杯中轻轻打旋。

"问题在于,"他说,"随着'呢喃莫扎特'消失,麻烦就来了。我已经完事儿了。一切都已被'反发明'。再没有什么地平线留待我探索,再没有山峰留待攀登。"

"核能呢?""推特小子"佩斯顿建议道。

"在我的时代之前它就存在了。"俄巴底亚说道,"我没法

TRIGGER WARNING

'反发明'在我出生前就已发明的东西,要不然我可能把某样能导致我出生的事物'反发明'了,这样一来,我们要去哪儿?"没有人开口提议。"不然我们就只能去喷气机和空中飞车里蹲着了,"他对我们说,"更别提'莫里森火星治疗仪'。"有一会儿,他的表情极为冷酷。"哦。那玩意儿太糟了。虽然能治疗癌症,但老实说,考虑到它会对海洋造成怎样的危害,我宁可得癌症。"

"够了。我已'反发明'了我清单上的一切。我得回家了。"俄巴底亚·波尔金霍恩勇敢地说道,"然后哭泣,就像亚历山大大帝,因为再没有世界留待我征服。还有什么能'反发明'的?"

喷泉酒吧里无人响应。

在一片寂静中,布莱恩的 iPhone 手机响起。他的手机铃声是"鲁头士"乐队①唱的《奶酪和洋葱》。"喂?"他说道,过了一会儿又说,"我慢点打回来给你。"

有一个人拿出手机能对他周围的人造成这么大的反响实在是件不幸的事。但有时我觉得这是因为我们还记得能在酒吧里抽烟的日子,那时候我们从口袋里取烟时,也会顺道带出手机。但也很可能只因为我们太容易厌倦。

不管理由是什么,大家纷纷掏出了手机。

克劳恩·贝克拍了一张我们所有人的合照,接着发送了推特。乔斯琳开始读起她的留言。"推特小子"佩斯顿发送一条

---

① "鲁头士"(Rutles)是七十年代一支模仿披头士(Beatles)恶搞的乐队。

推特,说他在喷泉酒吧里,遇到了人生中的第一位反发明家。麦金托什教授查看了球赛的比分,把分数告诉了我们,然后给自己在因弗内斯的兄弟写邮件抱怨这场比分。手机掏出来之后,交谈就结束了。

"那是什么?"俄巴底亚·波尔金霍恩问道。

"iPhone 5,"雷·阿诺德将手中的手机举起,说道,"克劳恩使用的是 Nexus X 手机,它是安卓系统的。手机,网络,照相机,音乐,都是些 App。我是说,你知道吗,光 iPhone 商店里就有一千种放屁音效的手机 App? 你想听听没破解的辛普森放屁 App 吗?"

"不用了,"俄巴底亚说道,"我很确信自己不想要。不用了。"他放下酒杯,里面尚未喝尽。接着他系紧领带,穿上外套。"这事儿不容易,"他像是自言自语地说道,"但是,为了大家好……"他不再继续往下说,只是露齿一笑。

"很高兴和你们大家聊天。"他没有特指某个人,只是这么一说,然后便离开了喷泉酒吧。

虚无时刻

1

时间领主们造了一座监狱。那地方所在的时间与空间,对于任何一个从未离开过太阳系,或是只能老老实实地一秒一秒地进入未来的生物来说,都是极为不可思议的。那监狱专为"金"所建。它极为牢固,是一组布置舒适的小房间(因为时间领主们并非怪物,在一些合适的场合,他们可以表现得十分仁慈),游离于宇宙的时间相位之外。

那地方只有那些房间,因为微秒与微秒之间的深渊无法跨越。由此,那些房间也就自成一个小小的宇宙,它从其他生物那儿借得光明、热量与重力,永远只倏忽于瞬息之间。

而"金"徘徊在它们的房间里,不死不灭,耐心地,始终等待着。

它等待的是一个提问。它可以等到时间终结。(但即使到了那个时刻,到了时间终结,"金"也不会察觉,因为它被禁闭在这游离于时间之外的微小时刻里。)

高 能 预 警

时间领主们在无法接近的黑洞中心建造了巨大的引擎,用以维持这个监狱,除他们之外,没有人能接触到这些引擎。这套复合引擎是一个保险装置,一切都不会出现问题。

只要时间领主们存在,"金"就得留在它们的牢笼中,而余下的宇宙则会安全无恙。事情就是这样,事情也总是这样。

无论哪儿出现了问题,时间领主们都会知道。甚至出现了不可想象的情况:某个引擎发生故障,远在"金"的监牢返回我们的时间与我们的宇宙之前,加利弗雷星[①]上的警报器就会响起。

他们计划好了一切,却唯独没有考虑到这样一种可能性:未来的某一日,时间领主不再存在,加利弗雷星也是一样。宇宙中不再有时间领主,只剩下最后一位。

于是当那监牢震动、碎裂时,就好像发生了一场地震,将"金"抛在地上。它从牢房中抬头,望见那毫无过滤与解析的星云与恒星的光辉,它明白自己是回到了宇宙之中。它知道,问题再次被提出就只是迟早的事了。

然后,既然"金"已经安全了,它便开始观察这个置身其中的宇宙。它所想的不是报复,这不是它的天性。它想要的始终如一。除此之外……

在这宇宙中依然还存在着一位时间领主。

---

① 时间领主的母星。后来在宇宙大战中被彻底摧毁。

而这是"金"必须处理的事。

2

这是一个星期三,十一岁的波莉·布朗宁将脑袋伸进父亲的办公室里。"爸爸,门口有个戴着兔子面具的人,说他想买这栋屋子。"

"别傻了,波莉。"布朗宁先生正坐在房间的角落里,他喜欢将这间屋子称为"办公室",而房产中介则乐观地将它列为整栋楼的第三间卧室,尽管它实际上几乎只能摆下一个文件柜和一张折叠桌,桌上搁着一台阿姆斯塔得电脑。布朗宁先生正小心翼翼地将一沓收据上的数字输入电脑,面容有些抽搐。每过半小时,他都得存一下档,而电脑则吱吱嘎嘎地响上几分钟,才能将所有数据存入一张软驱磁盘里。

"我没犯傻。他说他会出七十五万英镑来买房子。"

"那你就真的傻了。这房子的标价只有十五万英镑。"*而且要在如今的市场上卖出这个价还得靠运气*,他心里这样想,却没有说出口。这是1984年的夏天,布朗宁先生对是否能卖出克拉沃桑街尽头这栋小房子满心忧愁。

波莉若有所思地点点头。"我想你该去和他谈谈。"

布朗宁先生耸了耸肩。他需要把手头的作业存档。电脑发出了吱吱嘎嘎的声音,他走下楼梯。本打算上楼去自己卧室写日记的波莉则打算坐在楼梯上,看看接下来会发生什么。

高 能 预 警

站在前院里的是一位戴着兔子面具的高个子男人。那面具并不逼真,它覆盖着那人的整张面孔,长长的耳朵在他头顶竖起。他手里提着一个棕色大皮包,这让布朗宁回想起童年时医生的手袋。

"喂。"布朗宁先生开口道。但那戴着兔子面具的男人将戴着手套的手指放在面具的嘴唇上,布朗宁先生便沉默了。

"来问我现在是什么时间。"兔子面具一动不动的嘴巴后面传来一个平静的声音。

布朗宁先生说:"我知道你对这栋房子有兴趣。"尽管前门上贴着的"出售"标志已被雨水冲刷得斑斑驳驳。

"或许如此。你可以叫我兔子先生。来问我现在是什么时间。"

布朗宁先生知道自己该叫警察,他该做点什么来让这人走开。不管怎么说吧,什么样的疯子才会戴个兔子面具?

"你为什么要戴兔子面具?"

"这不是正确的问题。不过我戴着兔子面具,是因为我代表某位极为知名且重要的人士,他/她非常看重个人隐私。来问我现在是什么时间。"

布朗宁先生叹了口气。"现在是什么时间,兔子先生?"他问道。

戴着兔子面具的男人站直身子,他的肢体语言体现出了欢乐与愉悦。"现在是你即将成为克拉沃桑街上的有钱人的时刻。"他说,"我要买你的房子,现金支付,十倍于它的价值,因为现在它对我来说正合适。"他打开了那只棕色皮袋,拿出一沓沓现金,每一沓都是五百英镑——"数一数,来,数一数"——还有两只超市塑料袋,他将这些松脆的五十英镑面值的纸币放进这两只塑料袋里。

布朗宁先生仔细检查了钞票。它们看起来是真钞。

"我……"他有些犹豫。他需要做什么?"我需要几天时间,把它们存到银行里去,来保证这些钱是真钞。还有,显然我们得签个合同。"

"合同已经准备好了,"戴着兔子面具的男人说道,"在这儿签字。要是银行对这些钱有什么疑问,你可以留下它们和你的房子。周六我会来交接空房。在此之前你可以将东西搬出去,行吗?"

"我不知道,"布朗宁先生说道,接着他又说,"我想可以的。我的意思是,当然。"

"那我周六再来。"戴着兔子面具的男人说道。

"这种做生意的方式实在有些不同寻常。"布朗宁先生说道。他正站在自己的家门口,手中提着两个购物袋,里面装有七十五万英镑。

"是的,"戴着兔子面具的男人说道,"没错。那么,我们周六见。"

他走开了。看着他离去,布朗宁先生感到一阵轻松。他的心里一直转着某个荒谬的设想——要是他揭开那张兔子面具,底下将什么都不存在。

高能预警

波莉则走上楼去,将自己所见所听的一切全都告诉日记。

星期四,一名身穿花呢外套、戴着领结的高个年轻男子站在门前。没有人在家,没有人应门,那男子绕着屋子走了一圈,离开了。

星期六,布朗宁先生站在空荡荡的厨房里。他成功地将那些钱存进银行,清偿了所有债务。他们已经用货车把想带走的家具载到布朗宁的叔父家中,叔父家的大车库正闲置着。

"要是这一切都只是玩笑怎么办?"布朗宁太太问。

"我不知道给别人七十五万英镑有什么好玩的。"布朗宁先生说道,"银行说钱是真的,也没有失窃的报道。只是个古怪的有钱人想用远远超出它价值的钱来买我们的房子罢了。"

他们已经在当地的旅馆订下了两个房间,尽管订房间比布朗宁先生预想的要更困难许多。此外,他还得说服当护士的布朗宁太太,他们现在已经能担负得起在旅馆开房间的花销了。

"要是他不回来了怎么办?"波莉问道。她正坐在楼梯上,读着一本书。

布朗宁先生说道:"你又犯傻了。"

"别说你女儿傻,"布朗宁太太说,"她说得对。你连对方的名字、电话或者其他资料都没有。"

这话不正确。合同已经签完了,那上面印着买家的名字:N. M. 德·普卢姆。合同上还有个地址,是伦敦的一家律师事务所,布朗宁先生早先给过他们打过电话,对方说,是的,合同完全合法。

"他很古怪,"布朗宁先生说道,"一位古怪的百万富翁。"

"我敢打赌来的正是那位戴兔子面具的人,"波莉说道,"那位古怪的百万富翁。"

门铃响起。布朗宁先生走到门口,身边是他的妻子和女儿,三人都十分期待见到这位屋子的新主人。

"你好。"一位戴着猫面具的女人说道。那面具也不逼真,尽管波莉可以看到她的眼睛在面具后面闪动着。

"您是新屋主吗?"布朗宁太太问道。

"是的,要不也可以说我是屋主的代理人。"

"你的那位朋友……在哪儿?戴兔子面具的?"

尽管戴着一张猫面具,但那年轻的姑娘(她真的年轻吗?不过不管怎么样,她的声音听起来挺年轻的)看起来十分能干而直率。"你把财物都搬走了吗?恐怕留在这儿的任何东西都会成为新屋主的财产。"

"我们已经带走了所有重要的东西。"

"很好。"

波莉说道:"我能再来花园里玩吗?旅馆里没有花园。"在后院的橡树上有一只秋千,波莉喜欢坐在上面读书。

"别傻了,亲爱的。"布朗宁先生说道,"我们会有一栋新房子,到时候你会有带秋千的院子。我会给你安上新秋千。"

戴着猫面具的女人蹲下身子。"我是猫小姐。来问我现在是什么时间,波莉。"

波莉点点头。"现在是什么时间,猫小姐?"

"现在是你和你的家人离开这里,绝不回望的时刻。"猫小姐说道,但她说话的语气十分友善。

波莉走出了院子,朝那位戴着猫面具的女子挥手告别。

3

他们正在塔迪斯①的控制室内,准备回家。

"我还是不明白,"艾米说道,"为什么骷髅星人一开始对你这么愤怒?我以为他们希望能从蛤蟆王的统治下获得自由。"

"他们对我发怒不是因为这个。"身着花呢外套、佩戴领结的年轻男子说道。他用手梳了梳头发。"事实上,我想他们挺乐于被解放的。"他将双手放在塔迪斯的控制面板上,轻轻推动操纵杆,敲击示数盘,"他们只是有点不太高兴,因为我带走了他们的那个弯弯曲曲的小玩意儿。"

"弯弯曲曲的小玩意儿?"

---

① 塔迪斯是时间领主们的宇宙飞船,可以穿梭于任意时间与空间。它的外形是个蓝色的警用电话亭,里面比外表看起来的样子要大得多。事实上,塔迪斯理论上是可以改变外形的,但是在老版《神秘博士》第一季里博士的这只塔迪斯就发生了故障,外形卡死在六七十年代流行的警用电话亭上,这种电话亭现今在英国已不再投付使用。

"它在……"他几乎就是用手肘和关节随意地指了一个方向,"在那个扁平的东西上面。我把它没收了。"

艾米露出了生气的样子。她其实也没怎么特别生气,但有时她希望能营造出自己生气了的印象,只为了向他显示,在这儿谁才是发号施令的人。"你为什么就不能用事物正确的名字来称呼它们?**那个扁平的东西**?它的名字叫'桌子'。"

她走到桌边。那个弯弯曲曲的小玩意儿闪着光芒,十分精致,尺寸和形状总体来说就像是一只手镯,但它弯曲的方式令人很难用肉眼看懂。

"真的?哦,不错。"他看起来似乎挺开心,"我会记住的。"

艾米将那个弯弯曲曲的小玩意儿拿在手中。它摸上去有些冰冷,而且实际上比看起来的样子更重。"为什么你要没收它?还有,不管怎么说吧,你为什么要用'没收'这个词?听起来像是你带了什么不该带去学校的东西,然后老师会干的事儿。我朋友梅尔斯在学校里被没收的东西数量之多,创造了一项新纪录。有一天晚上,她让我和罗伊帮她吸引老师的注意,自己偷偷溜进教师的储藏橱里,她那些东西都放在里面。她不得不从房顶上爬过去,然后穿过教师厕所的窗子……"

然而博士对艾米那些老同学们的历险毫无兴趣,他也从未对此感兴趣过。他说:"没收,是为他们自身的安全考虑。这是他们不该掌握的技术,很可能是他们窃得的。时间回旋抬升,可能造成一些讨人厌的混乱状况。"他推动一根操纵杆。"还好我们在这里,一切都会改变。"

高 能 预 警

此时传来一阵有节奏的刺耳声响,就好像宇宙自身的引擎发出的抗议,一波位移造成的气流之后,一个蓝色报警电话亭出现在艾米·庞德家的后院里。此时是二十一世纪一零年代。

博士打开塔迪斯的门。接着他说道:"不太对劲。"

他站在门口,并不打算走到外面。艾米向他走去。他伸出一条胳膊拦住了艾米,不让她走出塔迪斯。这是个完美的晴朗天气,几乎没有一丝云彩。

"哪儿不对劲?"

"所有,"他说,"你没感觉到吗?"艾米看着她的花园。花园疏于照管,杂草丛生,但自她记事起,这儿就一直这样。

"没有,"艾米说。不过她接着就说:"太安静了。没有车,没有鸟。什么也没有。"

"没有电台电波,"博士说道,"甚至连四频道也没有。"

"你能听到电台电波?"

"当然不能,没人能听得见电台电波。"他回答道,但是听起来不太可信。

此时,有个声音响起:*请来访者注意。你们现在进入了"金"的领地。这个世界是"金"的财产。你们已擅自闯入此地。*那个声音有些怪异,如同耳语,而且,艾米猜测,直接传入了他们的脑海中。

"这是地球!"艾米高声道,"它不属于你。"接着她又说:"你对人类做了什么?"

我们从他们手中购得此地。而后不久他们便会自然灭绝。

TRIGGER WARNING

非常遗憾。

"我不相信你的话!"艾米叫喊起来。

我们没有违反任何星际法律,购买这颗星球的行为合法合理。一项经由影子协议①的周密调查证明我们的所有权是完整的。

"地球不是你们的东西!罗伊在哪儿?"

"艾米?你在和谁说话?"博士问道。

"那个声音。它出现在我的脑海里。你听不到?"

你在和谁说话? 那声音问道。

艾米关上了塔迪斯的门。

"你干吗这么做?"博士问。

"太古怪了,有个耳语似的声音直接出现在我的脑袋里。它说他们已经把这个星球买下了,还说'影子协议'表示这交易完全没问题。它告诉我说所有人都将自然灭绝。你听不到它的声音,它不知道你在这儿。太令人惊讶了。所以我关上了门。"艾米·庞德在压力之下能表现出惊人的效率。此刻她就经受着莫大的压力,然而,要不是她双手中握着的那个弯弯曲曲的小玩意儿扭转成了超越想象力极限的特殊尺寸,你发现不了她所经受的压力。

"他们说了自己是谁吗?"

---

① 在《神秘博士》剧集中负责维持全宇宙秩序的团体。

高能预警

她思索了一会儿。"'你们现在进入了'金'的领地。这个世界是'金'的财产。'"

他说:"'金'可以是任何外星人。我的意思是……这个词就好像你们自称人类。它可以意味着几乎任何一种外星种族,除了'戴立克'①,它是斯卡罗尼亚语,意思是金属外壳的死亡机器。"说完他跑到控制面板前。"像这样的事不可能突然出现,人类不会就这样突然灭绝。现在是 2010 年,这意味着……"

"这意味着他们对罗伊做了什么。"

"这意味着他们对所有人都干了点什么。"他在一只古老的打字机上敲下几个按键,图表飞快地在塔迪斯控制台上方的屏幕中闪过。"我听不到他们说话的声音……他们也听不见我的,但你可以听见我们两方的声音。啊哈!1984 年的夏天!就是这个节点……"他的双手开始扭转推动操纵杆、泵和转换开关,有什么小东西开始叮的响起。

"罗伊在哪儿?我想要罗伊,现在就想要。"塔迪斯被发射进入时间与空间的涡流之中,艾米提出了这样的要求。博士过去曾有一次与她的未婚夫罗伊·威廉姆斯匆匆会面。她认为博士并不明白罗伊对她来说意味着什么。有时候她自己也不明白,但有一点可以确定:没有人能将她的未婚夫从她身边夺走。

"一个好问题。罗伊在哪儿?还有,其余的七十亿人类在哪

---

① 戴立克(Dalek)是《神秘博士》剧集中博士的经典敌手之一。戴立克的母星是斯卡罗,斯卡罗尼亚语是戴立克的母语。

儿?"他问。

"我想要我的罗伊。"

"好吧,不管其余那些人在哪儿,反正他也和他们在一起。而且你本来也应该与他们一道。我猜你俩或许根本就不会出生。"

艾米低头看着自己,检查自己的双脚、双腿、手肘和双手(那弯弯曲曲的玩意儿在她的手腕上闪光,看起来就像是个埃舍尔①的噩梦。她把它取下来放在控制面板上)。她抬手揪起一把棕红色的头发。"要是我没出生,那我在这儿是在干吗?"

"你是现世的一个独立连接点,被设置用来调整时间节点作为反转……"看到她的表情后,他停住了话头。

"你的意思是我是一个时间兮兮的,怪里怪气的东西,是吗?"

"是的,"他严肃地说道,"我想我就是这个意思。没错。我们在这儿了。"

他用灵巧的手指调整了领结的位置,令它俏皮地偏向一边。

"但是,博士,人类这个物种并没有在1984年灭绝。"

"全新的时间线。一个悖论。"

"所以你是这个时间线上的对位博士?"

"我就只是博士。"他将领结调整到原本的位置,微微挺起

---

① 埃舍尔(M. C. Escher,1898—1972)版画大师,擅长视错觉版画。

腰板,"这整件事里有点让人熟悉的东西。"

"是什么?"

"不知道。嗯。金。金。金。我一直想到面具。谁会戴面具?"

"银行劫匪?"

"不是。"

"特别丑的人?"

"不是。"

"万圣节? 大家都在万圣节戴面具。"

"是的! 就是**这样**!"

"这很重要吗?"

"一点儿也不重要,但事实就是这样。没错。在时间的涌流中存在巨大的分歧点。而且事实上,在'影子协议'满意的前提下,要接管一颗五级星球是不太可能的,除非……"

"除非什么?"

博士停下脚步。他咬住下嘴唇,一会儿后才说:"哦。他们不会的。"

"不会什么?"

"他们不能这样。我的意思是,这样会完全……"

艾米扯着自己的头发,竭尽全力压制住脾气。冲博士大喊大叫从来都起不了什么作用,除非他本就打算让你大喊大叫。

"完全什么?"

"完全不可能。你不可能接管一颗五级星球。除非你能合法地占有。"塔迪斯的控制面板上,有什么东西旋转起来,另一个则发出了叮的一声。"我们到了。现在正是节点。来吧!让我们探索1984年。"

"你乐在其中。"艾米说道,"我的整个世界被一个神秘的声音接管了,人类全部绝种了。罗伊也不见了。而你乐在其中。"

"不,我没有。"博士说着,尽力掩饰自己喜悦的心情。

布朗宁一家驻扎在旅馆里,而布朗宁先生则外出寻找新居。旅馆所有的房间都被订下了。早餐时布朗宁一家与其他旅馆住客交谈,他们发现,非常巧合的是,所有人都出售了自己的屋子与套间,而且似乎没有人确切了解是谁购买了他们原本的住处。

"这太荒谬了,"十天后,他说道,"整座城里居然没有一间出售中的屋子。附近城市也完全买不到。全被抢购一空了。"

"肯定有能出售的屋子。"布朗宁太太说道。

"至少这片地区没有。"布朗宁先生说道。

"房产中介怎么说?"

"他们不回电话。"布朗宁先生说。

"好吧,那就让我们去找她谈谈。"布朗宁太太说道,"你和我们一起去吗,波莉?"

波莉摇了摇头。"我在读我的书呢。"她说。

于是布朗宁夫妇走去城里,在房产中介所外遇见了那位中介,她正在往店铺上贴"已转让"的告示。橱窗里没有贴出任何在售的房产,只有大量标着"已售"的房屋与套间。

"正在关店?"布朗宁先生问。

"有人给我提供了一份我无法拒绝的工作。"中介说道。她手里提着一个看起来挺沉的塑料购物袋。布朗宁夫妇能猜得出里面放的是什么。

"某个戴着兔子面具的人?"布朗宁太太问道。

当他们返回旅馆,经理正在大厅等候他们,她说他们不能继续留在旅馆里了。

"旅馆换了新主人,"她解释道,"他们将旅馆关闭来进行翻修。"

"新主人?"

"他们刚买下这家旅馆。我听说付了一大笔钱。"

不知为何,这一点并未令布朗宁夫妇感到一丝一毫的惊讶。这份波澜不惊的心情一直保持到他们回到旅馆房间里,发现哪儿也找不着波莉。

4

"1984 年,"艾米·庞德揣测道,"不知怎么回事,我本以为它应该更……更有历史气息一点儿的,我不知道。感觉它好像也不是很早以前,但实际上我父母在这时候都还没见过面。"她有些犹豫,就好像她本打算说些什么关于父母的事,又被转移了注意力。他们穿过马路。

"他们是什么样的人?"博士问道,"你的父母?"

TRIGGER WARNING

艾米耸了耸肩。"很普通,"她不假思索地回答,"普通妈妈和普通爸爸。"

"听起来挺好。"博士的这个回答似乎早已准备好了,"那么,我需要你睁大眼睛注意看。"

"我们要找什么?"

这是一个英国小镇,而且在艾米能够观察到的范围内,似乎也只是一个普通英国小镇。它和她离开的那个小镇没什么区别,只是没有咖啡屋,也没有手机店。

"很简单。我们在寻找某些不该出现在这里的东西,或者某些本该出现在这里却没有出现的东西。"

"哪一类呢?"

"不清楚,"博士说道。他擦了擦下巴,"'嘎斯帕秋'①,大概。"

"什么是'嘎斯帕秋'?"

"凉掉了的汤,但它本不该那么凉的。所以要是你找遍了整个 1984 年,却没有找到任何'嘎斯帕秋',那就是一个线索。"

"你一直都这样?"

"什么样?"

"像个疯子,带着一台时间机器。"

"哦,不是。我也不是刚出生就有时间机器的。"

---

① 一种西班牙冷菜汤的名字。

高 能 预 警

他们穿过小镇中心,寻觅某些不同寻常的东西,结果一无所获,甚至连嘎斯帕秋都没有找到。

波莉站在克拉沃桑街的花园小径上,抬头望向自她七岁搬来后就一直是她家的屋子。她走向前门,按响门铃,等待着。没有人应门,她松了口气。她瞥了一眼街道,接着快步绕过屋子,经过垃圾桶,进入后院。

屋子面朝那个小小后院的落地窗上,有一个插销无法关紧。波莉估计这屋子的新主人很有可能没有修好它。如果他们修过了,那她就只能等他们回到这屋子时再来拜访,并且开口提出要求,这实在有点太尴尬又太局促了。

问题出在那些藏起来的东西上。有时候,如果你太匆忙,就会把它们遗忘,甚至是那些很重要的东西也一样。而对于波莉来说,再没有什么东西比她的日记更重要了。

自从他们搬入这个小镇之后,波莉便开始藏匿日记。它是她最好的朋友:她在日记里吐露内心的秘密,告诉它哪些姑娘曾经欺负过她,哪些又是她的朋友,还写下了她喜欢的男孩的名字。有时候,它是她最好的朋友,一旦遇上什么麻烦、骚动或是伤痛,她都会转向自己的日记。它是她倾诉自己所思所想的地方。

她将日记藏在卧室大储藏柜里一块松动的地板下。

波莉用手掌重重地拍打左边那扇落地窗,摇动它的窗框,落地窗晃动起来,最后完全洞开了。

TRIGGER WARNING

她走进屋子,惊讶地发现新任屋主完全没有替换掉她的家人遗留的家具。整间屋子依然散发出过去的气息。屋里一片寂静:没有人在家。很好。她快步走上楼梯,担心当兔子先生或猫小姐返回时自己依然还在逗留。

她走上楼梯,到了转角处,有什么东西擦过她的脸庞——非常轻柔,感觉就像是一根细线,或是一张蜘蛛网。她抬头看去,那景象十分怪异。天花板上毛茸茸的,一层如同头发一般的线,或是像线一样的毛发,从天花板上垂下。她有些犹豫,想着是否要跑开——但她已能够看见自己卧室的门了。杜兰·杜兰的海报依然还贴在门上。为什么他们不把它揭下来?

她尽量不抬眼看那长毛的天花板,径直推开卧室的门。

卧室里已完全变了样。没有家具,在她的床曾经的位置上只剩下一沓沓的纸张。她朝下瞥去,是些从报纸上剪下来的照片,放大到了真人大小。照片的眼窝都被剜去。她可以辨认出雷纳德·里根、玛格丽特·撒切尔、教皇若望·保禄和英国女王……

或许他们是在准备举办一个舞会,他们的面具看起来还不够逼真。

她走到屋角依然放置的储藏柜前。她那本封面用《时髦》杂志①伪装过的日记本就在里面,在地板下,黑暗中。她打开了

---

① *Smash Hits*,一本青少年杂志。

高能预警

储藏柜的门。

"你好,波莉。"储藏柜里的男人说道。他和其他人一样,也戴着一个面具,那面具同样也是动物,就像是某种巨型灰狗。

"你好。"波莉回道。她不知道除此之外还有什么可说的。"我……我把日记忘在这儿了。"

"我知道。我已经读过了。"他拿出日记。他看起来和那戴着兔子面具的男人、戴着猫面具的女人并不相似,但他们留给波莉的那种印象,那种哪儿不太对劲的感觉,变得更强烈了。"你想拿回去吗?"

"是的,谢谢。"波莉对戴着狗面具的男人说道。她觉得受到了冒犯和伤害,因为这个男人读了她的日记。但她还是想要取回它。

"你知道要取回去需要做什么吗?"

她摇了摇头。

"问我现在是什么时间。"

她张开了嘴。嘴里一片干涩。她舔了舔嘴唇,然后喃喃道:"现在是什么时间?"

"还有我的名字,"他说,"要说我的名字。我是狼先生。"

"现在是什么时间,狼先生?"波莉问道。她的脑海里不由自主地想到了某种在操场上玩的游戏[①]。

---

① 即"老狼老狼几点钟"。

狼先生微笑着(然而一张面具要如何微笑?),张大了嘴巴,露出两排尖锐的牙齿。

"用餐时间。"他告诉她说。

波莉放声尖叫,而他向她扑去。她的尖叫没有持续太长时间。

5

塔迪斯正等在一小块长满草的空地上,那地方小得难以被称为公园,又极不规整,做不了广场。它正正好好在这小镇的中央,而博士则坐在塔迪斯外的一张折叠躺椅上,在脑海中梳理记忆。

博士记忆力惊人。但问题在于,他记得的东西实在太多了。他已经活过十一世(或者可以说更多,他曾经有过一次别样的生命,但那是他竭力希望不再去记起的①),而每一世他记忆的方式又都各不相同。

不管他的年纪变得有多大(他早已放弃关心这个除了自己之外别人都很在意的问题),这其中最糟糕的一点就在于,有时候事情不能按时在他脑海中出现。

面具。这是一部分。还有"金"。那也是一部分。

---

① 时间领主在死亡时可以转世重生,每次重生时样貌和性格都会发生一定变化。

高能预警

还有时间。

所有的一切都与时间相关。是的,正是如此……

有一个古老的故事,发生在他的时代之前——他可以确定这一点。那是他还是个孩子时曾经听过的故事。他试图回想起这个儿时在加利弗雷星听到的故事,那时他还未去时间领主学院,他的人生还未发生永久的改变。

艾米正从一次横穿小镇的突袭中返回。

"麦克西迈罗斯和三个奥根人[①]!"他对她喊道。

"他们怎么了?"

"一个太恶毒,一个太愚蠢,另一个刚刚好。"

"他们和这事儿有什么联系吗?"

他心不在焉地扯了扯自己的头发。"呃,或许一点关系也没有。我只是想回忆一个童年时听到的故事。"

"为什么?"

"不知道。记不起来了。"

"你,"艾米·庞德说道,"太叫人沮丧了。"

"是的,"博士开心地说道,"我大概就是这样。"

他在塔迪斯的正面挂上了一个牌子。那上面写着:

有不对劲的怪事? 来敲敲门!

[①]《神秘博士》剧中的外星种族,奥根族是一种低智而邪恶的类人猿。

TRIGGER WARNING

没什么困难小到不值一提。

"要是它不来找我们,那我们就自己去找它。不,收回这句话。我们另外想别的办法。我已经把塔迪斯的内部重新装饰过,这样就不会吓着别人了。你有什么发现吗?"

"两件事,"她说,"首先是查尔斯王子。我在报刊杂志店里见到了他。"

"你确定是他?"

艾米想了想。"好吧,至少看起来像查尔斯王子。只是年轻许多。店员问他有没有给下一个皇室婴儿选好名字,我建议他使用罗伊这个名字。"

"查尔斯王子在报刊杂志店。好吧。还有件事呢?"

"镇上没有一栋房屋在售。我走遍了所有街道,完全没见着'出售'的牌子。郊外有人在帐篷里露营。不少人离开镇子,去寻找可以居住的场所,只因为这里已没有地方可住。这实在有点奇怪。"

"是的。"

现在他已几乎触及答案。艾米打开了塔迪斯的门,朝里面望去。"博士……里面的尺寸和外面一样。"

他面带笑容,带她大范围地参观了自己的新办公室,这一观光指引由他站在门内,用右臂做出挥手动作构成。塔迪斯里的大部分空间都被一张桌子占据,桌上有一只旧式电话机,还有一台打字机。这块空间有一面后墙,艾米试图伸手穿过墙壁(睁着

高能预警

眼睛的时候要这样做非常困难,但闭上眼睛就容易多了),接着她闭上双眼,将脑袋也探了进去。现在她可以看见整个塔迪斯里由铜与玻璃组成的控制室了。她后退一步,又回到小小的办公室里。

"这是用全息图像造的吗?"

"差不多。"

此时,塔迪斯的门上响起一个犹犹豫豫的敲门声。博士打开了门。

"不好意思。门上贴的那个告示。"那人看起来有些困扰,他的脑袋上没什么头发。他看着这个几乎已被桌子塞满的小小办公室,并没有抬脚进入。

"是的!你好!进来吧!"博士说,"别担心太小!"

"嗯。我的名字是雷格·布朗宁。是我女儿的问题,她叫波莉。她本来应该在旅馆房间里等着我们的,但她人不见了。"

"我是博士,这是艾米。你报警了吗?"

"你们不是警察吗?我以为你们可能是。"

"为什么?"艾米问道。

"这是个警用电话亭。我都不知道他们又重新启用这种警亭了。"

"对我们中的某些人来说,"戴着领结的高个儿年轻男子说道,"它一直没有消失过。你报警时他们说什么了?"

"他们说会留意她的消息。但老实讲,他们看起来有点分身乏术。接待警员说警察局的租约到期了,他们得另外再找个地方,这实在出乎意料。接待警员说,租约这整件事令他们一下子受到了严重的打击。"

"波莉喜欢什么?"艾米问道,"她会不会正和朋友们在一起?"

"我问过她的朋友了,没有人见过她。我们现在住在温德堡街上的玫瑰旅馆。"

"你们是来旅游的吗?"

布朗宁先生告诉他们,上周有个戴着兔子面具的男人用高价购买了他们的屋子,现金支付。他告诉他们,是戴着猫面具的女人来接管房子的……

"哦,是这样。好吧,这就能解释一切了。"博士说道,他看起来似乎全都明白了。

"是吗?"布朗宁先生问道,"你知道波莉在哪儿吗?"

博士摇了摇头。"布朗宁先生。雷格。她是否有可能回到你们的屋子里去?"

男人耸了耸肩。"可能吧。你的意思是——"

然而高个男子与那位红头发的苏格兰姑娘推开他,砰的一声关上他们那警亭的门,飞奔穿过了草地。

6

艾米保持着与博士同样的速度,同时边跑边提出各种问题。

"你认为她在家里?"

高能预警

"我估计是。没错。我有了点想法。看,艾米,不要让任何人试图叫你问他们时间。要是他们这么做了,不要回答他们。这样会比较安全。"

"真的?"

"我是这么想的。还有要留心面具。"

"好的。所以我们这是在面对危险的外星人?他们戴着面具,还会问你现在是什么时间?"

"听起来像是他们。是的。但很久以前,我的族人应该已经处理掉他们了。这简直不可思议……"

到了克拉沃桑街,他们停下奔跑的脚步。

"那么如果它确实是我想的那种生物,它——他们——它——是……那我们所能做的就只有一个明智的选择。"

"是什么?"

"逃走。"博士说着,按响门铃。

一阵寂静,房门打开了,一个小女孩抬头看着他们。她的年纪不可能超过十一岁,头发扎成了一条辫子。"你好,"她说,"我的名字是波莉·布朗。你们叫什么?"

"波莉!"艾米说道,"你的父母为你担心极了。"

"我只是来拿回我的日记,"小女孩说道,"它藏在我那旧卧室里一块松动的地板下。"

"你的父母找了你一整天!"艾米说道。她有些奇怪为什么博士一言不发。

小女孩波莉看了看腕表。"这有点奇怪。表上显示我才在这儿待了五分钟。我是上午十点来这儿的。"

艾米知道此刻已是下午。她问:"现在是什么时间?"

波莉抬头看她,脸上露出了喜悦的神色。艾米觉得这女孩的脸上有什么地方有些古怪,有什么东西显得过于平整,有什么东西几乎就像是一张面具……

"是你进来我屋子的时间。"小女孩说道。

艾米眨了眨眼睛。在她看来,她似乎完全没有抬腿,自己和博士便已站在屋里客厅内了。小女孩正站在楼梯上面对着他们,她的脸此刻与他们的脸同高。

"你是谁?"艾米问道。

"我们是'金'。"小女孩说,然而此刻她已不再是那个小女孩。她的声音变得更低沉、更阴暗,带着喉音。艾米觉得她就像是个什么蹲伏着的东西,一个戴着粗制滥造的纸制女孩面具的庞然大物。她不明白自己究竟为什么会把这样的东西当做一张真实的脸。

"我听说过你们,"博士说道,"我的族人认为你已经——"

"那是一桩暴行,"戴着纸面具、蹲伏着的东西说道,"违背所有时间的法则。他们把我们从其他造物中剥离出来。然而我逃脱了,由此我们也都逃脱了。同时我们正准备再次开始。我们已着手购买这个世界……"

"你们通过时间来回收金钱,"博士说,"然后用这钱来购买世界,首先从这栋屋子和这个小镇开始……"

"博士? 接下来会发生什么?"艾米问道,"你能解释一下

高能预警

吗?"

"这一切,"博士说道,"我希望我没法解释。他们来这儿接管地球。他们会成为这颗星球上唯一的居民。"

"哦,不,博士。"戴着纸面具蹲伏的庞然大物说道,"你不明白。这不是我们接管这颗星球的理由。我们将接管这个世界,令人类灭绝,只为了让你来到这里,就是现在。"

博士抓住艾米的手,大喊道:"快跑!"他向前门跑去——

——却发现自己出现在了楼梯顶端。他呼唤道:"艾米!"没有人回应。有什么东西蹭过他的脸颊,感觉像是皮毛。他挥手将它撑开。

一扇门打开了,他向那扇门走去。

"你好。"房间里的人说道,那是个带着喘息的女性的声音,"我很高兴你能到这儿来,博士。"

那是玛格丽特·撒切尔,大不列颠的首相。

"你真的知道我们是谁吗,亲爱的?"她问,"要是你不知道,那可就真的太丢人了。"

"'金',"博士说道,"这是只由一个生物组成的种族,可以在时间中任意移动,简单直接得如同人类穿过马路。你独一无二,但通过在时间中前后移动,你可以令这个地方出现几百个,成千个,乃至上万个你,全都在你那时间线上的不同时刻相互作用。这一切逐渐发展,直到此处原本的时间结构崩坏,类似木头腐朽。然而至少在一开始,你需要其他实体来问你时间,你由此制造出量子叠加,从而将自己固定在该地区的时间节点上。"

TRIGGER WARNING

"很好。"撒切尔夫人说道,"你知道那些时间领主们吞没我们的世界时,说了什么吗? 他们说,既然我们的每个人都是不同时刻的同一个'金',那么,若是杀了我们其中的任何一个人,就等于灭了我们一族。你不能杀我,因为杀了我就是杀了我们所有人。"

"你知道我是最后一个时间领主?"

"哦是的,亲爱的。"

"你看。你从金钱刚自造币厂印出时便取得了它们,用它们来购物,再将钱从稍后些的时刻里返还回去,通过时间来回收金钱。而面具……我猜它是用来增加说服力的。当人们认为自己正面对国家领袖亲自提出的要求时,他们会更乐于出售……而事实上你将这整个地方都卖给了自己。你要杀死人类吗?"

"不需要,亲爱的。我们会给他们留出地方:格陵兰岛、西伯利亚、南极洲……但即使如此,他们依然会灭绝。几十亿人口生活在几乎无法养活几千人的地方。好吧,亲爱的……那场面确实不会漂亮。"撒切尔夫人走出一步,博士全神贯注地看着她移动的样子,他闭上了双眼,待再睁开时,他看见的是一个庞然大物戴着一张黑白双色的人脸面具,面具上是一张玛格丽特·撒切尔的照片。

博士伸出手,一把从金的脸上扯下面具。

博士能见到人类无法见到的美丽之处。在万物身上,他都能感受到愉悦。然而金的面孔却实在令他无法恭维。

"你……你痛恨自己,"博士说道,"哎呀。所以才会戴上面具。你不喜欢自己的脸,不是吗?"

金一言不发。它的脸——若能称之为脸——扭曲蠕动着。

"艾米在哪儿?"博士问道。

"你的问题太多了。"另一个相似的声音从他身后答道。那是一个干瘦的男子,戴着一张兔子面具。"我们让她离开了。我们需要的只有你,博士。我们在那时间领主的囚牢中遭受折磨,因为被困在其中,不得不减少到只剩最后一个。而你也是最后一名时间领主。你将留在这屋子里,直到永远。"

博士从一间房走到另一间房,仔细检查自己周遭的环境。屋子的内壁摸起来极为柔软,覆盖着一层轻薄的毛皮。它们缓慢移动着,轻柔地前后移动,就仿佛它们正在……"呼吸。这实在是一间字面意义上的起居室①。"

他说:"把艾米还给我。离开这地方。我会给你们找个新去处。你们不能这样一直在时间中一遍遍地循环,会让一切都陷入混乱的。"

"然而当混乱出现,我们便再度开始——在别的什么地方。"戴着猫面具的女人在楼梯上说道,"你则会被囚禁在此处,直至生命终结。在这儿变老,在这儿重生,在这儿死亡,循环往复。直到最后一位时间领主不复存在,我们的囚牢将永无休止之日。"

---

① 起居室(living room)字面意思上是"活着的房间"。

TRIGGER WARNING

"你真的以为能这么简单就抓住我?"博士问道。无论他的内心有多担忧被困在此处,表面上作出胜券在握的样子总是没错的。

"快!博士!下来这儿!"那是艾米的声音。他一次踏出三级台阶,朝她声音所在的前门跑去。

"博士!"

"我来了。"他猛推屋门,门却是锁着的。他拿出螺丝起子①,朝着门的把手放射声波。

门发出噔的一声,打开了,突然出现在面前的阳光刺眼夺目。博士喜悦地看到他的朋友出现在他面前,还有那只熟悉的蓝色警亭。他都不知道该先拥抱哪一个。

"你刚才为什么不进塔迪斯?"他边打开塔迪斯的门边问艾米。

"我找不到钥匙了,一定是在被它们追击时掉落在了什么地方。我们现在要去哪儿?"

"去安全的地方。好吧,去个比现在安全点的地方。"他关上了门,"你有什么建议吗?"

艾米在控制室的楼梯上停下脚步,环顾周遭闪闪发亮的铜制世界,看着那些穿过塔迪斯控制台的玻璃柱和门。

"她非常叫人着迷,不是吗?"博士说道,"看着这位老姑娘,

---

① 不少时间领主都有类似的万能工具,"法师"就有个音速起子,它可以放射出声波,博士可以用它来开门或改变机械设备的运作。

高能预警

我永远不会感到厌倦。"

"是的,这老姑娘。"艾米说道,"我想我们该去时间的原初之处,博士。尽可能地往更早以前去。他们不能在那儿找到我们,这样我们才能想出接下来的对策。"她在博士身后,越过他的肩膀看着控制台,紧盯着他的双手上下翻飞,就仿佛下定决心不能遗忘他所做的每一个动作。接着,塔迪斯便不再存在于1984年。

"时间的原初之处?非常聪明,艾米·庞德。那可是我们以前从未去过的地方,我们本来是去不了的。还好我有这个。"他举起那弯弯曲曲的小玩意儿,用一个弹簧夹和一段仿佛是细线的东西将它连接在塔迪斯的控制台上。

"看那儿,"他骄傲地说道,"看那个。"

"是的,"艾米说道,"我们已经逃脱了'金'的囚禁。"

塔迪斯的引擎咆哮起来,整个房间开始颤动摇晃。

"这噪声是怎么回事?"

"我们正在前往塔迪斯原本设计时无法到达的地方,要不是有这弯弯曲曲的小玩意儿提供推动力和时间回旋,我本来是不敢去的。噪声是引擎在抱怨,就好像驾驶一辆老爷车爬陡坡。要抵达那儿还得花上几分钟,但你还是会喜欢那儿的——时间的原初之处。非常高明的建议。"

"我敢肯定自己会喜欢那儿的。"艾米微笑着说道,"从'金'的囚笼中逃脱的感觉一定非常棒吧,博士。"

"这事儿非常有趣。"博士说道,"你问到了从'金'的囚笼中逃脱的事。那栋屋子。我的意思是,我确实逃了出来,只是用音波打开了一扇门的锁,非常方便。但如果陷阱不在屋子里呢?要是'金'所想要的并不是囚禁并杀死一名时间领主呢?若他们想要更重要的东西,比如说,假设他们想要一个塔迪斯?"

"'金'为什么会想要塔迪斯?"艾米问道。

博士看着艾米。用那双清澈的眼睛看着她,眼神中没有一丝仇恨或幻觉。"'金'无法在时间中走得太远。这不是件轻松的事。它们做的那些事进程缓慢,需要花上很大的力气。只为充满伦敦这一个城市,金就必须在时间中前后穿行一千五百万次。

"如果'金'能穿越一切时间与空间,会变成什么样子?若是它回到宇宙的原初,自那儿便开始存在呢?那它就能在所有世界殖民,让整个时空连续体中所有的智慧生物只剩下'金'。它将成为充斥着整个宇宙的全部世界,不再给其他任何生物留下一丝空间。你能想象这样的景象吗?"

艾米舔了舔嘴唇。"是的,"她说,"我可以。"

"你需要做的一切就只是进入一台塔迪斯,让一位时间领主站在控制台前,而后,整个宇宙便会成为你的游乐场。"

"哦,是的。"艾米说道,此刻,她的笑容变得更明显了,"确实如此。"

"我们就快要到了,"博士说道,"时间的原初之处。请你告诉我艾米现在很安全,不管她人在哪儿。"

"为什么我要那么说?"戴着艾米·庞德面具的"金"说道,

高 能 预 警

"那不是事实。"

7

艾米能听到博士跑下楼梯,她听到有个怪异的熟悉的声音呼喊着他的名字,接着她听到一种响动,令她胸中满是绝望——那是随着塔迪斯渐行渐远慢慢变弱的嗡嗡声。

这时门打开了,她从房间里出来,跑向楼下大厅。

"他已经从你身边离开了。"一个深沉的声音说道,"被遗弃的感觉如何?"

"博士不会丢下他的朋友们不管。"艾米对阴影中的那东西说道。

"可他确实这么做了,在这次的事件中显然如此。你爱等多久就等多久,但他绝不会回来。"那东西说着,从黑暗中走出来,进入半明半暗之处。

它体型巨大,具有人形,但不知为何又总令人觉得像是动物(就好像狼一样,艾米后退一步,远离那东西,心中想道)。它戴着一张面具,那是一个看起来不那么真实的木制面具,似乎想要表现的是一头愤怒的狗,也或许是一匹狼。

"他正带着某个他以为是你的人在塔迪斯里旅行。要不了多久,现实就将被改写。时间领主们曾将'金'从其他种族中剥离出来,令我们的数量减少至只剩唯一一个孤独的存在。所以现在,一名时间领主将我们还原到我们本来的秩序中也是理所应当的事:所有生物都将侍奉我,或是成为我,或是成为我的食物。来问我现在是什么时间,艾米·庞德。"

"为什么?"

此刻,更多的"金"出现了,全都如同影子。一名戴着猫面具的女子站在楼梯上。一个小女孩站在角落里。戴着兔子面具的男人站在她背后,说道:"因为那将成为一条径直通往死亡的道路。一条对你来说更轻松的路。不管怎么说,要不了多久,你就不再存在。"

"来问我,"在她面前那名戴着狼面具的男人说道,"说吧,'现在是什么时间,狼先生?'"

艾米·庞德伸手做出回应,她一把从那个庞然大物的脸上扯下狼面具,接着便看到了"金"的真面目。

人类的双眼并不适于注视"金"。在"金"的脸上,那片扭曲、盘绕而蜿蜒的混沌实在过于骇人,面具不仅只是对他们而言的一种保护,对其他人来说,也是如此。

艾米·庞德紧紧地盯着金的脸。她说:"要是你打算杀了我,那就动手吧。但我不信博士会遗弃我。此外,我也不会问你现在是什么时间。"

"可惜。""金"用那张噩梦般的脸说道。接着,它向她走去。

塔迪斯的引擎轰鸣出了一声巨响,接着便归于沉寂。

"我们到了。""金"说道。它脸上那张艾米·庞德的面具如今已变成了一张粗糙扁平的普通女孩子的脸孔。

高 能 预 警

"我们现在正在一切的原初之处,"博士说道,"因为这就是你们想要的。但我准备换一种方式来做这件事。我可以为你们找到一个解决的方法。为你们所有人。"

"开门。""金"咕哝道。

博士打开塔迪斯的门。环绕塔迪斯盘旋的狂风吹得博士后退了一步。

"金"站在塔迪斯的门口:"这儿实在太暗了。"

"我们正站在一切的原初之地。在光产生之前。"

"我会步入这片虚无,""金"说道,"而你则要问我,'现在是什么时间?'然后我会告诉自己,告诉你,告诉所有生物,此刻,正是'金'统治、占有、入侵的时刻;是整个宇宙只剩我与属我之物,以及我留待日后吞噬之物的时刻;是属于'金'那最初与最终的统治,属于一个穿越一切时空的无尽世界的时刻。"

"若我是你,"博士说道,"我就不会那么做。你现在还能改变主意。"

"金"将艾米·庞德的面具丢在塔迪斯的地板上。

接着,它跳出塔迪斯的大门,纵身跃入虚无之中。

"博士!"它呼唤道。它的脸就像一片蛆虫在蠕动。"来问我现在是什么时间。"

"我能做得比你希望的更好,"博士说道,"我能告诉你现在确切的时间。此刻,没有时间。它是虚无时刻。是大爆炸之前的那一微秒。我们不在世界原初之时,我们先于原初。

"时间领主们确实不喜欢种族灭绝,我也同样对此毫不热衷。我们所灭绝的其实是一种可能性，说不定日后可能出现一个善良的戴立克？说不定……"他停顿了一会儿，"宇宙非常宽广，而时间则更胜一筹。我会帮助你们，替你们找到一个你们能居住的地方。但曾经有过一个叫做波莉的小女孩，她把日记忘在了身后，而你杀了她。这是一个错误。"

"你都不认得她。""金"自虚无中说道。

"她还是一个孩子。"博士说道，"就像其他各处的孩子们一样，她也有无穷的可能性。我认得我需要认得的一切。"连接在塔迪斯控制面板上的那弯弯曲曲的小玩意儿开始冒烟，飞散出火星。"字面上讲，你已在时间之外。因为在大爆炸之前，时间尚未开始。而若是某个栖身于时间之内的造物的一部分被移出了时间之外……那么，你就等于从整个图景中彻底消失了。"

"金"明白了。它明白，此刻的所有时间与空间只不过是一个极其微小的颗粒，比原子更小，得等到这一微秒过去，等这微粒爆炸，否则一切都不会发生。一切都不可能发生。而"金"正处于这一微秒中错误的那一边。

一旦它从时间中切离，那么它的其余部分也都会消失。于是即将接受这不复存在的冲击的人，就将是"金"它们。

在一切的原初——在一切的原初之前——起先有的是一个词语。那个词语是"博士"！

但塔迪斯的大门关上了，它无情地消失了。"金"被独自留在一切造物出现之前的虚空中。

孤独地，直到永远，就在那一刻，等待时间再度开始。

高 能 预 警

8

戴着领结的年轻男子绕克拉沃桑街街角的屋子走了一圈。他敲了敲门,却没有人应门。他回到那蓝色警亭里,又倒腾了一番小小的控制按钮:要穿越一千年的时间始终都比穿越二十四小时来得更容易。

他又试了一次。

他可以感觉到时间线相互缠绕又解开。时间是非常复杂的:毕竟已经发生过的一切并非全都已经发生。只有时间领主能够领会其中的因果,有时甚至时间领主们也觉得难以使用言语将其形容。

克拉沃桑街那栋屋子的花园里挂着一块脏兮兮的"待售"标牌。

他敲了敲门。

"你好,"他说,"你一定就是波莉了。我正在找艾米·庞德。"

小女孩的头发编成了辫子。她好奇地抬头看着博士。"你是怎么知道我名字的?"她问。

"因为我很聪明。"博士认真地回答道。

波莉耸了耸肩。她回到屋里,博士跟在她身后。屋子里的墙壁上没有毛皮,博士注意到了这一点,感到一阵轻松。

艾米正在厨房里,与布朗宁太太一道喝茶,背景音乐来自于四频道。布朗宁太太告诉艾米,她的职业是护士,还说了自己每天需要工作多少时间,艾米则说她的未婚夫也是位护士,所以她明白这是种什么感受。

博士进门的时候,她敏锐地抬头,脸上露出的表情就好像在说,"你有好多事得好好解释"。

"我就觉得你该在这儿,"博士说,"只要我一直找下去。"

他们离开了克拉沃桑街的那栋屋子,蓝色警亭就停靠在路的尽头,边上是几棵栗子树。

"就在上一秒,"艾米说道,"我已经做好了被那生物吞噬的心理准备。然而接下来我就坐在厨房里,与布朗宁太太聊天,听着《阿澈一家》[①]。你是怎么做到的?"

"我很聪明。"博士说道。这条时间线非常不错,他决定尽可能利用好它。

"我们回家吧,"艾米说道,"这次罗伊会在家里吧?"

"这世界上的所有人都会在,"博士说道,"包括罗伊。"

他们步入塔迪斯。博士已将那弯弯曲曲的小玩意儿的黑色残余物从控制面板上取下来了,因此塔迪斯也就不再能够前往时间开始之前的那一刻,然而这一切也是一件好事。

他决定带着艾米直接回家——只是要顺道稍稍拜访一下骑

---

① BBC四频道的一部广播剧。

士时代的安达卢西亚,在那儿,就在去塞维利亚路上的一家小旅馆里,他曾经吃过一次世上最好吃的"嘎斯帕秋"。

博士几乎可以肯定,自己一定能再次找到它……

"用完午餐之后,"他说,"我们就直接回家。午餐时,我可以告诉你麦克西迈罗斯和三个奥根人的全部故事。"

童话故事：钻石与珍珠

在很久很久很久以前,树木会走路,星星会跳舞。有个女孩的母亲去世了,一个新的母亲前来,嫁给了她的父亲,还带来了自己的女儿。没过多久,父亲便随着自己的第一个妻子进了坟墓,身后只留下他的女儿。

继母并不喜欢女孩,对其十分刻薄,她只喜爱自己的女儿,后者却粗野懒惰。一天,继母给了那位年仅十八岁的女孩二十美元,让她去买些药来。"路上别停步。"她说。

于是女孩拿着二十美元的纸币,又因为路很长,她往手袋里放了一个苹果,接着便走出屋子,走向路的尽头,走向小镇的另一边。

她看到一只狗被拴在街灯柱子上,因为炎热而气喘吁吁,十分不适,于是女孩说:"可怜的东西。"她给了它一点水。

电梯已经停用。那儿的电梯总是停止运作。在楼梯的半道上,她见到一名妓女,脸颊浮肿,用黄色的眼睛盯着她。"给你。"女孩说道。她将苹果给了妓女。

她爬上药品商住的那层楼,敲了三次门。商人打开门,一言

高 能 预 警

不发地盯着她。她给他瞧了瞧那张二十美元的纸币。

接着她说:"看看这儿。"然后她便忙碌起来。"你都没有打扫过吗?你的清洁用品在哪里?"

商人耸耸肩。他用手指了指一只壁橱。女孩打开壁橱,找到扫帚和抹布。她将盥洗室的水槽里放满水,开始清洁起来。

等屋内变得干净些了,女孩说:"给我母亲要的东西。"

他走入卧室,拿着一只塑料袋出来。女孩收起袋子,走下楼梯。

"夫人,"妓女说道,"苹果很不错。但我伤得实在太重。你有什么药吗?"

女孩说:"那是给我母亲的。"

"求求你。"

"可怜的家伙。"

女孩犹豫了一会儿,将袋子给了她。"我想我的继母能理解的。"她说。

她离开屋子。在她经过时,那条狗说:"你就像一颗钻石般闪闪发光,姑娘。"

她回到家里,她的继母正在客厅里等待着。"药在哪儿?"她询问道。

"我很抱歉。"女孩说道。钻石一颗颗地从她的双唇中落下,哒哒地落在地上。

她的继母打了她。

"啊!"女孩喊叫起来,一粒红宝石自她的嘴里落下。

— 286 —

她的继母跪下捡起珠宝。"很漂亮,"她说,"是你偷来的吗?"

女孩摇了摇头,不敢再开口说话。

"你嘴里还有吗?"

女孩摇了摇头,嘴巴紧紧地闭着。

继母用手指和拇指掐在女孩柔软的手臂上,用尽全身力气拧了起来,一直拧到女孩的眼中开始闪动泪花,但她依然没有说话。于是女孩的继母将她锁在无窗的卧室里,令她无法逃走。

这女人带着钻石和红宝石去了街角的艾尔家的当铺与枪械店,艾尔问都没问,就给了她五百美元。

于是她派出她的另一个女儿去为她买药。

这女孩是个自私的人。她看到狗在太阳下气喘吁吁,在确定它已被锁起,不会跟着自己之后,她用脚踢了它。她急匆匆地走过楼梯上的妓女身旁,等抵达商人的住处后,便用力敲门。商人看看她,她什么也没说就交给他二十美元。返回的路上,楼梯上的妓女说:"求求你……"但女孩甚至都没有看她一眼。

"婊子!"妓女喊道。

"蛇。"当她在路边经过那条狗时,狗说道。

回到家后,女孩拿出药来,接着张嘴对她的母亲说道:"给你。"一只小小的色彩鲜艳的青蛙从她嘴里滑落。它从她的手臂上跳到墙上,挂在那儿,一眨不眨地盯着她俩。

"我的上帝,"女孩说道,"太恶心了。"又跳出五只彩色的树蛙,还有一条小小的红、黑和黄条纹的蛇。

高 能 预 警

"红底黑色,"女孩说,"是毒蛇吗?"(又是三只树蛙,一只海蟾蜍,一条白化的小盲蛇和一条刚出生不久的鬣蜥蜴。)她后退一步避开它们。

她的母亲不怕蛇,也不怕任何东西,她朝条纹蛇踢了一脚,被咬到了大腿。她尖叫着踢打起来,她的女儿同样也发出尖叫,那是一声又长又响的叫喊,随之而出的还有一条健壮的成年蟒蛇。

女孩,刚开始说到的那个女孩,她的名字是阿曼达,她听到了尖叫,接着又陷入寂静,但她什么也做不了,她不知道究竟发生了什么。

她敲打着门。没有人来为她开门。没有人说任何话。她所能听到的只有窸窸窣窣的声响,就像有什么巨大而无腿的生物正滑过地毯。

阿曼达感到饥饿,饿到难以言表,她开始说话。

"汝乃寂静未被掠夺之新嫁娘,"她开始说道,"汝乃静默与缓慢的时间收养之子……"

她述说着,尽管这些话令她感到窒息。

"美丽即为真理,真正的美丽——这是地上所知的一切,也是唯一需要了解的事实[①]……"最后一颗蓝宝石掉落在阿曼达房间的木制地板上。

接下来便是彻底的寂静。

---

① 阿曼达最后念的这几句引用自济慈《希腊古瓮颂》。

瘦白公爵的归来[①]

他是他所能见到的一切领地的主宰,甚至在夜晚,当他站在宫殿的阳台上听取报告时,他抬头望向天空,那些闪烁着聚集在一处或是汇成旋涡状的群星,也都是属于他的。他统治着所有世界。他用了很长时间尝试贤明地统治,做一位优秀的君主,但统治是非常困难的,智慧则可能令人痛苦。最终他发现,若你不想统治整个世界,不可能只做好事,因为你不可能在不摧毁任何东西的前提下建立新的事物,就算是他,也不可能顾及到每一条生命、每一个梦想、每个世界的每一个人。

渐渐的,一天一天,一次次死亡后,他变得不再关心这个问题。

[①] "瘦白公爵的归来"(*The Return of Thin White Duke*)取自大卫·鲍伊(David Bowie)1976年的专辑《一站又一站》(*Station to Station*),该专辑的第一首歌《一站又一站》的第一句歌词就是"瘦白公爵的归来"。当时大卫·鲍伊正大量服用各种药物,身材极为瘦削,专辑中的主打形象也正是这个"瘦削的白公爵",它影响了后世无数的音乐家和艺术家。

高能预警

他不会死去,因为只有下等人才会死,无人能凌驾于他之上。

时间流逝。一天,在一个深深的土牢中,一个脸上糊满了血的男人看着公爵,对他说,他已成了一头野兽。下一秒,那个男人便不复存在,只成为历史的一个脚注。

接下来的数天里,公爵都没怎么想起这场交谈,但最终他点了点头。"那个叛徒说得对,"他说,"我已经成了一头野兽。啊,没错。我想知道我们中是否有人变成过野兽?"

在很久以前,世上曾有过不少情侣,但此刻已是这片公爵领地的黄昏。现在,在世界的薄暮中,一切欢愉全都触手可及(但为了实现这一点究竟付出了多少,我们无法衡量),继承权的议题也无须考虑(即使是有朝一日另有一人将继承公爵的念头都是一种亵渎),世上再没有情人,再没有挑战。他觉得自己双眼睁开、嘴唇吐露言语时,也身处于睡眠中,而这世界没有任何事物能将他唤醒。

公爵意识到自己已成为一头野兽的第二天,是奇花绽放之日,人们会将鲜花从所有世界和所有星球上运至公爵的宫殿作为庆祝。这一天,在占地横跨一整个大洲的公爵宫殿里的一切全都欢欣愉悦,一如惯例,人们摆脱了所有忧心事,摆脱了所有黑暗,但公爵却并不快乐。

"要怎样才能让您开心呢?"他肩头的信息甲虫问道,它待在那儿,等待着接收他主人的各种奇想和欲望,并转发到一万个世界中去。"只要说一个字,阁下,无数个帝国将会升起并陨落,只求您的一个微笑；星星将爆发成超新星，只为让您获得消遣。"

"或许我需要一颗心。"公爵说道。

"我能立刻摘下一万颗心脏，将它们撕开，扯碎，割裂，切成片，要不就从一万个合适的人类标本的胸膛中将它们取来。"信息甲虫说道，"您希望怎样处理它们？我要通知厨师或标本剥制师、外科医生还是雕刻家？"

"我想关心点什么事，"公爵说道，"我需要感觉到生命的价值。我要醒来。"

甲虫在他肩膀上唧唧啾啾地叫唤着，它能连接一万个世界的智者，却无法在主人情绪陷入低谷时给予任何建议，所以它什么也没说，只是将注意力连接上它的前任们——正沉睡在一万个世界里华美盒子中的信息甲虫和圣甲虫们，圣甲虫们遗憾地商谈着。是的，在广漠的时间中，过去也曾发生过这样的事，它们被造出来就是为处理这个问题的。

位于晨曦世界中某个早已被人遗忘多时的程序开始运作。公爵正在主持奇花绽放之日的最后一项仪式，他那张瘦削的脸上没有任何表情，他看着自己的世界，却觉得它一文不值，此时，一只小小的有翼生物从她藏身的花朵中飞了出来。

"阁下，"她轻声说道，"我的女主人需要您。求求您。您是她唯一的希望了。"

"你的女主人？"公爵问道。

"这生物来自外界，"他肩头的甲虫咔哒咔哒地说道，"那地方不属于公爵领地，因为它在生与死之外，在存在与不存在之间。它一定是藏在了一朵从外世界输入的兰花花瓣中。它说的话是圈套。我得毁了它。"

"不,"公爵说道,"让它去。"他做了一件很久都没有做过的事,他用一根瘦削的白色手指摁住甲虫。它绿色的眼睛变成了黑色,啾啾虫鸣也陷入完美的寂静。

他用双手捧着那只小东西走回自己的住处,路上,她将自己那位智慧而高贵的女王的事告诉了公爵,还说了囚禁女王的巨人之事,那些巨人一个比一个更美,却也一个比一个更巨大,更危险,更像野兽。

在她述说时,公爵回想起过去的日子,当时,一名小伙子自星星来到世界,想碰碰运气(在那时候,到处都可以交到好运,它们全都尚待发掘)。他回忆着,发现自己的年轻时代并不像想象中那么遥远。信息甲虫悄无声息地躺在他的肩头。

"为什么她要派你来找我?"他问那小小的生物。但她的使命已经达成,便不会再多说一句,她消失了,迅速而永久,如同一颗星星在公爵的命令下熄灭。

他步入自己的私人寝宫,将失效的信息甲虫放入床边的匣中。他边研究,边命令仆人们取来一只长长的黑色匣子。他亲手将它打开,接着,随着他的轻轻一触,他的顾问大师被激活了。它摇晃起来,接着以毒蛇的形态蜿蜒上游,盘踞在他的双肩上,蛇尾插入他颈部下方的神经接口。

公爵将自己打算做的事告诉了这条蛇。

"这不明智。"顾问大师说道,他用了一点时间检查前任们的记录,所有公爵顾问的智慧与建议都随之进入它的记忆体中。

"我要的是冒险,不是智慧。"公爵说道。他的唇边展露出一丝微笑,那是他的仆人们从未见过的第一抹笑容。

"那么,要是你不接受劝阻,就去牵一匹战马来。"顾问说道。这是个不错的建议。公爵关闭了顾问大师,命人取来战马马厩的钥匙。那把钥匙已经有千年未被使用,系着它的线上落满尘埃。

马厩中曾经有过六匹战马,每一匹都是为一位暗夜领主或女领主而配备的。它们全都闪耀而美丽,骁勇无匹。当公爵不得不被迫遗憾地终结每一位暗夜统治者的生命时,他拒绝毁掉他们的战马,只是将它们存放进了某个它们无法对这些世界造成危害的场所。

公爵拿起钥匙,弹出一段开门的琶音。大门打开了,一匹战马带着敏捷的优雅一跃而出,它黑得如墨似玉,仿佛一块黑炭。

"我们要去哪儿?"战马问道,"我们要与什么作战?"

"我们去外界,"公爵说道,"至于我们与谁战斗……嗯,这个问题还得走着瞧。"

"我能带你去任何地方,"战马说道,"还能杀死所有妄图伤害你的人。"

公爵骑上马背,在他的大腿下,冰冷的金属如同活生生的血肉,他催促战马向前。

战马一跃,奔入下层空间的泡沫与洪流,一人一马共同坠入世界与世界间的疯狂之地。公爵大笑起来,但在那儿,没有人能听见他的笑声。他们一起穿过下层空间,在下层时间中一直行进(这个时间无法以人类生活的秒来计算)。

"这感觉像是某种陷阱。"群星下的空间逐渐蒸发,战马说道。

"是的,"公爵说,"我很肯定这就是陷阱。"

"我听说过这个女王,"战马说,"要不就是某个和她类似的人。她居住在生与死之间,将战士、英雄、诗人和梦想家们唤入毁灭。"

"听起来就是她。"公爵说道。

"等我们回到真实世界,会遇上伏兵。"战马说。

"很有可能。"公爵说道。此时他们已抵达目的地,他们从下层空间跃出,重又恢复了存在。

正如那位使者警告他所说,宫殿的守卫们美丽而残暴。他们正等待着。

"你要做什么?"他们边高声喊叫,边向前准备发动攻击。"你知道陌生人禁止出入此地吗?留在我们身边,让我们来爱你。我们的爱能将你吞没。"

"我来解救你们的女王。"他对他们说道。

"解救女王?"守卫们大笑起来,"在她抬眼看你之前,她就会让人将你的脑袋搁在一只盘子上。这么多年来,有那么多人来解救她,他们的脑袋现在都搁在她宫殿中的金盘上。你只会成为其中最新鲜的那颗。"

那些不断增多的守卫中包括了看似堕落天使的男人和仿佛

恶魔般的女人。他们是那么美丽,能够满足公爵的任何渴望。他们变作人类,渐渐靠近他,皮肤贴上他的胸甲,血肉靠上他的武器,由此他们便能感受到他的冰冷,而他也能接收到他们的温暖。

"留在我们身边吧,让我们来爱你。"他们悄声低语,说着却露出锋利的爪子和牙齿。

"我不认为你们的爱对我来说有什么好处。"公爵说道。在这些守卫中,有一位长着白皙长发和罕见的透明蓝眼睛的女人,她令他想起很久以前就已离开他的生命、早已被忘却的某个人。他在脑海中回想起了她的名字,他想大声呼唤,看她是否会回应,是否认得他,然而战马却甩出锋利的爪子,那双浅蓝色的眼睛永远地闭上了。

战马如同一头黑豹般快速前进,守卫们也随之摔倒在地,呻吟后不再动弹。

公爵站在女王的宫殿外。他从战马背上滑下,踩在坚实的大地上。

"从这里开始,我自己进去。"他说,"等着,总有一天我会回来的。"

"我不相信你会回来。"战马说道,"如果需要,我会在这儿等到时间本身告以终结。但我还是替你感到担心。"

公爵用双唇轻触黑铁构成的战马脑袋,与它道别。他前去营救女王。他回想起一头统治所有世界且绝不会死亡的野兽,嘴角露出了微笑,因为他已不再是那头野兽了。他可能会失去什么东西,这是自他年轻时代以来的第一次,这个发现令他觉得重又获得了青春。踏入空旷的宫殿中时,他的心脏怦怦地跳动,他大笑出声。

在这所有花朵全都凋谢之处,她正等待着他。她符合他的一切想象。她的裙子简约而洁白,她的颧骨高耸而阴暗,她的长发漆黑,如同乌鸦的翅膀。

"我是来救你的。"他对她说道。

"你是来拯救你自己的。"她纠正他。她的声音轻得如同低语,就像是一阵摇动了凋零花朵的微风。

他低头示意,而她却依然挺立。

"三个问题,"她轻声说道,"要是你能回答正确,就能获得想要的一切。要是答错了,你的脑袋就得永远待在一只金盘子上。"她的皮肤就像死去的玫瑰花瓣一般呈现出棕黑色,双眼则是琥珀般的暗金。

"提出你的三个问题吧。"他带着一种自己都未察觉的信心说道。

女王伸出一根手指,将指尖轻轻滑过他的脸颊。公爵不记得上一次有人未经允许便触摸他是在什么时候了。

"什么东西比宇宙更大?"她问。

"下层空间和下层宇宙。"公爵说道,"因为它们都囊括了宇宙,而且并非宇宙本身。但我怀疑你想要一个更诗意而不那么精确的答案,那么,我的答案是思想。因为思想能保存整个宇宙,却同样也能想象出一些从未存在也绝不会存在的东西。"

TRIGGER WARNING

女王没有回答。

"我说得对吗?我说错了吗?"公爵问道。有那么一瞬间,他有些希望自己那条未被激活的蛇形顾问大师能通过神经接口传来顾问们在这许多年中积累下的智慧,又甚至有些期望,自己能听到信息甲虫的啾啾虫鸣。

"第二个问题,"女王说道,"什么东西比国王更伟大?"

"很显然,一名公爵。"公爵说道,"因为所有国王、教皇、首相、皇帝和其他类似的人,全都侍奉而且只侍奉我的意志。但我又觉得你可能想要一个不那么精确却更有想象力的答案,那么,我的答案依然是思想,它比国王更伟大,甚至比公爵更伟大。因为,尽管我不处于任何人之下,但人们可以想象一个世界,在那世界里,有什么东西凌驾于我之上,而那东西之上还有一个更崇高的事物,如此高高在上。现在!等等!我有了答案。答案来自生命之树,是冠冕——皇冠①,它所象征的权力,比任何一个国王更伟大。"

女王用琥珀色的眼睛看着公爵,她说:"这是给你的最后一个问题。什么东西你决无法取回?"

---

① 此处典出犹太密教卡巴拉神秘主义,按照该教派的教义,该教用卡巴拉生命之树来解释人与宇宙、与神之间的关系。卡巴拉生命树分为十个层次,其中最高的层次,最接近精神而远离物质的层次就是冠冕(Kether)。下文提到的马尔库斯王国(Malkuth Kingdom)则位于最底层,它最接近物质而远离精神。

高 能 预 警

"我所说过的话。"公爵说道,"但是现在既然我开始考虑这个问题,我想到一旦我说出什么话来,有时候环境会发生改变,有时候世界本身也会发生不幸或预料不到的改变。偶尔,我所说的话也是会根据现实而进行修正的。答案也可能是死亡,但是,老实说,要是我发现自己需要某个已被我处理掉的人,我只要简单地将他们重新启动……"

女王的表情看起来有些不耐烦。

"一个吻。"公爵说道。

她点点头。

"你还是有希望的。"女王说,"你以为你是我唯一的希望,然而事实上,我才是你的希望。你的答案全都大错特错。但最后一个不像前两个那样,错得如此离谱。"

公爵思索了一会儿将自己的脑袋输给眼前这位女人的事,然后发现这个未来并不像他预期的那么令他不安。

一阵风吹拂过花朵凋零的花园,令公爵想到了带着芬芳的幽灵。

"你想知道答案吗?"她问。

"答案,"他说,"当然。"

"答案只有一个,那就是心。"女王说,"心比宇宙更大,因为在其中你能找到对宇宙中所有事物的怜悯,而宇宙本身,却毫无怜悯可言;心比国王更伟大,因为心能了解一个国王到底是什么人,却依然爱他;一旦你将心交出去,就再也无法取回它了。"

"我说的是吻。"公爵说道。

"这个答案不像其他答案错得那么离谱。"她对他说。风吹得更高更狂野,有一记心跳的那么一个瞬间,空中满是凋零的花瓣。接着,突如其来的风又突然消失了,那些破碎的花瓣纷纷落到地上。

"那么,既然我没能完成你给我的第一个任务,而我又不认为自己的脑袋放在一只金盘上会有多好看,"公爵说道,"放在其他盘子上也是一样。再给我一个任务,或者提出你的要求,能让我达成后展示出自己的价值。让我把你从这地方救出去。"

"我从不是那个需要救助的人。"女王说道,"你的顾问、圣甲虫和程序已经替你完成了。他们把你派到这里来。正如过去这些年里,他们将你之前的那些人派到这里来,如此一来你们用自己的意志选择了消失,好过他们在睡梦中将你们杀死,同时风险也更小些。"她握起他的手。"来吧,"她说。他们从枯萎花朵的花园里离开,经过将光束洒入虚无中的光之喷泉,进入歌之城堡,在这里,美妙的声音——叹息、颂唱、低吟与回音——此起彼伏,里面却没有任何人。

在城堡之外,只有一片迷雾。

"那边,"她对他说,"我们已经抵达了一切的终点。那里除了我们的意志或绝望产生的造物之外,空无一物。在这里,这地方,我能畅所欲言。现在,这里只有我们了。"她望着他的眼睛。"你不用去死。你可以留下来与我一起。最终你会找到快乐,找到你的心和存在的价值,你会为此而感到高兴。而我会爱你。"

公爵带着一丝困惑的愤怒看着她:"我要的是关心,是某种能让我关注的东西。我想要的是一颗心。"

"那么他们就已把你想要的一切给了你。但你不能在成为他们君主的同时保有这些,所以你不能回去。"

"我……是我让他们令这一切发生的。"公爵说道。他的脸色不再愤怒。靠近这地方的迷雾边缘是白色的,当公爵凝望雾气太久太深时,它们伤到了他的眼睛。

大地摇晃起来,就像是在随着巨人的步伐而抖动。

"这儿有什么东西是真实的?"公爵问道,"有什么东西是永恒的?"

"一切都是真实的。"女王说,"巨人来了。如果你不能战胜它,它就会杀了你。"

"你经历过多少次这样的事?"公爵问道,"有多少头颅被放置在金盘上?"

"没有人的头颅被放上金盘。"她说,"我被安排在这里,不是为了杀死他们。他们为我而战,赢得了我,留在我身边,直到他们最后一次闭上眼睛。是他们心甘情愿留下来,不然就是我令他们甘愿。但是你……你需要保留心中的不满,不是吗?"

他犹豫了一会儿,接着点了点头。

她用手臂环抱住他,缓慢而轻柔地吻了他。一个吻,一旦给出,是绝不能收回的。

"那么现在,我要与巨人作战来救你?"

"事情就是这样。"

他看着她,又低头看看自己,看自己的镂花盔甲和武器。

"我不是胆小鬼,从未自任何战斗中逃开过。我不能回去,但我也不乐意留下来和你在一起。所以我会在这儿等着,让巨人杀死我。"

她看起来很是惊惶。"留下来陪我。留下来。"

公爵返身看着身后那一片白色的虚空。"在那里面有什么?"他问,"在雾的那一头是什么?"

"你要逃走?"她问,"你要离开我?"

"我要走。"他说,"但不是逃走。我将前行。我想要一颗心。在雾的那一头有什么?"

她点了点头。"在雾的那一头是马尔库斯王国。但除非你令它出现,否则它便不存在。它会按照你的创造而改变。要是你敢走进那片雾里,你就能建造一个王国,但你也可能不复存在。你可以试试。我不知道会发生什么,但我知道,如果你从我身边离开,就再也不能回来。"

他又听到了一声重击,但他已不再确信那是巨人的足音。它听起来更像是跳动,跳动,像是他自己心脏跳动的声音。

趁还没有改变主意,他向前走入雾中。他走入虚无,皮肤接触到一片黏湿和冰冷。每走一步,他就觉得自己变得更稀薄。他的神经接口纷纷死去,无法再提供任何信息,他甚至不再能够记得自己的名字和身份。

他不清楚自己是在寻觅一个地方,还是在创造一个处所。但他依然记得那身棕黑色的皮肤和琥珀色的眼睛。他记得星星——他要去的地方应该有星星,他决定。一定要有星星。

高 能 预 警

他继续前行。他料想自己曾经穿着铠甲,但那潮湿的雾直接贴在他的脸上、脖子上,在这寒冷的夜晚,他拉紧了单薄的外套。

他趔趄了一下,脚步在路边一个踉跄。

接着他站起身,透过朦胧的雾气凝望蓝色的街灯。一辆汽车开近了——太近了——接着开过他,又消失了,红色的尾灯将雾染成深红色。

属于我的领地,他怜爱地想道,但接下来的一段时间,他却陷入了彻底的迷惑,贝肯汉姆①怎么会是属于他的东西? 他才刚到这儿。这是个被当作基地的地方。一个需要逃离的地方。说实话,到底是怎么回事?

但关于那个逃走之人的念头(一名领主,或是一位公爵,或许,他想,他的脑海里就这么浮现出来)在他脑海中盘旋环绕,就像是一首歌的开场。

"我宁可写首歌,也不要统治一个世界。"他大声说着,感受词组从他口中渐渐跃出。他将吉他琴盒靠在墙边,把手伸入粗呢外套的口袋,找出一支铅笔头和一个便笺本,将这句话写了下来。他希望自己很快就能替这首歌找到一个合适的双音节词语。

接着他走入酒吧。温暖而带着啤酒气息的空气包裹了他。

---

① 贝肯汉姆位于伦敦。

低沉的呢喃和窃窃私语组成了酒吧里的交谈。有人叫了他的名字,他挥了挥白皙的手,向他们致意,指指手表后踏上楼梯。香烟的烟雾令空气带着一点淡淡的蓝色光辉。他自胸腔深处咳嗽了一声,接着也掏出自己的烟。

楼梯上,红色旧地毯垫着他的吉他琴盒,就像一件武器。无论他转过街角走入高街时脑中想的是什么,此刻都随着他的脚步一步步蒸发。在打开酒吧楼上的门前,他在黑暗的角落里站定。在交谈的嗡嗡声和玻璃杯的碰撞声中,他知道有几个人已在等待,开始了工作。有人正在给吉他调音。

怪物? 年轻人想到。**这正是个双音节词。**

他在脑海里回味了几次这个词语,接着他决定再寻觅某样东西,更好、更巨大、更适合这个他决意征服的世界的。接着,带着一刹那的遗憾,他永远地放弃了它,走入门里。

阴性词尾

亲爱的：

让我在这封信的开头、一个邂逅的前奏中，以老派的做法放上一个声明：我爱你。你不知道我的存在（尽管你曾经见过我，还将钱放在我的手掌上）。我知道你（不过了解得不如我希望的那么深。我希望早晨你轻轻睁开双眼时，我就在你身边，这样你看到我，便会向我露出微笑。显然这已足以被称之为天堂），所以我现在写这封信，向你展露我的身份。我再次声明：我爱你。

我用英语写下这些话，它是你的母语，同样也是我在这封信里使用的语言。我的英语不错。若干年前，我曾去过英格兰和苏格兰。我在考文特花园①站过一整个夏天，除了爱丁堡艺术节的那个月，那时我在爱丁堡。在爱丁堡，往我的盒子里放钱的人包括演员凯文·史派西先生、美国电视明星杰里·斯普林格先

---

① 位于伦敦中部，有蔬菜花卉市场。

TRIGGER WARNING

生,他当时会出现在爱丁堡,是为了一部讲述他生平的歌剧。

我拖了很久才开始写这封信,尽管我是那么渴望,尽管我已在脑海中设想过许多次。我该写写你的事吗?还是我的事?

先说说你吧。

我爱你那头长长的红发。我第一次见到你时,我想你一定是个舞者,现在我也认为你有一具舞者的身体。你的双腿,你的体态,你的脑袋高昂着向后的样子。在你开口说话之前,是你的微笑让我明白你是个外国人。在我的国家[①],我们的微笑来得很突然,就像太阳升起,描绘出大地的轮廓,却又突然躲回云后。微笑在这儿非常珍贵而稀少。但你一直保持笑容,就好像你所见的一切都让自己欣喜。你第一次看到我时就露出微笑,比平时挂在脸上的笑意更浓。你露出微笑,而我迷失了自己,就仿佛孩童迷失在丛林中,再也无法寻到回家的路。

在年轻时我就了解,人的双眼能透露出太多信息。在我的职业生涯中,我曾见过有些人戴深色眼镜,还有些甚至(我会用辛辣的语言称他们为外行人)会戴着盖住整张脸的面具。面具有什么好的?我的解决之道是戴上一双完整遮盖整个虹膜的隐形眼镜,那是我从一个美国网站上邮购的,要不了五百欧元,它可以盖住整个眼睛。它们呈现出深灰色,当然,看起来就像是石头。因为买了一次又一次,所以总共加起来超过了五百欧元。

---

① 德国。

高能预警

你可能会想,我在街上进行那样的表演,我一定很贫穷,但你错了。真的,我想你要是知道我筹到了多少钱,一定会觉得很惊讶的。我的需求很少,而收入却一直丰厚。

除了下雨天。

有时候甚至在下雨天我也能收到不少钱。或许你已经观察到,有不少人会在下雨时退避,打开雨伞离开。但我依然保持原来的样子。总是这样。我只是一动不动地等待着。这一切都能增强我表演的信念。

这是一种表演,与我作为戏剧演员,作为魔术师助手,甚至在我自己也是一名舞者时——这就是我为什么如此熟悉舞者肢体的原因——所做的表演没什么不同。我总能意识到观众是一个个独立体。所有演员和舞者都明白这一点,除了那些目光短浅的家伙们,对于他们来说,观众群一片模糊。即使戴着灰色隐形眼镜,我的视力也非常敏锐。

"你看到第三排那个留着小胡子的男人了吗?"我会这么说,"他一直用赤裸裸的目光盯着米诺。"

而米诺则会回答:"啊,是的。但通道旁的女人,长得像德国总理的那个,她正挣扎着不要睡着。"假如有一个人睡着了,你可能会因此而丧失整片观众,所以接下来的整个晚上我们都会朝这名中年妇女表演,而她希望的却只是屈从于自己的睡意。

我第二次见到你时,你站得离我那么近,我能闻到你头上洗发水的气息。闻起来就像是花和水果的气味。我想象中的美国,是个女人们全都闻起来像花和水果的国度。你那时正和一

TRIGGER WARNING

名从大学来的年轻男子交谈。你抱怨说,就美国人而言,学习我们的语言实在困难。"我明白为什么男人或女人会分阳性和阴性,"你说,"但为什么椅子是阳性的,而鸽子是阴性的?为什么一个状态会有阴性的词尾?"

年轻男子大笑起来,他径直指向我。但说老实话,就算你们走过整个广场,关于我的事,你依然什么都说不上来。我的长袍看起来像是老旧的大理石,沾有水渍,十分陈旧,还粘上了地衣。我的皮肤可以看起来如同花岗岩。在移动之前,我就是石头和陈旧的青铜,而若我不愿,便完全不会移动。我就只是站着。

有些人会在广场上等很久,看我是否会做些什么,甚至下雨天也会如此。他们觉得很不舒服,因为无法确定我到底是个人类,还是一个人造物。正是这种不确定感诱捕了这些人,他们就像落入粘胶陷阱的老鼠。

关于我自己的事,我可能写得太多了。我知道,这是一封介绍的信件,但同时它也是一封情书。我该写写你的事。你的微笑。你的眼睛是那么绿(你还不知道我眼睛真实的颜色。我会告诉你的。它们是棕色的)。你喜欢古典乐,但你的 iPod nano 里也有阿巴合唱团和洛克小子①的歌。你不喷香水。你的内衣大部分都是穿旧了的舒适款,尽管你有一套在特殊场合下穿的

---

① 阿巴合唱团(ABBA)是一支成立于1972年,并于1982年解散的瑞典流行乐合唱团,由两对夫妻组成,四个人名字的首字母正好凑成 ABBA。"洛克小子"(Kid Loco)是一位法国电子音乐家、DJ 和音乐主持人。

高 能 预 警

红色蕾丝边无带式胸罩和内裤。

人们会在广场上看到我,但眼神却只会被动作吸引。而我的移动微小到完美,它微小到经过的人几乎无法分辨自己是否看到了什么东西。大部分情况下,人们都对不会移动的东西视而不见。不是吗? 人们的目光扫过它,却没有看见,只是简单地将它忽略。我是人形的东西,却不是人类。所以为了让他们看见我、让他们看着我,让他们的目光不要从我身上滑过而忽略我,我会做出非常微小的动作来将他们的视线吸引到我身上。接着,也就只有在这时候,他们会看到我。但他们并不总是明白自己此前看到的是什么。

我将你视作一个待破解的密码,一个待解开的谜题,或者是一个拼图游戏,需要被放到一起。我在你的生活中穿行,同时在自己的边缘站立,一动不动。我的姿态——雕塑一般,十分精确——常常被人曲解。我想要你。对这一点我毫无疑问。

你有一个妹妹。她有一个聚友网账号和一个脸书账号。我们有时通过 MSN 交谈。人们总假想中世纪雕像只存在于十五世纪,这想法不对,我有一个房间,还有一台笔记本电脑。我的电脑上有密码,我很重视使用电脑时的安全。而你的密码是你的名字,这不安全。任何人都能读你的邮件,看你的照片,从你的浏览记录里重构你的兴趣爱好。那些对你有兴趣、关心你的人,能用大量时间来建起你的生活模型,比如说将照片中的人与邮件里的名字一一配对。通过电脑来构建别人的生活并不困难,通过手机信息也是一样。这就像是玩十字填字游戏。

TRIGGER WARNING

我还记得那一次,你穿过广场时看着我,只看着我一人,而我真正认可了自己。你停下来,赞赏了我。你看到我为了一个孩子移动了一下,于是你以能够被人听见的音量,对身边的女人大声说,我应该是个真人。我将此视为最高赞赏。当然,我有许多种不同的移动方式,我能使用一组细微的痉挛和断断续续的动作像钟表一样移动,也能动得如同机器人或一台自动机器,我还能动得仿佛一座雕塑在作为石头存在数百年后突然恢复了生命。

有好几次,我听你提起这座小城有多美。你说站在古老教堂的彩色玻璃下,就像被囚禁在一个珠宝的万花筒中,仿佛置身于太阳的中心。你还说过,你很担心母亲的病情。

你还是个大学生时,干过厨师的工作,你的手指尖上还有上千个细微的刀切伤痕。

我爱你,正是我对你的爱驱使我去了解你的一切。我对你了解越多,就越是接近你。你和一名年轻男子一同来到我的国度,但他伤了你的心,你抛下他来到这里,依然还在微笑。我闭上双眼,便能看到你在微笑。我闭上双眼,便能看到你在一片鸽子飞舞拍打翅膀的声音中大跨步穿过广场。在这个国家,女人从不大跨步走路,除非是舞者,不过她们走路的样子完全不同于此。你睡着时,睫毛会微微扇动。还有你触摸枕头的样子。你做梦的样子。

我梦到过龙。那时我还是个孩子,在家里,他们告诉我,在那古老的城市之下有一条龙。我想象中的画面里,那条龙如同

高 能 预 警

一道黑烟般盘踞在房屋下,栖身于地窖的缝隙中,虚幻却总是会浮现出身形。这是我对龙的印象,同样也是现在的我对过去的印象。一条由烟构成的龙。表演时,我是被龙吞食,成为过去的一部分。千真万确,我已有七百岁了。国王们来到这里,国王们离去。军队抵达此处,被消解吸收,或是返回故里,只留下毁坏的建筑、寡妇和私生子,而雕塑却依然挺立,同样留存的还有烟组成的龙和过去。

虽然我这么说,但我所模仿的雕塑却并非来自这个城市。它来自南意大利的一座教堂门口,那座教堂不是建来纪念施洗约翰的妹妹,就是纪念某个当地的领主。是他捐款建了那座教堂,以庆祝他没有死于瘟疫,或者说,死于天使的愤怒。

我原本想象你十分完美纯洁,我的爱人,我想象你和我一般纯洁,然而有一次,我却发现那条红色蕾丝边的内裤被压在洗衣篮下,在经过一番仔细检查后,我可以确信,毫无疑问,前一个夜晚你过得并不纯洁。只有你自己知道是和谁过了一夜,因为你没有在写给家人的信里提起这段插曲,也没有在上网浏览时提及。

曾经有个小女孩抬头看我,然后转头对她母亲说:"为什么她这么不快乐?"(显然,在这里我为你将这句话译成了英语。她认为我是一座雕像,因此使用了阴性的词尾。)

"为什么你会认为她不快乐?"

"还有什么理由会让人们将自己变成雕塑?"

她的母亲微笑起来。"或许她是因为爱而不快乐。"她说。

TRIGGER WARNING

我没有因为爱而不快乐。我正在准备,等待一切都齐备,等待某样截然不同的东西。

还有时间。时间总是有的。这是我作为一座雕塑而获得的一项赠礼——我该说,是众多赠礼之一。

你曾经走过我身边,看着我露出微笑;你曾经走过我身边,但除了那一次之外,你几乎都没有在其他物体中注意到我。无疑,你或其他任何人都对某样一动不动的物体漠不关心。你曾经在夜间醒来,起床,走进小小的卫生间,排泄,走回你的床上,再次入睡,十分平静。你不会注意到某样完全不动的物体,不是吗?在阴影中的某样东西?

如果可以,我希望用我的身体来为你写这封信。我想过在墨水里混入我的血液或唾液,但我没有这么做。有一个词叫说大话,但轰轰烈烈的爱需要采用轰轰烈烈的姿态,不是吗?我不习惯轰轰烈烈的姿态,我使用得更多的是微小的姿态。曾经有一次,我害一个小男孩尖叫出声,只因为他想确认我是大理石构成的,而我冲他微笑了一下。那是一种最细微的姿态,却绝不会被遗忘。

我爱你,我想要你,我需要你。我是你的,正如你是我的。在那里,我已向你宣告了我的爱。

我希望要不了多久,你就会自己发现这一点,然后我们便再也不分开。这需要一点时间,你得转身,放下这封信。然而甚至就在此刻,我也在你身边,在这墙上悬挂伊朗壁毯的老旧套房里。

高 能 预 警

有太多次,你就这样径直走过我身边。

再也不会了。

我正在这里,在你身边。现在,我正在这里。

等你放下这封信,等你转身环顾这间老旧的房间,你的双眼扫视四周,会带着轻松,还是带着欣喜,或者甚至带着恐惧……

然后我会开始移动。移动,就那么一小点儿。然后,最终,你会看到我。

礼仪观察家

如你所知,我未受邀至受洗仪式。克服它,你对我说。
但正是这些小小的仪式令世界得以运转。
我的十二个姐妹都收到邀请,被人铭记,十分高兴
给她们送去邀请的是一名男仆。我想或许我的男仆是迷了路。

很少有人邀请我。人们也不再给我留下名片。
甚至当他们留下名片时,我也会告诉他们我不在家,
以此来谴责年轻一代的粗俗无礼:
他们吃饭时总是嘴巴大开;别人交谈,他们插嘴。

礼仪是一切,仪式同样也是。若我们失去它们
我们便失去了全部。没有它们,我们如同死亡。
这些蠢笨无用的东西。年轻人该被好好教上一课,他们该伐木织布,
该知道自己的位置,永不离开。他们该被人瞧见,而非被人

高 能 预 警

听见。要保持静默。

  我最小的妹妹总是迟到,还会插嘴。而我本人则恪守时间。
我对她说:迟到没有任何好处。我对她说了这些话,
那是远在我还乐意开口而她仍愿倾听的过去。她大笑起来。
  人们可能争辩说,我不该未受邀请便出现。

  但人们该被好好教上一课。否则,他们便会陷入无知。
人们如坠梦中,笨拙尴尬。他们戳动手指
流血,打鼾,淌下口水。而礼仪却应如墓穴般寂静,
一动不动,就像无刺的玫瑰,或是白色的百合花。人们必须学会这一点。

  我的妹妹永远迟到。王子应遵守准时的礼仪,
还要记得邀请所有可能成为教母的人,出席受洗。
他们说他们本以为我已死去。或许确实如此,我已无法回忆。
  然而,观察礼仪依然十分必须。

  我本可以令她的未来变得整洁优雅。十八岁的年纪已经够大了。太大了。
  在此之后的人生将会凌乱不堪。爱与心皆为不洁之物。

TRIGGER WARNING

受洗仪式如此喧嚣,满怀恶意,
　　就像婚礼。邀请函将步入迷途。我们为优先权和礼物而争吵。

　　他们该邀请我参加葬礼。

睡美人与纺锤

那个王国就在女王的王国边上,两个国家接壤,但即便是乌鸦,也难以飞越两国的边界。高高的山脊作为国境线矗立在两国之间,阻挡乌鸦,同样也阻挡人类,大家都认为这座山是无法翻越的。

在山的两边,曾经有过不止一位雄心勃勃的商人,他们委托乡人寻找翻越这座山的通路,若真有这么一条路存在,那么无论是谁控制了它,都能获得巨额财富。如此一来,多利玛的丝绸在堪瑟莱热出现,就不用花费经年,只需几周,或者几个月。但目前为止,还没有人找到这样的通路,尽管这两个王国紧邻,却没有人能从其中一个王国直接前往另一个。

甚至连矮人们也是一样。他们强壮勇敢,他们的身躯同时由血肉与魔法构成,却也从来没能翻越这座山脊。

但这对于矮人们来说并不是一个问题。他们不翻越山脊,他们从底下走。

三个矮人正敏捷得如同一人般地穿行在山下的黑暗小径

TRIGGER WARNING

中——

"快点!快点!"走在最后的矮人说道,"我们得给她买多利玛最好的丝绸衣服。要是动作慢了,衣服就可能会被卖掉,那我们就只能买次等的衣服了。"

"我们知道!我们知道!"领头的矮人说,"我们还得给她买个匣子来装衣服,这样它就能保持完美无瑕,不会染上一丝尘埃。"

中间的矮人什么也没说。他紧紧握住手中的石头,既没有掉落,也没有遗失,除此之外他什么也不关心。那是一块红宝石,直接从原石上凿下,大小仿若鸡蛋。等它被切削后,价值能抵得上一个王国,因此可以轻松地换取多利玛最好的丝绸。

矮人们从没有想过,他们可以送年轻的女王任何他们从地下挖出来的东西——这样实在太轻松,太俗常了。令一件礼物带上魔力的重点是距离,这是矮人们一直坚信的事。

这天清晨,女王一早就醒了。

"一周后,"她大声说道,"一周后,我就要结婚了!"

这事儿感觉很不可思议,但又似乎毫无更改的可能。她想知道成为一位已婚女性是怎样的感觉。她想,如果人生是无尽的选择,那么这就意味着人生的终结。一周后,她就再也没有了选择的权利。她得统治她的人民。她得生些孩子。或许她会在生产时死去,也或许会衰老而死,又或者战死沙场。随着一记记心跳渐逝,通往死亡的小径是她的必经之路。

高 能 预 警

她可以听到城堡下的草地上,木匠们正在制作椅子,好让她的人民坐下观看她的婚礼。每一声锤击都像是一颗巨大的心脏跳动的钝响。

三名矮人从河畔的洞穴中爬出来,爬上草地,一个,两个,三个。他们爬到一块露出地表的花岗岩石顶上,伸伸腰,踢踢腿,跳几下,然后再伸伸腰。接着他们冲向北方,向着由低矮房子群聚在一起组成的吉夫村跑去,尤其是,向村里的旅店跑去。

旅店老板是他们的朋友,他们像往常那样,给他带去了一瓶堪瑟莱热酒,它是深红色的,口感甜而细腻,和当地出产的又淡又涩的酒完全不同。旅店老板会给他们食物,送他们上路,再给他们一些建议。

旅店老板正在酒吧间。他的胸膛就像店里的酒桶般宽阔,他的胡子是浓密的橙色,如同狐狸的尾巴。矮人们上一次来这儿时,这个房间里没有其他人,但现在,里面至少有三十个人,而且每个人看起来都不太开心。

矮人们本来计划悄悄侧身进入一个空荡荡的酒吧间的,此刻却发现所有人的视线都正指向他们。

"好主人富克森先生。"最高的那个矮人对酒吧老板说道。

"小伙子们,"酒吧老板一直以为矮人们都是些小男孩,但实际上他们的岁数个个都是他的四五倍,"我知道你们刚穿过山里。但我们得离开这儿。"

"发生了什么?"最小的矮人说道。

"睡眠!"窗边的醉鬼说。

"灾祸!"穿着体面的女人说。

"厄运!"修锅匠喊道,他说话时,炖锅也随之咔哒作响,"厄运即将降临!"

"我们正在前往首都的路上,"最高的矮人说,他的身高不超过一个孩童,脸上也没有长胡子,"首都发生了瘟疫吗?"

"不是瘟疫。"窗边的醉鬼说,他那把灰色的胡子长长的,被啤酒和葡萄酒染上了点点黄斑,"是睡眠,我可以告诉你。"

"睡眠怎么可能成为瘟疫?"最小的矮人问道,他同样没有胡子。

"一名女巫!"醉鬼说道。

"一个坏仙子。"一名脸胖胖的男子更正道。

"我听说她是个魔女。"清洗罐子的女孩插嘴。

"不管她是什么,"醉鬼说,"她没有收到命名日的邀请。"

"都是胡说。"修锅匠说,"不管有没有受邀参加命名日宴会,她都会诅咒公主。她是一名森林女巫,一千年前就被赶到了边境,而且是个坏蛋。她在生日上诅咒了那个孩子,还说等这女孩十八岁,一定会刺伤自己的手指,然后陷入永远的沉睡。"

宽脸的男子擦了擦前额。天气不热,但他身上仍然汗水直冒。"我听说,她本来是会死的,但是当时另有一位仙女,一位好仙女,将她受魔法诅咒而死亡替换成了沉睡。有魔力的沉睡。"他又补充了一句。

"所以,"醉鬼说道,"她在什么东西上刺伤了手指,于是就陷入睡眠之中。城堡里的其他人——领主和他的夫人、屠夫、面包师、挤奶工还有侍女们——在她睡着时,也都陷入沉睡。自从他们闭上眼睛之后,所有人的年龄都不再增长。"

"然后长出了玫瑰,"清洗罐子的女孩说道,"在城堡外长起一圈玫瑰。森林变得更为茂密,一直密到无法通行。这事儿发生在,嗯,大概一百年前?"

"六十年前。也可能是八十年前。"一个此前从未开口说过话的女人说道,"我知道这一点,是因为我的姑母利蒂希娅正遇上了这事儿发生的那一刻,当时她还是个小女孩。她因为痢疾去世时年纪不超过七十岁,那是在五年前的夏天发生的事。"

"……还有勇者们,"清洗罐子的女孩继续说道,"啊是的,当然还有女勇者们,据说,他们一直尝试进入阿卡伊雷森林,抵达森林中心的城堡,唤醒公主,并且通过唤醒她,也唤醒所有其他沉睡者们。但每一个英雄都在森林里失去了生命,被强盗谋杀,或是被刺在环绕着城堡的玫瑰荆棘上……"

"要怎么唤醒她?"中等个子的矮人问道,他手中依然紧紧地攥着那块石头,就像他一直以来所做的那样。

"用通常的方法,"清洗罐子的女孩羞红了脸,"也就是说,用故事里常用的方式。"

"很好,"最高的矮人说,"舀一碗冷水,泼在她脸上,然后喊'醒醒!醒醒!'?"

"要吻她,"醉鬼说,"但是没有人能这么接近她。他们已经尝试了六十年,甚至更多时间。据说那个女巫——"

"仙女。"胖子说。

"魔女。"清洗罐子的女孩更正道。

"随便她是什么,"醉鬼说,"她还在那儿。大家都是这么说的。要是你离她到了那么近的距离,要是你能穿过玫瑰花丛,她会在那儿等你。她像山一样古老,像蛇一样邪恶,满是恶意、魔法与死亡。"

最小的矮子敲了敲脑袋的一侧。"那么,就是说城堡里有个沉睡的女人,或许还有个不是女巫就是仙女的人在她身边。为什么说还有瘟疫?"

"那是从去年开始,"宽脸男人说,"它从北方传来,就在毗邻首都的地方。我最早是从来自斯泰德的旅行者那儿听说的,那地方就在阿卡伊雷森林附近。"

"城里的人也开始陷入沉睡。"清洗罐子的女孩说。

"很多人都会睡觉。"最高的矮人说道。矮人睡觉的次数十分稀少,一年最多两次,一次睡好几个星期,但他在长长的人生中已经睡得够多了,因此并不会将睡眠当做任何不同寻常的事来看待。

"不管他们当时正在做什么,都突然陷入了沉睡,而且再也没有醒来。"醉鬼说,"看看我们。我们从镇子上逃到这里。我们有兄弟姐妹、妻子和孩子,他们现在全都睡在各自的屋子里、牛舍中,要不就在他们的工作台边上。我们所有人都遇到过。"

"它传播的速度越来越快,"一名一直未曾开口的苗条红发女子发言了,"现在,它每天能多覆盖一英里路的范围,甚至两英里。"

"明天它就会到这儿了。"醉鬼说着,喝空了酒壶,向旅馆老板示意再满上,"对我们来说,已是无路可逃。明天,这里的一切都将陷入沉睡。我们当中的部分人决心在被睡眠攥住之前,逃入酩酊大醉里去。"

"睡着有什么值得害怕的?"最小的矮人问道,"只是睡觉而已。我们都会睡觉。"

"走着瞧吧。"醉鬼说。他一仰头,从酒壶里喝下尽可能多的酒,接着又将视线转到矮人们身上。他目光涣散,脸上的表情就像是看到他们依然还站在原地而感到十分惊讶似的。"好吧,继续。到时候你们自己看。"他将最后一点酒咽下,接着脑袋就垂到了桌子上。

矮人们继续等待,想看看接下来会发生什么事。

"沉睡?"女王问,"解释一下。怎么会,沉睡?"

矮人站在桌子上,以直视她的眼睛。"沉睡。"他重复了一遍,"有时候是直接摔在地上,有时候是站着睡着。他们会睡在铁匠铺里,睡在纺锤边,睡在挤奶凳上。动物们也在地上沉睡。鸟儿也都睡着了,我们看到它们睡在树上,或是死在它们从天上掉下来的地方。"

女王身上穿的婚礼长袍比雪更白。在她身边环绕着侍从、伴娘、裁缝和帽子商人,他们聚集在一起,窃窃私语。

"为什么你们在那儿没有睡着?"

矮人耸了耸肩。他长着一大把棕黄色的胡子,它老让女王觉得是有一只发怒的刺猬扎在他的脸部下方。"矮人们都是有魔力的,这种沉睡同样也由魔力带来。我感觉到了困意。"

"然后呢?"

她是女王,而她向他提问的方式就好像他俩正单独在这屋子里。侍从们开始帮她脱下长袍,将它收起,叠好后包裹起来,从而保证上好的蕾丝和丝带会一直挂在长袍上,这样它看起来就是完美的。

第二天就将是女王的大喜之日。一切都必须完美。

"等我们回到富克森的旅馆,他们全都睡着了,男男女女无一例外。这个咒语的范围正在扩散,每天都能扩展几英里。"

将两个王国分隔开的山虽然很高,却不够宽阔。女王能够算得出它们相距多少里路。她将一只白皙的手掌压在鸦羽般漆黑的头发上,看起来十分严肃。

"那么你们怎么想呢?"她问那个矮人,"要是我们去了那里,也会像他们一样睡着吗?"

他十分自然地挠了挠屁股。"你会睡上一整年,"他说,"然后你会醒来,不会发生什么比这更糟的事。要是有什么大人物能在那儿保持清醒,那一定是你。"

宫殿外,城里的人们正在街上悬挂旗布,用白色的花朵装饰他们的房门和窗户。他们擦亮了银器,将不情愿的孩子们推进装有温水的木桶里(年长的孩子们总是能在最热最干净的水里先泡澡),接着用粗糙的绒布搓洗他们,直到孩子们的脸颊都被擦到通红。这时候,孩子们都会蹲到水下,耳后同样也会被洗得干干净净。

"恐怕,"女王说,"明天不会有什么婚礼了。"

她叫人取来王国的地图,辨认那些最靠近山边的村庄,又派出使者,让当地的居民搬迁去海边,不照办就得冒上令女王不快的危险。

她唤来首相,告知他,她不在时就由首相来承担管理整个王国的责任,他得竭尽全力,保证王国不至沦陷或被人侵略。

她叫来她的未婚夫,让他别伤心,说他们依然会结婚,尽管他不过是个王子,而她已是位女王。接着她轻抚他俊俏的下巴,吻到他露出笑容来,这才停下。

她命人取来她的链甲。

她命人取来她的长剑。

她命人取来食物和马,接着便骑出宫殿,向东行去。

她骑了一整天,这才看到作为边界横亘在两个王国之间的那座山,它仿佛天际的一片云,在远处影影绰绰地出现。

矮人们已经在山脚下最后的旅馆里等着她了。他们带她进入山中深处的通道,那些矮人们平时穿行的道路。她还是个小女孩时曾经与他们一起生活过,因此她并不会感到害怕。

他们在这些深深的通道里行走时,矮人们几乎不会对她说什么话,只除了偶尔说上一句:"小心你的脑袋。"

"你有没有注意到,"最矮的矮人问,"有什么不同寻常的东西?"矮人们当然有各自的名字,但它是十分神圣的,不允许人类知晓。

女王也有自己的名字,但如今人们只会称她为"陛下"。在这个故事里,名字无须被提起。

"我注意到了不少不寻常的事。"最高的矮人说道。

他们已经抵达了好主人富克森的旅馆。

"你有没有注意到,即使在这所有的沉睡者中,也有些东西是醒着的?"

"没有,"中等高度的矮人抓了抓胡子说,"他们还保持着我们离开时的样子。垂着头,睡着了,几乎不怎么呼吸,甚至都不会惊扰到现在已经在他们身上罩起的蜘蛛网……"

"织出蜘蛛网的东西没有睡着。"最高的矮人说道。

这句话说得一点儿也没有错。勤勉的蜘蛛将丝线从手指织到脸上,又从胡子织上桌子。醉鬼灰色的胡须上如今已蒙上了一层厚厚的蜘蛛网。门打开时,蜘蛛网也随着空气的流动而颤抖飘浮起来。

"我不知道,"一名矮人说,"他们会就这样饿死,还是有什么魔法能量给了他们能够长时间睡眠的能力。"

"我猜是后者,"女王说道,"如果事情如你所说,最初的咒语是一名女巫在七十年前发起,而在那儿睡着的人一直睡到现在,就像睡在自己山下的红胡子那样,那么显然他们没有饿死,也没有变老。"

高能预警

矮人们点点头。"你很聪明,"一名矮人说,"你总是很聪明。"

女王发出了一声夹杂着恐怖与惊讶的叫喊。

"那个男人,"她指着说道,"他看了我一眼。"

是那名宽脸庞的男人。他缓慢地移动,撕开蜘蛛网,转过脸来面对着她。他看了她,是的,没错,但他没有张开双眼。

"人们在睡眠中也是会移动的。"最小的矮人说。

"是的,"女王说,"确实如此。但不是像这样。这人的移动速度太慢,动作幅度太大,太意味深长。"

这地方的其他沉睡中的脑袋也都慢慢移动起来,幅度很大,就好像他们是有意识在移动的。现在,所有沉睡者的脸都面对着女王。

"这是你没有想象过的事。"同一个矮人说道,他是那个长着红棕色大胡子的矮人,"但他们所做的只是闭着眼睛看你,这不算什么坏事。"

沉睡者们的嘴唇一齐动了起来。没有发出声音,只是从沉睡的双唇中吐出气息。

"他们刚才说的话是我想的那句吗?"最矮的矮人说道。

"他们说,'妈妈,今天是我的生日'。"女王说,她全身颤抖起来。

他们没有骑马。他们经过的所有马匹全都睡着了,正站在地里,无法唤醒。

女王走得很快。矮人们得走得比她快一倍,这才能跟得上她。

女王发现自己打起了呵欠。

"弯腰向我。"最高的矮人说。她照做了。矮人拍了拍她的脸。"你最好保持清醒。"他快活地说道。

"我只是打个呵欠。"女王说。

"你觉得到城堡还有多少路?"最小的矮人问。

"要是我对地图和传说记得没错,"女王说,"阿卡伊雷森林到这里大概七十里路。三天的路程。"接着她又说:"今晚我得睡一觉。我没法不眠不休地再走上三天了。"

"那就睡吧,"矮人们说,"天亮后我们会叫醒你的。"

那天晚上,她在一片草地的草垛里睡着了,矮人们陪在她的身边,不知道她是否能清醒地见到明天的太阳。

阿卡伊雷森林里的城堡是一大团灰色,爬满玫瑰。花朵们一直蜿蜒向下,连护城河中也长满了,几乎全都像城堡中最高的那座塔一样高。年复一年,玫瑰生长的范围越发扩大,靠近城堡石墙的地方只剩枯萎的棕黄色枝条,老旧的荆棘如刀刃般锋利,而在十五英寸之外,它们却是绿色的,开着繁茂的玫瑰。那些攀爬的玫瑰花,无论是存活的还是已死去的,共同组成了一副溅着点点色彩的棕黄骨架,令人看不真切那座灰色的城堡。

阿卡伊雷森林里的树木全都挤压在一起,地面极为阴暗。一个世纪以前,这地方只是个名义上的森林,它本是个狩猎场、

高 能 预 警

一座皇家公园,是不计其数的鹿、野猪和鸟儿的家园。而现在,整座森林挤在一起,穿过森林的古老道路上长满植物,早已被人遗忘。

高塔里,拥有一头漂亮头发的女孩沉睡着。

城堡里的所有人都在沉睡。所有人都沉沉地睡着,只除了一个人。

那位老妇的头发已经灰白,稀疏得露出头皮。她怒气冲冲地蹒跚向前,穿过城堡,全身的重量都压在拐杖上,就好像她整个人只被憎恨驱使。她砰的甩上门,边走边自言自语:"爬上长满了花朵的楼梯,穿过长满了花朵的厨房,你现在在煮什么?呃,一大块猪油皮。你的罐子和锅子里什么都没有,除了灰尘还是灰尘,唯一能令你面红发热的只有打鼾而已。"

进入精心照料的果蔬园子,老妇人拾起风铃草和芝麻菜,又从地里拔了一个大萝卜。

八十年前,王宫中养了五百只鸡,鸽笼里则有成百只肥胖的白鸽,白尾巴的兔子在地上奔跑,穿过绿油油的草地,跳进城堡的围墙里;护城河和池塘中游动着鲤鱼、鲈鱼和鳟鱼。但现在,城中只剩三只鸡。所有睡着的鱼全都被网兜出水面。再也没有兔子,也没有白鸽。

六十年前,她第一次亲手杀死自己的马,在肉泛起彩虹色的光芒、尸体开始发出恶臭、爬满蓝色的苍蝇和蛆之前,她尽可能地将它吃了下去。而现在,她只会在隆冬时分才屠杀这些大型哺乳动物，到了那时候，没有任何东西会腐败，她可以将肉一块块砍下，留待春天解冻。

老妇走过一位沉睡中的母亲，她的怀中抱着打瞌睡的婴儿。走过去时，她心不在焉地拂去他们身上的灰尘，确保婴儿的嘴依然留在母亲的乳头上。

她静静地吃下了自己那顿由萝卜和蔬菜组成的餐点。

这是他们所抵达的第一座大城市。城门很高，厚得牢不可破，然而却洞开着。

三个矮人本想绕过它，他们不喜欢待在城市里，总怀疑房屋和街道都是些非自然的东西，但他们得跟着自己的女王。

一进城，大量的人就令他们感觉十分不适。沉睡的骑手跨在睡着的马背上；沉睡的马车夫坐在一动不动的马车前，车厢里还睡着乘客；沉睡的孩子们手里攥着球和铁环，以及用来抽打陀螺的鞭子；沉睡的卖花女站在货摊后面，她们所出售的花朵早已变色、腐烂、干枯；甚至连鱼贩也睡在大理石板边，石板上满是散发出恶臭的鱼，里面爬满了蛆。蛆的蠕动和它们发出来的沙沙声，是女王和矮人们所能听到的唯一声响。

"我们不该留在这儿。"棕色大胡子的矮人咕哝道。

"这条路比其他路更快捷地通往我们的目的地，"女王说，"而且它直通向桥。走其他路的话我们不得不自己想办法过河。"

女王的情绪非常平和。前一晚上，她睡着了，到早上，她又

高 能 预 警

醒了过来,沉睡的疾病并未波及到她。

他们穿过城市时,蛆的沙沙声,以及沉睡者们时不时地打鼾或移动造成的声音,是他们能听到的仅有动静。此时,一个在台阶上睡着的小孩,大声而清晰地说道:"你在织布? 我能瞧瞧吗?"

"你们听见了吗?"女王问。

个子最高的矮人只是说:"看! 沉睡者们正在醒来!"

他说错了。他们没有醒。

然而,他们确实站立起来。他们慢慢地站起身,迈出犹豫、笨拙而睡意蒙眬的步子。他们都是些梦游的人,身后拖着如纱般的蜘蛛网。自始至终,蜘蛛网都在织造着。

"一个城市里一般有多少人,我是说,有多少人类?"最小的矮人问道。

"各不相同,"女王说,"在我们的王国,不超过两万,或许三万人。这座城看起来比我们的城市更大,我猜大概有五万人,或者更多。为什么这么问?"

"因为,"矮人说,"他们看来似乎都在跟着我们。"

沉睡的人动作不快。他们步履蹒跚,踉踉跄跄,就像是正游泳穿过流淌着蜜糖的河流的孩子们,或是脚上沾满了厚厚湿泥的老人。

沉睡者们向着矮人和女王走来。矮人们很轻松就能跑开,女王也很轻松就能走开。然而,然而城里的人实在太多。他们所经过的每一条街道上都是沉睡的人,那些人的肩上落满蜘蛛网,他们双眼紧闭,或者双眼睁开却翻着白眼。所有人都正拖着步子向前走。

女王转身跑进一条小巷,矮人们跟了上去。

"这不光彩,"一个矮人说道,"我们该留下来战斗。"

"和一个完全不知道你出现在哪里的对手战斗,"女王喘着气说道,"这事情本来就不光彩。和某个正在梦中钓鱼或种地,要不就是正梦见早已死去的爱人的人战斗,也全无荣耀可言。"

"要是他们抓住了我们,他们会怎么做?"她身边的矮人问道。

"你想知道吗?"女王问。

"不。"矮人承认。

他们跑了起来,跑啊跑,跑个不停,一直跑到离开这城市最外围的城门,穿过横跨河面的桥,这才停了下来。

老妇人已有十来年没有爬到最高的那座塔上去了。这是个体力活,每一步都会让她的膝盖和臀部隐隐作痛。她沿着蜿蜒的螺旋阶梯拾级而上,每一个小小的拖着脚的步子都会给她带来极大的痛苦。楼梯没有扶手,没有什么东西能让这陡峭的台阶变得更容易爬一些。她时不时将身体倚在拐杖上,喘口气,然后继续向上。

她也用拐杖来对付蜘蛛网。厚厚的蜘蛛网挂满楼梯,覆盖住了台阶,老妇人朝着它们晃动拐杖,撕开蜘蛛网,只留下四散逃往墙壁去的一群群蜘蛛。

高能预警

这段路非常长,而且十分陡峭,但最终,她抵达了塔顶的房间。

在房间里,除了裂隙般窗子边的一个纺锤和一只凳子,以及圆形屋子中央的一张床之外,什么也没有。床很华丽,在厚厚的蜘蛛网下铺着深红色与金色的被子,保护床上沉眠的住客免受世界的侵害。

纺锤落在地上,就在凳子边,那正是在八十年前它掉落的地方。

老妇人用手杖拨开蜘蛛网,空气中尘埃弥散。她盯着床上沉睡的人。

那女孩的头发如野花般金黄,双唇仿佛攀爬在宫殿墙壁上的蔷薇般粉红。她已经很久没见着日光,然而肌肤依然是奶油色的,既没有苍白暗淡,也没有丝毫不健康的模样。

老妇人弯腰拾起纺锤。她大声说道:"要是我用这纺锤刺穿你的心脏,你就不会再这么可爱了,对吧?嗯?对吧?"

她朝着身穿白裙的沉睡女孩走去,接着放下了手。"不,我不能。我向所有神明祈祷,希望我能做得了这件事。"

她的五感都早已随年龄的增长渐渐减退,但她觉得自己听见森林里传来了声音。在许多年前,她曾经看到过他们——王子们和勇者们——来到这里,看到他们死去,被刺在玫瑰花的荆棘上,但那已是太早之前的事,再没有一位勇者或者其他什么人,能够抵达城堡这么远的地方了。

"嗯!"她大声说道,她说得如此大声,又有谁能够听得见?

"即使他们来了,也会尖叫着死在无情的荆棘上。他们什么也做不了——任何人都做不了。完全不能。"

一名樵夫靠着一棵树睡着了,在大约半个世纪以前,这棵树便已倒下,如今则长成了一道拱门。在女王和矮人经过时,樵夫张嘴说道:"哎呀!这该是个多么不同寻常的命名日礼物啊!"

三名强盗睡在一条如今已只能勉强算是小径的地方中央,四肢弯折,就仿佛他们躲在树上时突然陷入沉睡,结果从树上摔了下来。他们没有醒过来,面朝下,齐声说道:"你会给我带来玫瑰吗?"

这三人中有一个特别魁梧,壮得如同秋天的熊,在女王经过时突然伸手抓住了她的脚踝。最小的矮人没有丝毫犹豫,便用手斧砍下了强盗的手。女王将那男人的手指掰开,一根一根地,直到那只手落入地上腐烂的叶子里。

"给我带来玫瑰,"那三名强盗在梦中齐声说着,鲜血从那名魁梧男子手臂的残根中缓缓流淌到地上,"要是你能给我带来玫瑰那该有多好,我会很高兴的。"

在看到城堡之前,他们就已感觉到了它,它就像是一阵水面的波动,将他们向外推开。要是他们继续往城堡走,头脑会变得迷茫,精神会变得烦躁,灵魂将会坠落,思想会被蒙蔽。一旦转身回头,他们就能清醒过来,变得更开朗,更理智,更聪慧。

女王和矮人强行深入这片精神的迷雾。

高 能 预 警

有时候某个矮人会打个呵欠,脚步踉跄。每一次,其他矮人都会抓住他的手臂,奋力扶着他向前,嘴里咕哝着,直到那名矮人恢复意识。

女王一直保持清醒,尽管森林里满是她明知道不可能出现在此处的人。他们在她身边,在小径上行走。有时候他们甚至会对她说话。

"让我们来探讨一下,自然科学的现象是如何影响到外交的。"她的父亲说道。

"我的姐妹们统治着世界。"她的继母说道,她拖着脚上的铁鞋走在森林的道路上。铁鞋泛着暗橙红色,然而它们所接触到的叶子,没有一片因此而烧着。"平凡的老百姓发动叛乱来推翻我们的统治。于是我们藏在裂隙中,藏在人们看不见我们的地方,等待着。如今他们崇拜我。甚至你,我的继女,你也崇拜我。"

"你是那么美丽,"她的亲生母亲说道,然而她在很早以前就已死去,"仿佛落在白雪上的玫瑰。"

狼群时不时地自他们身边跑过,从森林的地面卷起尘埃和落叶,却并未惊扰到蒙在小径前方如同薄纱一般厚厚的蜘蛛网。此外,狼群有时也会直接穿过树干,消失于黑暗中。

女王喜欢狼,所以当一名矮人大喊起来,说这儿的蜘蛛比猪还大,而狼群也由此从她的脑海中、从这世界上消失时,她觉得有些难过。(但矮人说得不对。那些蜘蛛只有普通尺寸,全然不受时间和旅行者干扰,始终在编织着蛛丝。)

横跨护城河的吊桥没有收起,他们穿过桥,但一切依然在往外推着他们。而且,他们无法进入城堡,入口满是浓密的荆棘,上面覆盖着茂盛生长的玫瑰。

女王看到荆棘上悬挂的残骸,一堆堆尸骨,有些穿着盔甲,有些没有。有些骸骨高高地挂在城堡的侧边上,女王不知道他们是向上攀爬城堡,想找个地方进入,然后就死在了那儿,还是他们原本死在地上,却被生长的玫瑰带到了高处。

她得不出结论。这两种情况都有可能。

这时候她的世界相比起来显得如此温暖舒适,她确信稍许闭上一会儿眼睛并不会有什么害处。谁介意呢?

"帮帮我。"女王嘶哑地说道。

长着棕色胡子的矮人从身边最近的玫瑰花丛中拔出一根刺,重重地扎进女王的拇指,然后又拔了出来。一滴暗红色的血落在入口的石板地面上。

"啊!"女王说道,接着她又说,"谢谢你!"

矮人们和女王一起凝望着这道厚厚的荆棘屏障。她伸出手,从身边最近的一株灌木上摘下一朵玫瑰,别在头发上。

"我们可以以矮人的方式进去,"矮人说道,"从护城河下面走,进入墙基,然后再爬到地上。只要几天的工夫。"

女王沉思着。她的拇指很疼,但她很高兴自己的拇指能感到疼痛。她说:"这里从八十年前就变成这样了。它开始得非常缓慢,只是在最近才开始扩散,而且速度越来越快。我们甚至都不知道这些沉睡者还能不能再醒来。我们一无所知,只知道事实上很可能并没有两天的时间。"

她望着那些厚密纷乱的荆棘,里面有依然活着的,也有已死了的,有已枯萎了几十年的,但它们的荆棘刺依然像还活着时一样致命。她绕着墙根行走,直至见到一副骨架,她从骨架的肩头拉下已腐烂的衣物,与此同时也用手感受着它。是的,它很干燥,能作为很好的引火物。

"谁有打火匣?"她问。

古老的荆棘燃烧得如此剧烈,如此迅速。要不了一刻钟,橙色的火焰向上蹿起,有一会儿甚至看起来像是要将整座城堡悉数吞没,但接着便都消失了,只剩下焦黑的石头。剩下的那些坚韧到足以抵御高温的荆棘,女王用剑也能很轻易地将它们砍下,然后拉开丢进护城河里。

四位旅行者走入城堡。

老妇从窄窗中瞥到下方的火焰。浓烟飘进窗子,但无论火焰或是玫瑰,都无法抵达最高的那座塔里。她知道城堡正遭到攻击,她该在这高塔的房间里躲藏起来,然而这地方要是想找个什么地方藏身,就得让那沉睡的姑娘离开她的床。

她咒骂了两句,费力地往楼梯下走去,一次走一级台阶。她想走到下面,走到城垛边上,在那儿她可以往建筑的另一边去,下到地窖。她可以藏在那里。她比任何人都了解这座建筑。她的动作不快,但足够狡猾,而且她可以等。哦,她完全可以等待。

她听到叫喊的声音沿着楼梯传来。

"这边!"

"向上!"

"这里给人的感觉更糟!来!动作快!"

她转身,尽可能快地向上爬,但她这一天前些时候已经爬过楼梯了,因此速度赶不上他们向上的速度。当她抵达楼梯顶部时,他们也抓住了她,三个男人,个子不超过她的臀部,紧紧地跟着一位风尘仆仆的年轻女人。她的头发是那样乌黑,老妇人过去从未见过比这更深的黑色秀发。

年轻女人说:"抓住她。"她的口气像是在下达一个随意的命令。

小个子的男人们抓住她的拐杖。"她比她外表看起来更强壮。"其中一名说道。在他抓住她的拐杖之前,她就用拐杖揍了他的脑袋,说话时,他的脑袋里依然嗡嗡作响。他们将她推进塔顶那个圆形的房间。

"大火?"老妇人已有几十年没有跟自己之外的任何人说过话了,她说,"有没有人被火烧死?你看到国王或王后了吗?"

年轻女人耸了耸肩。"我想没有。我们经过的所有沉睡者们都在城堡里,而城堡的墙壁又很厚。你是谁?"

名字。名字。老妇人眯起眼睛,接着她摇了摇头。她就是她,她出生时所获得的名字早已被时间吞没,几乎没怎么使用过。

"公主在哪儿?"

高 能 预 警

老妇人只是盯着她。

"还有,你为什么能醒着?"

她没有回答。小小的男人们和女王急促地交谈起来。"他是女巫吗?她身上带着魔法,但我觉得那不是她自己施放的。"

"看住她,"女王说,"如果她是女巫,那根拐杖可能就很重要。把拐杖拿走,不要让它留在她身边。"

"这是我的拐杖,"老妇人说道,"我想它原本属于我父亲。但他现在已经不能用了。"

女王无视了她,径直走到床边,拉开蜘蛛网。沉睡者正紧闭双眼向上盯着他们。

"所以这就是一切的源头。"一名小个子男人说道。

"在她生日的时候。"另一个说道。

"好吧,"第三个说,"得有个人来干这件光荣的事。"

"我来。"女王轻柔地说道,她向沉睡的女人俯下脸去。她用自己洋红色的唇轻轻地触碰沉睡者那粉红色的嘴唇,然后长久而坚定地吻了下去。

"起作用了吗?"一名矮人问道。

"我不知道。"女王说,"但我同情她,可怜的孩子。她的生活在沉睡中消亡。"

"你以前也曾经在女巫的诅咒下睡了整整一年。"矮人说道,"你没有感到饥饿,也没有腐烂。"

床上的人动了起来,就好像她刚做了个噩梦,正挣扎着想要苏醒。

女王无视了她。她注意到床边地板上的某样东西,便弯腰将它捡起。"现在看这个,"她说,"这东西上感觉有魔法。"

"到处都有魔法。"最小的矮人说道。

"不,这个。"女王说着,给他看了一只木头纺锤,它的底部还缠绕着半满的纱线,"这东西上有魔法。"

"就是在这里,这间屋子中,"老妇人突然说道,"那时候我也只不过是个小女孩。我以前从未到过这么远的地方,但我还是爬上了所有楼梯,我向上,向上,盘旋,盘旋,直到进入这最高的房间。我看到这张床,就是你们面前的这张,不过那时候床上没有任何人。房间里只有一位老夫人,坐在凳子上,用纺锤将羊毛纺成纱线。我以前从未见过纺锤。她问我愿不愿意亲手试试。她拿着羊毛,然后将纺锤交给我,让我握住。接着,她抓住我的大拇指,将它往纺锤的尖端按下去,直到鲜血涌出来。她将溢出的鲜血抹在线上,接着她说——"

一个声音打断了她。那是一个年轻的声音,女孩的声音,但依然带着浓浓睡意。"我说,现在,我要将睡眠从你身上夺走,女孩,同时我还要将你在我睡眠时伤害我的能力也一并夺取,因为我需要在自己沉睡时有人醒着。你的家人,你的朋友们,你的世界也会随着我而沉睡。然后我便躺在床上睡着了,他们也睡着了,每一个人睡着时我都窃取了他们的一点点生命和一点点梦,于是我便能恢复年轻、美貌和力量。我沉睡后,变得更强。我破坏了时间对我的伤害,给自己建起一个满是沉睡奴隶的世界。"

高 能 预 警

她在床上坐起,看起来是那样美丽,那样年轻。

女王看着女孩,发现了自己寻找的东西,那是她在她继母的眼中曾经见过的同样的眼神,她知道面前这女孩是哪一类人了。

"我们被人误导了,"最高的矮人说道,"人们说一旦你醒来,其余的世界也会随着你醒来。"

"你为什么会相信这样的话?"金色头发的女孩带着孩子气和纯真说道(啊,但是她的眼神!她的眼神看起来是如此苍老),"我喜欢他们一直睡着。睡着的时候他们比较……顺从。"她停了一会儿,接着露出微笑:"甚至现在,他们正向你们走来。我把他们召唤到这儿来了。"

"这座塔很高,"女王说,"沉睡的人行动又不快。我们还有一点交谈的时间,黑暗的阁下。"

"你是谁?为什么我们要交谈?为什么你会知道得那样称呼我?"女孩爬下床,愉快地伸了个懒腰,用指尖梳了梳金色的头发。她露出微笑,那笑容灿烂得仿佛太阳照耀进了这间昏暗的屋子。"小东西们得留在他们现在站立的地方,我不喜欢他们。至于你,女孩,你也会陷入沉睡。"

"不。"女王说道。

她举起纺锤。缠绕其上的纱线已在这么多年里变成了黑色。

矮人们停在他们原本站立的地方,晃动着身体,闭上了眼睛。

女王说:"你们永远都这样。你们需要青春和美貌。在很久以前，你们使用自己的力量，而现在，你找到了更复杂的方式来获得它们。你们总是想要力量。"

现在，她俩近得几乎已经鼻尖相触，那金色头发的女孩看起来比女王还年轻许多。

"为什么你不就这样睡过去？"女孩问道，脸上挂着坦率的微笑，那种笑容正是女王的继母想要获得什么东西时的微笑。在他们下方很远之处，有什么声响自楼梯上传来。

"我在玻璃棺材里睡了一整年，"女王说道，"将我放到那地方去的女人要远比你所能做到的更强大，也更危险。"

"比我更强大？"女孩似乎被逗乐了，"我控制着一百万沉睡的人。我在沉睡的每一刻都变得更强大，睡梦所笼罩的范围也在日复一日地加速增大。我获得了青春——如此青春！我获得了美貌。没有什么武器能伤得了我。活着的人里没有人能比我更强大。"

她停住话头，盯着女王。

"你不是我们的血族，"她说，"但你有一定的能力。"她微微一笑，那是一个纯洁的少女在春天的早晨醒来时会露出的笑容。"统治世界不会太容易，要维持我那些依旧存活到这个堕落时代的姐妹之间的秩序也是一样。我需要有人能成为我的眼睛和耳朵，来替我执行审判，在我忙于其他事务时帮我照料一切。我会留在网中央。你不能和我一起统治，但在我之下，你依然是统治者，你能统治整片大陆，而不是一个小小的王国。"她伸出手，抚摸着女王白皙的肌肤，在室内昏暗的灯光下，那肌肤几乎就像雪

高 能 预 警

一样白。

女王没有回答。

"爱我。"女孩说道,"所有人都会爱我,而你,你是将我唤醒的人,你得成为最爱我的人。"

女王感觉有什么东西在她的心脏里搅动。于是她回想起她的继母。她的继母总是喜欢被人崇拜。要学会如何变得强大,如何好好随心所欲而不是盲从他人的想法,这些都是很困难的事,但如果你学会了其中的窍门,就永远不会忘记。况且,她也并不想统治大陆。

女孩朝她微笑,她的眼睛是清晨天空的色彩。

女王没有笑。她伸出手。"给你,"她说,"这不是我的。"

她将纺锤递给身边的老妇人。那老妇若有所思地将它举起。她用生了关节炎的手指将纺线从纺锤上解开。"这是我的生命,"她说,"这些线是我的生命……"

"那曾经是你的生命,而你把它给了我!"女孩厉声说道,"那是很多很多年以前的事了。"

然而那纺锤的尖端在经过了这么多年后,却还依然锐利。

曾经是位公主的老妇人将纺线紧紧握在手中,然后将纺锤的顶部刺入金发女孩的胸膛。

女孩低头,看着一道鲜血从自己胸前淌下,将她洁白的裙子染成血红色。

"没有什么武器能伤得了我,"她说,她那原本稚嫩的声音变得暴躁起来,"再也没有了。你们,这只不过是个小擦伤罢了。"

"它不是武器,"明白刚才发生了什么的女王说道,"它是你自己的魔法。只需要一点点擦伤就足够了。"

女孩的鲜血浸透了曾经卷在纺锤上的纱线,老妇人手中纺锤上那些线变回了天然的羊毛。

女孩低头看着裙子上的血污和线上的鲜血,最后说道:"只是稍稍刺破了一点点皮肤而已。"她看起来有些困惑。

楼梯上的声响变得更大了。那是一种缓慢而不规则地拖着步子走路的声音,就好像有成百个梦游者,正闭着眼睛爬上石质的螺旋楼梯。

这房间很小,他们无处藏身,而窗子又只是石头之间的一道窄缝。

那位曾经是位公主的老妇人,她已经有很多很多年未曾睡觉,她说:"你夺走了我的梦。你夺走了我的睡眠。现在,这一切都已经够了。"她已是一位非常老迈的妇人,手指粗糙长瘤,就像山楂树的根。她的鼻子长长的,眼角下垂,但在这时候,她的眼中却闪现出了年轻人才有的光芒。

她摇摆着,踉跄了几步,要不是有女王抢先抓住了她,她一定会摔倒在地上。

女王将老妇放在床上,给她盖上深红色的床罩,她的体重很轻,让女王感到十分惊奇。老妇的胸膛不断起伏。

楼梯上的声音更响了。接着是一片寂静,突然之间,传来一阵喧哗,就像一百个人忽然齐声说话,全都十分惊讶、愤怒而困惑。

高 能 预 警

美丽的女孩说道:"但是——"可此刻,在她身上已再也没有任何稚气与美丽残余。她的面孔垮了下来,不再像此前那么棱角分明。她将手伸向最小的矮人,从他的皮带上扯下手斧。她笨手笨脚地握着斧头,带着恐吓般地将它举起,双手却满是皱褶,精疲力竭。

女王举起了剑(剑刃被荆棘刺伤,带着刻痕),但没有刺出,而是后退了一步。

"听着!他们都醒来了,"她说,"他们全都醒来了。你倒是再跟我说说你从他们身上窃取的青春,再跟我说说你的美丽和力量,再跟我说说你有多聪明,黑暗的阁下。"

等人们抵达塔上的房间,他们见到了睡在床上的老妇,见到了站得笔直的女王,在她身边的是三个小矮人,他们不是在摇晃脑袋,就是不停地挠着头。

他们同样也看到了地上的其他东西:一堆白骨,一束如同刚织出来的蜘蛛丝一般又美又白的头发,在发丝之间有一块灰色的破布,而在这一切之上,是一片油汪汪的尘埃。

"照顾好她,"女王用深色木质的纺锤指了指床上的老妇,"她救了你们的性命。"

接着,她便和矮人一起离开了。在房间里和楼梯上的所有人,没有一个敢阻拦她,也没有人明白究竟发生了什么。

离开城堡一英里左右,阿卡伊雷森林的一片空地上,女王和矮人用干树枝点燃一个火堆,烧掉了纺线和羊毛。最小的矮人用他的斧子将纺锤砍成黑色的木片,接着他们也烧掉了木片。木头碎片在燃烧时散发出一股带毒的烟,女王咳嗽起来,空气中满是古老魔法的气息。

最后,他们将烧焦的木头残片埋在一棵山梨树下。

待到晚上,他们已抵达森林的边缘,走上了一条更明晰的道路。他们可以看到山的那边有个村庄,有烟正从村庄的烟囱中升起。

"那么,"留着胡子的矮人说,"如果我们往正西方去,我们可以在周末抵达边境山脉,然后在十天内让你回到堪瑟莱热的宫殿里。"

"是的。"女王说。

"你的婚礼得延期,不过等你回去之后,它还是能尽快举行,人们会来庆祝,整个王国都会被欢乐充满。"

"是的。"女王说。她再没有多说什么,只是坐在橡树下的一片苔藓上,品味这片寂静,倾听心脏一下又一下跳动的声音。

还有选择的机会,在坐了很久之后,她想。选择总是有的。

她做出了选择。

女王开始前进,矮人们跟着她。

"你知道我们正在向东走,对吧?"一个矮人说。

"哦,是的。"女王回答。

"好的,那就没问题。"矮人说道。

他们向东走去,一共四个人,背对落日和他们所熟悉的土地,就这样一直走入夜里。

女巫的活计

那女巫已垂老如同桑葚树
她所住之地为百钟之屋
她出售风暴与忧伤,以及平静的海洋
她将她的生命存放于匣中。

此树之老迈实为我平生难得所见
它的根结垂地,仿佛液体。岁月随它滴落
然则每逢九月,它的绿叶中必然点缀硕硕果实
浪荡如同娼妓,猩红一如我的怒意。

百钟低吟出时间,那是它们于齿轮中捕获之物
它们踽踽前行,喋喋不休,它们定时打鸣,细细咀嚼。
她用分秒喂养它们。年老的钟表食用年份。
她又爱又恨,她的这些野性的钟表孩子们。

她售予我一个风暴,当时我愤怒正盛

TRIGGER WARNING

我的仇恨令世界充满火山与狂笑
我遥望闪电与风歌唱
而此后发生的一切吞噬了我的疯狂。

她售给我三个忧伤,全都包裹在一块布里。
我将第一个交给仇敌之子。
我的女人将第二个做成一道肉汤。
第三个留待后用,因为我们已然和解。

她将平静的海洋售给水手之妻
以丝线捆束狂风,将风暴系住,
女人们在家中活得更为快乐
直到她们的丈夫返回家中,耐心受到考验。

女巫将生命藏在由灰尘构成的匣中,
它的大小如同拳头,阴暗仿佛心脏
女巫带着她的痛苦和她的技艺观望浪涛
那里一无所有,只除了时间、静默和伤痛。

那女巫已垂老如同桑葚树
她所住之地为百钟之屋
她出售风暴与忧伤,以及平静的海洋
她将她的生命存放于匣中。

奥兰圣迹

圣徒哥伦巴登上爱奥纳岛
他的朋友奥兰与他同行
尽管有人传说,圣徒奥兰躲在岛上阴影里,
若干时日,以待哥伦巴登陆。
但我相信,这两人如同兄弟一般,一起自爱尔兰来到岛上
他们是勇敢的金发哥伦巴,与人称奥兰的黑皮肤男子。

他的另一个名字,叫做**奥德兰**,他酷似水獭。在这故事里,还有其他人
    他们登上爱奥纳岛,然后说,我们要建造一座礼拜堂。
    这就是圣徒们登陆后都会做的事。(奥兰乃是太阳或火焰的牧师之意
    或称此名得自**奥德拉**,意为黑色头发。)但礼拜堂一直倒塌。
    哥伦巴从梦境或启示录中寻得答案,
    他的建筑需要奥兰,需要在基石中埋入死亡。

TRIGGER WARNING

其他人声称这是教义,圣徒奥兰与哥伦巴
辩论起天堂,爱尔兰人总爱辩论,
事实的真相早已被遗忘,我们仅能确知行为:
(通过行为我们能够了解他们)圣哥伦巴将奥兰埋葬
活生生地埋葬,将土地撒在他的身旁;深深地埋葬,将土地撒在他的头上。

三日后他们返回原处,矮壮的修士手拿十字锹和鹤嘴锄
他们挖出圣徒奥兰,让哥伦巴得以拥抱,
触摸他的脸颊,说出告别的话。奥兰已死三日。他们拂去他身上的泥土
圣徒奥兰的双眼却突然睁开。奥兰朝着圣徒哥伦巴露齿而笑。
他曾经死去,但又复活,他所说的语言唯有死者才能知晓,
他的声音如同流水与风。

他说:没有等待着好人、善人与良人的天堂
没有永罚,没有地狱等待不敬畏神的罪人
也没有你们想象的上帝——
圣徒哥伦巴喊道:"闭嘴!"
他将修士们从未能正确铲向圣奥兰的土中救出。

于是他们将他永远埋葬,并称此地为奥兰圣迹。

高能预警

在那片教堂墓地里，埋葬着所有的苏格兰国王，所有的挪威国王
就在爱奥纳岛上。

有人声称，被埋葬的是一名德鲁伊的阳光牧师
他被葬在美好的爱奥纳的土地中，巩固教堂的基石，
但对我来说，这传闻太过简单，又中伤了圣哥伦巴的声誉。
（他喊道："土！把土扔到奥兰身上，用泥堵住他的嘴，
不然他会将我们带往毁灭！"）。他们想象这是一场谋杀
一名圣徒将另一名圣徒活埋在神圣的礼拜堂下。

而当圣奥兰的名字一直流传，
被当做殉教的异教徒，他的尸骨依然令礼拜堂的基石稳固，
我们加入他们，国王与王子们，加入他的墓园，加入他的礼拜堂，
因为这地方以奥兰而名。凭借简单的词句，在拥抱中，他说出诅咒——
没有惩罚罪人的地狱；
没有等待圣人的天堂；上帝并非你们所想象的模样。

或许他一直布道，因为他死后重又复活，
直到被爱奥纳的土壤静默、压迫并蒙住嘴巴。
圣哥伦巴葬于爱奥纳岛

几十年后。但人们掘出他的尸骨,
带到唐帕特里克,在那儿,他与圣帕特里克和圣布里吉德同葬。
于是,奥兰便成为爱奥纳岛上唯一的圣徒。

不要在那座墓园中挖掘过去的国王和权贵、
主教和他们的财富。他们全都由圣奥兰守卫
他会从坟土中复活,仿若黑暗,如同一头水獭,
因为他再也无法瞧见太阳。他会触碰你,
他会品尝你,他会将他的词句留在你的心中。
(上帝并非你所想象;没有地狱,也没有天堂。)

然后你会离开他和他的墓园,遗忘这阴影的恐怖,
你会擦擦自己的颈项,你所能记住的只有这一点:他为拯救我们而死去。
是圣哥伦巴将他杀死在爱奥纳岛上。

黑狗

什么东西有一个脑袋,却有十条舌头?
其中一条从嘴里伸出,拿来面包,
喂饱活人与死者?

——古谜语

1
酒吧访客

酒吧外正下着倾盆大雨。

影子依旧不是很确信自己正处于一家酒吧里。没错,这屋子的一角确实有个小小的吧台,后面摆放着一排排酒瓶和两只大酒桶,你能从那里面倒出啤酒来。屋里还有些高脚桌,也有不少人正围坐在桌边喝酒,但总体来说,这酒吧还是挺像谁家的屋子,尤其是室内那些狗,更增加了这种印象。在影子看来,好像除了他自己之外,酒吧里的每个人都带着一条狗。

"它们是什么品种?"影子好奇地问道。它们看起来像灵缇犬,但体型比灵缇犬更小些,看起来也更聪明点,比他这些年来印象中的灵缇犬要更温和,不那么容易激动。

"勒车犬。"酒吧老板自吧台后走出来回答道。他手里拿着一品脱啤酒,是给自己倒的。"世上最好的狗。偷猎者们用的。速度很快,又聪明,战斗力很强。"他弯腰,在一条栗黄相间的狗的耳背上挠了一把。那只狗很享受这个过程。它看起来并不怎么凶恶,影子将这个想法说出口来。

老板的头发泛着灰色与橙色,蓬蓬松松的,他条件反射地抓了抓自己的胡子。"你这样想就错了。"他说,"上个礼拜,我带着它兄弟在库塞街上散步。路上有条狐狸,是那种体型很大的红色列那狐,它从篱笆里探出了头,就在离马路不到二十米的地方,明明白白的,是想闲逛上路。好啦,小针看到了它,凶猛地追在它身后。接下来你知道的事就是小针已经一口咬在那狐狸的脖子上了,就一口,致命一击,事情结束了。"

影子审视了小针一番,那是一条灰狗,正睡在小小的壁炉边上。它看起来也挺人畜无害的。"所以勒车犬是什么品种的狗?一种英国品种,是吗?"

"它算不上真正的纯种狗。"一位白头发的女人说道,她身边没带狗,正从边上的桌子后探身过来,"它们是串种,为了提升速度和体力而杂交出来的。锐目猎犬、灵缇犬和柯利牧羊犬的混血。"

她边上的男子抬起一根手指。"你得明白,"他说话的声音带着喜悦,"以前曾有法律规定过什么人才能拥有纯种狗。本地老百姓是不行的,但他们可以养串种狗。而且比起那些有血统的狗,勒车犬更好,速度更快。"他用食指指尖推了推鼻梁上的眼镜。他长着满脸的络腮胡,棕色中夹杂白色。

"要是问我的意见,我觉得所有串种都比纯种更好。"那女人又说,"这也是为什么美国会那么有趣。那国家里全是混血儿。"影子不太确定她的年纪。她的头发已经花白了,但光看脸感觉要更年轻些。

"没错,亲爱的。"络腮胡男人用轻柔的嗓音说道,"但我想你会发现美国人比英国人更热衷于纯种狗。我以前在美国育犬协会遇到过一个女人,老实话说,她可把我吓着了。我吓坏了。"

"我在说的不是狗,奥利,"那女人说,"我说的是……哦,算了。"

"你要喝点什么呢?"墙上贴着一张手写的告示,告诫顾客们不要点一大杯,因为这"能让你感觉迎面被揍了一拳"。

"有什么本地的好酒?"影子意识到这是最明智的回答,便这样问。

本地的各种啤酒和苹果酒里究竟哪些比较好,老板和那女人各有看法。络腮胡的小个子男子打断了他们的话,发表了自己的见解,认为"好"并不是规避"恶",而是某种更积极的东西,它能让世界变得更美好。接着他又咯咯笑了起来,以此来显示自己不过是开个玩笑,他完全知道他们的对话针对的无非只是喝什么酒比较好。

老板给影子倒的酒颜色很深,味道十分苦涩。他不确定自己是否喜欢它。"这是什么?"

"它的名字是'黑狗',"那女人说道,"我听人说,起这名字就是根据'黑狗'这个词的俚语意思,表现一个人一下子获得了太多的感觉。"

"就像丘吉尔的心情。"小个子男子说道。

"事实上,这种酒是根据一种本地的狗来命名的。"一位年轻些的女性说道。她身穿一件橄榄绿色的线衫,靠墙站立。"但它并不是真实存在的狗。带点儿想象的因素。"

影子低头看看小针,有些犹豫。"能摸摸它的头吗?"他回想起那只狐狸的命运,这样问道。

"当然没问题,"白头发的女人说,"他喜欢这样。是吧?"

"好吧,事实上他曾经把格罗斯皮的手指咬下来过。"老板说。在他的话音中,混合着赞赏与警告。

"我猜格罗斯皮在本地政府里多少是个人物,"女人说道,"我老觉着要是狗咬了他们,那可真是一点问题都没有。咬那些增值税检察员也是一样。"

身穿绿线衫的女人向影子走来。她手里没有饮料。她有一头深色的短发,鼻子和脸颊上散布雀斑。她看着影子。"你不是给本地政府干活的,对吧?"

影子摇了摇头。他说:"我大概算是名观光客。"这话也不算太假,不管怎么说,他正在旅行。

"你是加拿大人?"络腮胡男子问道。

"美国人,"影子说,"不过我这阵子正在流浪。"

高 能 预 警

"那么,"白头发的女人说道,"你就不算是真正的观光客。观光客们总是突然出现,看看风景名胜,然后就离开。"

影子耸了耸肩,微笑着俯下身子。他挠了挠老板那条勒车犬的后脑勺。

"你不是个'狗派'的人,对吧?"深色头发的女人问道。

"我不是个'狗派'的人。"影子说。

若他是别的什么人,比如说那种会把自己想的事儿都说出来的人,那他可能会告诉她,自己的妻子曾经在年轻时养过狗,有时她还会叫影子"狗狗",因为后来他们不再能养狗而她实在想要一条。但影子习惯保持缄默。这一点也正是他喜爱英国的理由:即使他们想知道你在想什么,也不会开口发问。脑海中的世界始终只是脑海中的世界。他的妻子在三年前就已经去世了。

"要是你问我,"络腮胡男子说,"我认为人类不是狗派就是猫派。那么你觉得自己是个猫派的人吗?"

影子想了想。"我不知道。我小时候家里从没养过宠物,因为我们一直在搬家。但是——"

"我提到这个,"那人继续说道,"是因为我们的主人同样也有一只猫,我想你大概会愿意见见。"

"它之前在这间屋子里,不过我们已经把它移到里屋去了。"老板从吧台后面说道。

影子好奇老板究竟是怎样才能如此轻松地跟上谈话的内容,同时又要接受其他人点单,并给他们提供饮料的。"养猫会让那些狗感到不自在吗?"他问。

屋外,雨势变得更大了。狂风呜咽、啸叫,接着转为怒吼。炉火在这小小的空间里闪动着,溅起火星。

"不是你想的那样,"老板说,"我们是在敲掉联通隔壁房间的墙时发现它的,当时我们需要扩张这家酒吧的面积。"他露齿一笑。"过来瞧瞧。"

影子跟着他进了隔壁房间。络腮胡男子和白头发的女人也跟在影子身后的不远处。

影子回望酒吧。那个深色短发的女人正望着他,视线交会时,她露出了温暖的笑容。

隔壁房间更亮些,也更大些,不那么像别人家的客厅。有顾客正坐在桌边吃东西,食物看起来都很不错,闻着更香。老板带着影子走到屋角,引他看一只落满灰尘的玻璃匣子。

"她在这儿。"老板骄傲地介绍说。

那只猫是棕色的,乍看之下,它仿佛是由筋腱与垂死挣扎的痛苦组合而成的事物:原本是眼睛的地方只剩下两个空洞,里面满是愤怒和伤痛;它的嘴大张着,就好像这生物在变成皮革的瞬间正在号叫。

"将动物放在建筑的墙壁中,这种行为类似于将活生生的儿童埋入房屋的地基,以此来保证屋子永不倒塌。"络腮胡男人在影子身后解释道,"不过它总让我想起在埃及布巴斯蒂斯的巴斯特女神神庙里发现的那些猫木乃伊。当时,人们将几百吨猫木乃伊从埃及运往英格兰,碾碎作为廉价肥料,倾倒在土地中。维

高 能 预 警

多利亚时期的人还会用木乃伊作原料来制作绘画颜料,颜色有点儿接近棕色。我想是这样。"

"它看起来很痛苦,"影子说道,"有多少年了?"

老板挠了挠脸颊。"我们估计那面嵌着它的墙大概是在十四至十七世纪之间建造的,判断的依据是本地的教区记录。这里没什么东西是十四世纪的,但有一栋十七世纪的屋子。中间这段时间的记录已经遗失了。"

那只死猫被放置在玻璃匣子里,它已彻底革化,没有了毛,似乎正用它那双黑洞一般的眼睛窟窿看着他们。

我的人民走到何处,我便能看到何处的景象。有一个声音在影子的脑海深处低语。随即他想起洒满猫木乃伊粉的土地,那上面究竟能种出多么可怕的庄稼?

"他们将它放入旧屋的墙中,"名叫奥利的男子说道,"**它在那儿活着,又在那儿死去。没有人发笑,也没有人痛哭。**不少这样的东西被填在墙里,当做守卫和安全防护措施,有时候会用小孩,还有动物。建造教堂时必然都会使用。"

大雨在窗框上毫无节奏地敲打着。影子感谢老板带他看了这只猫。他们回到酒吧间里,深色头发的女子已经离开了,这让影子感到有些遗憾。她看起来是那么友好。影子替周围的人买了一圈酒,一杯给络腮胡男人,一杯给白头发的女人,还有一杯给老板。

老板蹲在吧台后面。"大家都叫我影子,"影子告诉他们,"影子·月亮。"

那络腮胡男人愉快地双手合十。"哦！太妙了。我以前养过一条德国牧羊犬就叫'影子'，那会儿我还是个小男孩呢。这是你的真名吗？"

"只是大家都这样叫我。"影子说道。

"我叫莫伊拉·卡兰尼什，"白头发的女人说道，"这是我的伙伴奥利弗·比耶尔斯。他知道很多事，而且只要我们加深了解，毫无疑问，他会知无不言的。"

他们握了握手。待老板拿着他们的酒返回时，影子问他酒吧是否有空房可以出租。这个晚上他本想走得更远些，但大雨似乎一时半会儿也停不了。他脚上的休闲鞋很结实，身上也穿着符合季节的外套，但他就是不想在大雨中行走。

"以前是有，不过现在是我儿子在住。偶尔我会建议别人睡在谷仓里，但现在这时节恐怕不行。"

"村里还有什么地方能让我租到一个房间吗？"

老板摇了摇头。"今晚的天气太糟。不过沿着马路走几里路就能到博赛特，那儿有家挺合适的旅馆。我可以给桑德拉打个电话，告诉她你会去她那儿。你的名字是？"

"影子，"影子又说了一遍，"影子·月亮。"

莫伊拉看了看奥利弗，说了些类似于"流浪汉"之类的话，奥利弗努了努嘴，最后热情地点点头。"你觉得和我们一起过夜如何？我们家多余的房间不比储藏室大多少，但里面至少有张床，而且室内挺温暖的，还很干燥。"

"我很乐意，"影子说道，"我可以付你们钱。"

"别傻了，"莫伊拉说道，"有客人是件好事。"

2
示众架

奥利弗和莫伊拉都有雨伞。奥利弗坚持让影子拿他那把伞，因为影子比他高，由影子拿伞能保证两人都不被淋湿。

这对儿还带着小手电筒，他们管它叫火炬。这个词让影子联想到了一部恐怖片里，暴风雨中山上城堡里的村民，背景音效是闪电和雷鸣。*就在今晚，我的造物啊*，他想，*让我赋予你生命！*那片子挺假的，却让影子感觉到了不安。死猫似乎令他的思路变得有些奇怪。

雨水打在田间狭窄的小道上。

"天气不错的晚上，"莫伊拉提高音量来盖过大雨的声音，"我们会直接穿过田地。但现在它们都湿透了，就像沼泽一样，所以我们得走萧克路。你看那儿，很久以前，那棵树曾经被用作示众架。"她伸手指向路口的一棵巨大的无花果树，树上只剩几条枝丫，矗在夜空中与周围的景象毫不和谐。

"莫伊拉二十来岁的时候就在这儿定居了。"奥利弗说道，"我是从伦敦来的，大概八年前吧，以前住在特南格连附近。我十四岁时曾经到这儿来度过假，后来就一直没有忘记。你不会忘记这里的。"

"土地会在你的血管中流淌，"莫伊拉说道，"差不多就是这样。"

"而血液同样也进入大地。"奥利弗说道,"不管怎么说,拿那棵示众架树来打个比方。他们会把尸体留在示众架上,直到它彻底风化,一点不剩。毛发被鸟儿衔去做巢,血肉被乌鸦啄尽,连骨头都会被捡走。要不就是他们又有了一具新的尸体可以用作展示。"

影子很确定自己知道示众架长什么样,但他还是问了出来。提问永远不会有什么坏处,而且奥利弗显然是那种喜欢了解特殊知识并将之转述给别人的类型。

"有点像大的铁鸟笼。过去那些犯下罪行的人被审判并处刑后,尸体就会被放在里面示众。那架子是锁住的,这样罪犯的家人和朋友就无法将尸体窃回,给罪犯一个基督教徒的葬礼。作用是让路过看到的人往正道上走——尽管我怀疑它其实无法阻止任何人去做任何事。"

"他们都处刑什么人?"

"任何不走运的家伙。三百年前,大概有超过两百件以上的犯罪被实施了死刑,包括和吉普赛人一同旅行超过一个月,偷羊——以及偷任何价值超过十二便士的东西——还有写恐吓信。"

他原本似乎打算罗列出一条长长的清单,但莫伊拉打断了他。"奥利弗对死刑的罗列是正确的,但在这个地区,只有杀人犯会被放入示众架。有时他们能让尸体在那里面留二十年。这儿没多少杀人犯。"接着,就像是想把话题转向更轻松的内容,她

高能预警

说:"我们现在已经走在萧克路上了。本地人说若是在晴朗的夜晚——显然不是像今晚这种——你会发现自己身后跟着黑萧克。他就像是某种传说中的狗。"

"就算是在晴朗的夜晚,我们也没见过它。"奥利弗说道。

"这是件好事。"莫伊拉说道,"因为若你见到了它,你就会死。"

"除了桑德拉·韦伯福斯,她说她见过,但她现在也强壮得像匹马。"

影子微笑起来。"黑萧克会做什么?"

"它什么也不做。"奥利弗说道。

"它会的。它会跟你回家。"莫伊拉更正道,"接着,过一阵子,你就死了。"

"除了会死这一点,"影子说道,"整体上听来不怎么吓人。"

他们走到路的尽头。雨水流淌,仿佛一条小溪,漫过影子厚实的靴子。

影子说道:"那么你俩是怎么相遇的?"当你遇到一对儿的时候,这通常是个挺安全的问题。

奥利弗说:"在酒吧里。那时我正好在这里度假。"

莫伊拉说道:"我遇到奥利弗时身边有伴。我俩一下子就陷入了热恋,然后就一道私奔了。这不像是我俩会做出来的事。"

他们确实不太像是会一起私奔的人,影子想。但话说回来,所有人都有古怪的一面。他知道这会儿该说点什么。

"我结过婚。我的妻子死于车祸。"

"我很遗憾。"莫伊拉说道。

"就这么回事吧。"影子说。

"等我们到家之后,"莫伊拉说道,"我会给大家做一份威士忌姜酒,用威士忌、姜汁酒和热开水调成。然后再洗个热水澡,不然我简直就得逮着自己的死期了。"

影子想象了一番自己伸出手抓住死亡的样子,就像抓住一只棒球,他的身体哆嗦了一下。

雨势转大,一道突如其来的闪电令周遭的一切全都显形:干石墙上的每一块灰色石头、每一片草叶、每一个水坑和每一棵树都能让人看得一清二楚,接下来又被更深重的黑暗吞没,只在影子那双缺乏夜视能力的眼底留下一道残像。

"你们看到了吗?"奥利弗问,"那该死的玩意儿。"此刻雷声隆隆炸响,影子等到它过去了才开口说话。

"我什么也没看见。"影子说道。又一道闪电,没刚才的那么亮,影子觉得自己瞧见远处地里有什么东西跑开了。"是那边吗?"他问。

"一头驴子,"莫伊拉说道,"只是一头驴。"

奥利弗停住脚步。他说:"这不是回家的正确道路。我们应该打辆出租车的。我们犯了个错误。"

"奥利,"莫伊拉说道,"现在已经不远了。而且只是点雨。你又不是糖做的,亲爱的。"

又是一道闪电,如此明亮,几乎能闪瞎眼睛。地里什么也没有。

高 能 预 警

黑暗。影子转身面向奥利弗,但那小个子男人却已不再站在他身旁。奥利弗的手电筒掉在了地上。影子眨了眨眼睛,希望能迫使自己恢复点夜视能力。那男人倒在地上,摔进了路旁的湿草地里。

"奥利?"莫伊拉蹲在他身边,她的雨伞落在一旁。她用自己的手电筒照射他的面孔,接着抬头看向影子。"他不能就这样坐在这儿,"她说,声音里带着一丝迷茫和忧虑,"雨太大了。"

影子将奥利弗的手电筒放进口袋,将自己的雨伞交给莫伊拉,接着架起奥利弗。那个男人不太重,而影子又是个大个子壮汉。

"远吗?"

"不远了,"她说,"不太远了。我们差不多已经到家了。"

他们静静地向前走着,穿过一座村庄广场边的教堂墓地,进入一片村子。影子可以瞧见,村里唯一一条街道两边,灰色石头砌成的屋子里,灯光闪动。莫伊拉拐过一个弯,走向一栋离街道有一定距离的屋子,影子跟着她。她替他打开后门。

厨房很大,非常温暖,里面靠墙摆着一张沙发,半盖着一堆堆的杂志。厨房里有根横梁,影子需要低下头。他脱去奥利弗的雨衣,将它丢到一边,雨衣在木头地板上形成了一个小水洼。接着他将那人放倒在沙发上。

莫伊拉把水倒入水壶。

"我们要叫一辆救护车吗?"

她摇了摇头。

TRIGGER WARNING

"刚才发生了什么?他摔倒又昏过去了?"

莫伊拉正忙于从架子上取下马克杯。"以前发生过这样的情况。不久以前。他有猝睡症,要是有什么东西令他受到惊吓,就会像这样倒下。一会儿他就会醒过来的。到时候他会想喝茶。今晚没有威士忌姜酒了,至少他没有了。有时他会有点茫然,不知道自己在哪儿,有时他会接着说昏迷之前的话题。要是你大惊小怪的,他会很生气。把你的双肩包放下吧。"

水壶里的水沸腾了,莫伊拉将滚烫的水倒入一只茶壶。"他会喝上一杯茶,我想我得喝一杯甘菊茶,不然今晚我就别想睡着了。放松点,好吧?"

"我也喝茶,没问题。"影子说道。这一天他已经走了二十多里路,应该很容易就能入睡。他对莫伊拉感到有些惊讶。她的伴侣表现得如此无力,她却依然能冷静自信,但他也想知道,这其中有多少因素是不想在一个陌生人面前表现出自己的软弱。他很欣赏她,但与此同时又觉得有些不同寻常。英国人都挺古怪的,但他明白"讨厌大惊小怪"是什么感觉。是的。

奥利弗从沙发上坐起身来。莫伊拉捧着一杯茶坐在他旁边,扶着他坐好了。他抿着茶,样子看起来似乎还有些茫然。

"它跟着我回家了。"他主动开口道。

"什么跟着你,奥利亲爱的?"她的声音听起来挺沉着,里面却含着一丝忧虑。

"狗,"沙发上的男人说着,又抿了一口茶,"那条黑狗。"

3
割伤

那天晚上,影子与莫伊拉和奥利弗一同坐在厨房的桌边,他知道了不少事。

他得知,奥利弗并不怎么满意自己在伦敦的那份广告代理商工作。他早早地接受了病退,来到村里。现在他主要在干的是修复并重建干石墙①的活儿,一开始是为了消遣,后来也渐渐能从中获得收入。他解释说,造墙是一种艺术,同时也需要技巧,它是一种绝妙的锻炼,同时,若你能掌握正确的方法,它也是一种冥想练习的方式。

"在这儿曾经有几百个造干石墙的人,现在只有几乎不到一打人知道自己在做什么。你看现在的人们都用混凝土或煤渣块来修墙,而干石墙是一种垂死的艺术。我很乐意带你去看我是怎么做的。必须得有足够技巧。有时候,你拿起一块石头,你得让那块石头来告诉你,它该被填进哪儿,这样,它才会是无法撼动的。就算开坦克来也推不倒它。就是这么了不起。"

影子得知前些年莫伊拉和他走到一块儿时,他曾经有几年

---

① 干石(dry stone)是一种特殊的建筑工艺,石块与石块之间不使用灰浆或灰泥,就只是将各种形状的石块严丝合缝地垒在一起。这种工艺主要运用在墙壁的搭建上,但偶尔也会有干石桥或干石屋存在。

精神状态特别低落,但最近这些年他干得不错。哦,他提升了自己,相当不错。

影子还得知莫伊拉有一笔独立的财产,来自于她家庭设立的信托基金,这保证了她和她的姐妹们不用工作就有收入,不过她在将近三十岁时,曾受过教师资格培训。她现在已经不做教师了,但活跃于地方的公共事务中,曾经成功地令本地的公交线路投入运作。

虽然奥利弗没有说出口,不过影子还是知道了,奥利弗正恐惧于某种东西,非常恐惧,因为当奥利弗被问到什么东西令他如此害怕,他说有黑狗跟着他回家到底是什么意思时,他开始结结巴巴的,身体摇摆起来。他知道不能再问奥利弗什么问题了。

而在那张厨房桌子边,奥利弗和莫伊拉对影子的了解是——

什么也没有。

影子喜欢这一对儿。他不是个傻子,他曾经信任的人背叛过他,但他还是喜欢这对情侣,也喜欢他们家里的气味——混杂着做面包的香气、果酱和栗树木材抛光过的气息——那天晚上,他在储藏室的床上睡觉时,有些担心那位络腮胡的男子。要是影子在田间瞥见的那东西不是驴子怎么办?那要是头凶暴的狗怎么办?然后呢?

影子醒来时,雨已经停了。他在无人的厨房中给自己烤了份吐司。莫伊拉从院子里走进厨房,带入一股凉飕飕的空气。"睡得好吗?"她问。

高 能 预 警

"是的,很好。"他梦到自己在动物园里,身边环绕着各种动物,却看不见,它们在各自的围栏中大声吸气,哼哼着。梦里的他还是个孩子,走在母亲身边,十分安全,受人关爱。他在一个狮笼前停住脚步,然而在笼子里的却是头斯芬克斯,半身是狮子,半身是女人,尾巴甩动,飒飒作响。她朝他露出微笑,可那个笑容却显出了他母亲的脸。他听到她的声音,温暖而带有口音,就像是猫科动物的叫声。

它说:了解你自己。

我知道自己是谁,梦中的影子抓住笼子的栏杆说道。栏杆后面是沙漠。他可以看到几座金字塔。他可以看到沙地上的影子。

那么你是谁,影子?你正在逃避什么?你要逃去哪里?

你又是谁?

接着他就醒了,不知道自己为什么要问自己这样的问题,同时又有些想念母亲,她在二十年前就已经走了,那时候他还是个青春期的孩子。但他心中还残留着一种怪异的舒适感,他还记得自己的手被母亲的手握住那种感觉。

"我恐怕今天早上奥利身体不太舒服。"

"听你这么说,我觉得很遗憾。"

"是啊。好吧,那也没办法。"

"我真的很感谢你们能提供我那个房间。我猜我得上路了。"

莫伊拉说道:"你愿意为我去看点东西吗?"

影子点点头,跟着她走到屋外,绕着屋子走了一圈。她伸手指向玫瑰花床:"你觉得这个形状看起来像什么?"

影子弯下腰。"像是一头大型猎犬的脚印,"他说,"这句引用了华生医生的话①。"

"是的,"她说,"确实如此。"

"如果是一头幻觉造成的幽灵猎犬,"影子说道,"那它不可能留下脚印。对吧?"

"在这类事情上我不是权威,"莫伊拉说道,"我曾经有个朋友对此深有研究,可以告诉我们所有事。但是她……"她收住了话头。接着,又用更欢快的声音说道:"你知道吗,隔壁的隔壁家的坎贝利太太养了条杜宾犬。太可笑了。"影子不确定她所说的可笑是指坎贝利太太,还是她的狗。

但他觉得昨晚发生的事件不那么古怪费解了。就算有一条奇怪的狗跟着他们回家,那又能怎么样?奥利弗被吓着了,大吃一惊,摔倒在地,但那只是因为惊吓和猝睡症。

"嗯,我会在你离开之前给你准备点可以带走的午餐。"莫伊拉说道,"煮蛋之类的。路上你会很开心的。"

他们走进屋子里。莫伊拉去放什么东西,回来时看起来有点震惊。

"奥利把自己锁在盥洗室里了。"她说。

---

① 此句引自《巴斯克维尔的猎犬》。

高 能 预 警

影子不知道该说什么才好。

"你知道我希望什么吗?"她继续说道。

"不知道。"

"我希望你能跟他谈谈。我希望他能打开盥洗室的门。我希望他能和我交谈。我能听到他在里面。我能听到。"

接着她又说:"我希望他没有再割伤自己。"

影子回到客厅,站在盥洗室门前,呼唤着奥利弗的名字。"你能听到吗?你还好吗?"

没有回答。里面没有声音。

影子看了看门。它由实木制成。这屋子年代久远,过去造的房子总是很坚固的。这天早上影子使用盥洗室时,他已知道盥洗室是用钩扣上锁的。他将身体靠在门把手上,将它压下,接着用肩膀撞向门。随着一声木头开裂的声响,门开了。

他曾经在监狱里见过死人,只因为无聊的口角就被人刺死。他还记得那人躺在操场的角落里,鲜血在他身下形成一小片水洼。当时这景象让影子感到心烦意乱,但他还是迫使自己望着他,一直望着。将视线转开多多少少有些无礼。

奥利弗全身赤裸地躺在盥洗室的地板上。他的身体极为苍白,胸前和腹股沟上都长着浓密的体毛。他双手握着一把从老式安全剃刀上卸下来的刀片,他拿它划开了自己的手臂、乳头上方的胸部、大腿内侧和阴茎。鲜血沾满他的身体,淌在黑白相间的油毯地面上,溅上了白色的搪瓷浴缸。奥利弗双眼圆睁,看起来就像是鸟类的眼睛。他的眼睛直直地盯着影子,但影子却不确定他是否真的看到了自己。

"奥利?"莫伊拉的声音从客厅里传来。影子意识到自己顺手关上了门,便有些犹豫,不知是否该让她看到这番景象。

影子从毛巾架上取下一块粉红色的毛巾,将它裹在奥利弗的身上。这引起了小个子男人的注意。他眨了眨眼睛,就好像这才看见影子,他说:"那条狗。都是为了那条狗。得有人喂它,你看。我正在和它交朋友。"

莫伊拉说道:"哦,我亲爱的上帝。"

"我去打电话叫急救车。"

"求你别打,"她说,"在家里和我在一起,他会好过来的。我不知道我会……求你?"

影子扛起毛巾包裹住的奥利弗,将他带入卧室,就好像他还是个小孩子,接着将他放在床上。莫伊拉跟着他们。她拿起床边的 iPad,点击屏幕,播放音乐。"呼吸,奥利弗,"她说,"回想。呼吸。会好起来的。你会好起来的。"

"我真没法儿呼吸,"奥利弗小声说道,"喘不过气来。不过我能感觉到自己的心脏。我能感觉到它在跳动。"

莫伊拉攥住他的手在床边坐下,影子将他俩留在房间里,自己离开了。

莫伊拉回到厨房时,袖管卷起,手上沾着消毒药膏的气味。而影子正坐在沙发上,看一本当地漫步指南。

"他怎么样了?"

她耸了耸肩。

高 能 预 警

"你得找人来帮他。"

"是的。"她站在厨房中央环顾四周,就像是在思索该往哪儿去,"你是不是……我是说,你是不是非得今天就走?你有旅行计划吗?"

"没人在等我。哪儿都没有。"

她看着他,在这短短的一个小时里,她的整张脸憔悴了许多。"以前发生这样的事情时,要了好几天才消停,但事后他就像天上的雨似的安然如常。他的抑郁不会持续太久。所以,我只是想知道,你愿意就那么,嗯,留几天?我给姐姐打了电话,不过她正在搬家。我又分身乏术。我真的做不到。没法儿再来一次。不过就算没有任何人在等着你,我也不能要求你留下。"

"没有人在等着我,"影子重复了一遍,"我会留下的。但我想奥利弗需要的是专业的救助。"

"是的,"莫伊拉同意道,"没错。"

下午晚些时候,斯卡瑟洛克医生上门来了,他是奥利弗和莫伊拉共同的朋友。影子不太确定现在英国的乡村医生是否还会上门问诊,也或许这是基于社交考量才来的拜访。医生走进卧室里,大约二十分钟后,他出来了。

他和莫伊拉坐在厨房桌边,他说:"割伤都很浅,基本上就是些'求你来救我'的玩意儿。实话说吧,就那些割伤来讲,送去医院我们所能做的,也不会比你在家里照料他能做的多多少。以前我们会派上一打护士来照料,但现在他们只想彻底把医院给关了,然后将所有医疗工作返还社区。"

TRIGGER WARNING

斯卡瑟洛克医生的头发是浅黄色的,他和影子一般高,却瘦许多。他令影子想起酒吧老板,于是影子又有些无聊地想知道这两个人是否是亲戚。医生开了不少药方,莫伊拉将它们交给影子,同时还给了他一把路虎揽胜的旧钥匙。

影子驱车前往邻村,找到一家小药房,等待店员将药房一一配齐。他呆呆地站在强烈阳光照射下的过道上,看着一排在这湿冷的冬季显得如此多余的防晒霜。

"你是美国人先生。"他身后传来一个女人的声音。他转过身。她顶着一头深色的短发,依旧穿着昨天酒吧里那身橄榄绿线衫。

"我猜你说的是我。"他说。

"本地闲话说你正在帮奥利度过他的情绪低落期。"

"传得挺快。"

"闲话传播的速度比光更快。我叫凯西·波格拉斯。"

"影子·月亮。"

"好名字,"她说,"让我浑身颤抖。"她露出了微笑。"要是你留在这儿还有时间闲逛,我建议你去看看村后的山。沿着小路上去直到岔道,然后往左拐,你就能到伍德山了。景色十分壮观。公众都可以前往。只要往左拐然后上山,不要错过。"

她朝他微笑着。或许她只是对陌生人十分友善罢了。

"不过我觉得你还留在这里也没什么好奇怪的,"凯西继续说道,"一旦这地方抓住了你,你就很难离开。"她又露出了微笑,那是种温暖的笑容,她的视线直直地望进他的双眼,仿佛正在下定决心。"我想帕特尔太太已经准备好你的药了。很高兴能与你谈话,美国人先生。"

4
吻

影子帮了莫伊拉不少忙。他走到村中商店里,买齐她购物清单上的东西,而她则坐在厨房桌边写东西,或是在卧室外的门厅里徘徊。莫伊拉几乎没说什么。影子开动白色路虎揽胜奔赴她的差事时,看到奥利弗大部分时间都在客厅里,拖着步子走到卧室,然后又回到客厅。这男人完全没有对他说话。

屋子里的一切都静悄悄的,影子想象那黑狗正蹲踞在屋顶上,将一切阳光、情绪、感受和真实全都隔绝在外。有什么东西将这屋子里的音量调低了,将所有色彩全都推回到黑与白。他希望自己能待在什么别的地方,却又无法就这样离开他们。他坐在自己的床上,望向窗外,看着雨水沿窗框淌下,感觉生命的每一秒钟正在消失,永不返还。

天气又冷又湿,但到了第三天,太阳出来了。世界并没有变得更温暖些,但影子想将自己拉出这阵阴霾,于是决定去看看当地的风景。他去了邻村,穿过田野,沿着小径和一道长长的干石墙向前走。在一道窄溪上架着一座只比木板宽了一点点的小桥,影子轻松一跃,就跳到了溪水的另一边。沿着山路向上,山里满是树,山腰上长着橡树、山楂树、悬铃木和山毛榉,再往上,

TRIGGER WARNING

林木渐渐稀疏。他沿着盘旋的山路行走,小路有时很明显,有时却又很难寻觅,直到他抵达了一片天然形成的休息之处,那地方就像是一小块草地,在山上挺高的地方。他站在那儿,背转身面对周遭一道道山谷和山脊,它们灰绿相间,像是童书的插图。

那儿不止他一个人。一个深色短发的女人正舒适地坐在一块灰色的光滑岩石上,画着山间风景的素描。在她身后有一棵树,替她挡住了风。她身穿绿色线衫和蓝色牛仔裤,在看到她的脸之前,影子就认出那是凯西·波格拉斯。

他走过去,她转过身。"你觉得怎么样?"她边问边将素描簿举高,以便他观看。那是张山腰风景的铅笔素描,画得信心十足。

"你画得挺好。你是职业画家吗?"

"我就是玩玩。"她说。

影子已经与不少英国人聊过天,足以让他明白她这话的意思,她可能真的只是画着玩儿,但也可能说明她的画会被挂在国家美术馆或泰特现代艺术馆①里进行常规展览。

"你一定挺冷的吧,"他说,"你就只穿了一件线衫。"

"很冷,"她说,"但是,在这儿,我已经习惯了。其实也没有真的让我觉得很烦恼。奥利怎么样了?"

"他的情绪还是不太好。"影子告诉她。

---

① 这两个都是伦敦规格很高的美术馆。

高 能 预 警

"这可怜的老东西。"她边说,视线边在素描纸和山腰间来回打量,"不过对我来说,要同情他还挺困难的。"

"为什么?是他那些趣闻怪谈让你觉得烦得要死吗?"

她笑了起来,是那种从喉咙里喷出一小股气流的"哈"的一声。"你该多听听乡间闲谈的。当初奥利和莫伊拉相遇时,他俩都已经有了伴侣。"

"我知道,他们告诉过我。"影子想了一会儿,"所以他一开始是跟你在一起的?"

"不。是她。我们从上大学时就在一起了。"一阵沉默,她在画上打上阴影,铅笔从纸面摩擦而过。"你想试试吗,和我接吻?"她问。

"我,呃。我,嗯。"他说。接着又诚实地回答道:"我没这么想过。"

"好吧,"她说着微笑看他,"你本该特别想才对。我的意思是,我让你上山到这儿来,你来了,爬上伍德山,就为了见我。"她的视线转回纸面和山腰素描上,"据说就在这座山里,曾经有人干过些坏事。肮脏的坏事。而我则想亲自对莫伊拉的房客做点什么肮脏的事。"

"这儿是某种复仇之地吗?"

"这儿不是用作任何事情的地方。我只是挺喜欢你的。而且这附近没人会再想要我,作为女人的我。"

影子上一次亲吻女人还是在苏格兰。他回想起她的样子,

TRIGGER WARNING

回想起她最终变成了什么①。"你是真实的,对吧?"他问道,"我的意思是……你是个真实的人。我的意思……"

她将那叠素描纸放在岩石上,站起身来。"你可以吻我,自己找出答案。"她说。

他有些犹豫。她叹了一口气,吻了他。

山腰上十分寒冷,凯西的嘴唇也是冰冷的。她的嘴很柔软,她的舌头碰到了影子的,影子吮住了它。

"我不怎么了解你。"影子说道。

她倾身远离他,抬头看着他的脸。"你知道的,"她说,"这些天来我所梦想的一切只是有人能看着我,发现真实的我。我都已经放弃了,直到你出现在我面前,美国人先生,还有你那滑稽的名字。但你那时候看着我,我知道你看到了我。这才是最重要的。"

影子的双手搂住她,感受着她线衫的柔软。

"你还会在这儿留多久? 在这片地区?"她问。

"再几天吧,等到奥利感觉好点儿了就走。"

"可惜。你就不能一直留下来吗?"

"抱歉。"

"你没什么可道歉的,可爱的家伙。你看到那边的入口了吗?"

---

① 见《易碎品》中《山谷君王》一篇,影子上次吻的女人变成了山鬼。

高 能 预 警

他眺望山腰,顺着她指的方向却什么也没有找到。山腰间满是杂草、矮树和半塌的干石墙。她指着自己画上的一块阴影,那看起来像是条拱道,就在山腰上一片金雀花灌木丛中。"那儿,看。"他抬头凝视,这一次立刻就看到了。

"那是什么?"影子问道。

"通往地狱的大门。"她严肃地答道。

"哎呀。"

她露齿一笑。"附近的人都这么叫它。它原本是个罗马人的神庙,我猜,或者也可能年代更久远些,但现在只剩这点儿遗迹了。要是你喜欢这类东西,就该去瞧一瞧。虽然它多多少少有点叫人失望,只是一条进山的通道。我一直期望能有哪位考古学家来这儿,把它挖出来,然后编成目录,但一直没有人来。"

影子看了看她的画。"那你知道什么关于黑狗的事吗?"他问。

"在萧克路的那条狗?"她问。他点了点头。"传说过去犬魔会在这一带的所有地区出没,但现在它只出现在萧克路那儿。斯卡瑟洛克医生曾经告诉我说,这算是一种民俗记忆,能实现愿望的猎犬只是野外狩猎记忆的残留,概念来自于奥丁的两头猎狼,库里奇和基利。但我觉得它可能比奥丁更早些,是一些洞穴时期的记忆,来源于德鲁伊。它们潜伏在火圈外的黑暗中,等待你踏得太远时将你撕碎。"

"那么你见过它吗?"

她摇了摇头。"没有。我研究过,但从来没见过。我想那不过是个本地野兽的想象产物。你觉得呢?"

"我不这么认为,大概不是。"

"或许是你来到这里把它唤醒的。不管怎么说,是你唤醒了我。"

她向上伸出手,将他的脑袋拉下来,又一次吻了他。她握住他那只远比她的手大许多的左手,放到自己的线衫下。

"凯西,我的手挺凉的。"他提醒她。

"没事,我全身都冷透了。什么都不剩,只有冰冷。你只要露出微笑,表现得好像知道自己正在做什么就行了。"她对他说。她拉着影子的左手向上,直到它覆盖住她胸罩的蕾丝边。他可以感受到,在那些蕾丝下,她的胸脯如此柔软,而乳头又是如此坚挺。

影子屈服了,他的犹豫半是源于尴尬,半是因为没有把握。他不确定自己到底是怎么想这个女人的,毕竟她曾经和有恩于他的房东有过那么一段往事。影子从没喜欢过被人利用的感觉,这在过去已经发生过太多次了。但他的左手正在触碰她的胸脯,右手则捧着她的脖颈,他俯下身,她的嘴唇正贴在他的嘴上。她紧紧地贴着他,他想,那感觉就像她希望能进入他此刻正站立着的地方。她的嘴尝起来像是薄荷、石头、青草和午后一丝令人颤抖的清风。他闭上了眼睛,放任自己享受这个吻,以及两人身体触碰在一起的感觉。

凯西停住了。在他们身边不远处,有一只猫喵了一声。影子睁开双眼。

高 能 预 警

"上帝啊。"他说。

他们的身边环绕着许多猫。白色的,虎斑的,棕色的,姜黄色的,还有黑猫,长毛短毛都有,有戴着项圈,看起来豢养得挺不错的猫,也有脏兮兮的看起来就像是生活在谷仓里的野猫。它们用绿色、蓝色和金色的眼眸紧紧盯着影子和凯西,一动不动。只有很难得的几次,有猫甩动尾巴,或是眨了眨眼睛,才让影子确定它们都是活生生的。

"这太奇怪了。"影子说道。

凯西退后一步。他已经碰不着她了。"它们是跟着你来的吗?"她问。

"我不觉得它们跟着任何人。它们只是猫。"

"我想它们是在嫉妒,"凯西说道,"看看它们的样子,它们不喜欢我。"

"这实在是……"影子正打算说出"胡说八道"四个字,但没有说下去,不,她的话在某种意义上是对的。在另一片大陆上,几年前,曾经有一位女神用她自己的方式喜欢过他。他还记得她尖利的针一般的指甲和舌头上猫似的粗糙触感。

凯西冷静地看着影子。"我不知道你是谁,美国人先生,"她对他说道,"不太了解。我不知道为什么你能看到我,看到真实的我,我也不知道为什么我会觉得与其他人交谈如此困难,却能与你谈话。但是我就是能和你交谈。你看,从外表看,你很正常,也很温和,但你却比我要古怪得多。我已经太他妈古怪了。"

影子说:"别走。"

"告诉奥利和莫伊拉，说你见着了我。"她说，"告诉他们，如果他们有什么想和我说的，我会在我们最后一次谈话的地方等着。"她拾起素描板和铅笔，小心翼翼地穿过猫群，快步离开。那些猫甚至都没有看她一眼，只是一直紧盯着影子，她就这样穿过了摇曳的草丛和拂动的树梢。

影子想叫她回来，但却只是蹲下身子，回头看着那些猫。"怎么回事？"他问，"巴斯特？这是你干的吗？你离家很远了。而且为什么你还会在意我吻了谁？"

他开口时，咒语便解开了。猫群纷纷走开，或是转头看往别处，或是站直身子，或是专心舔毛。

一只玳瑁猫将脑袋凑近影子的手，不断想引起他的注意。影子心不在焉地抚摸了她，用指关节擦过她的额头。

她迅速用那如同小小弯刀般的爪子猛地一抓，将他的小臂抓出血来。接着她便咕噜咕噜地叫着，转过身，就一小会儿工夫，所有猫便都跳到岩石后面，闪进灌木丛中，在山间消失不见。

5
活人与死者

影子回屋时，奥利弗已经从自己的房间里走出来了，他坐在温暖的厨房里，手边摆着一杯茶，正在阅读一本关于罗马建筑的书。他已穿戴整齐，刮过下巴，修了胡子，身上穿的是宽松的睡衣裤，外面套了一件花呢睡袍。

高 能 预 警

"我感觉好点儿了。"他看到影子时说道。接着,他又说:"你遇到过这样的情况吗?情绪低落?"

"回头想来,我想是有过的。当时我妻子死了,"影子说,"一切都变得单调无聊。有很长一段时间里,一切对我来说都没有什么意义。"

奥利弗点点头。"很艰难。有时候我想,黑狗其实是真实存在的。我躺在床上时,想到了富塞利的那张画,梦魇出现在睡眠者的胸上①,就好像阿努比斯。或者我该说赛特②?都是些巨大的黑色东西。话说回来,赛特到底是什么?某种驴子?"

"我从没遇见过赛特,"影子说道,"他远在我的时代之前。"

奥利弗大笑起来。"显然是这样。他们还说你们美国人不会讽刺呢。"他停顿了一下,"不管怎么说,现在都过去了。我得站起来,准备好重新面对这个世界。"他抿了一口茶。"我觉得有点尴尬。那些什么巴斯克维尔的猎犬之类的胡说八道对我来

---

① 亨利·富塞利(Henry Fuseli, 1741—1825)画家,出生于瑞典,后定居英国。代表作即为此篇中所描述的《梦魇》。

② 阿努比斯与赛特都来自于埃及神话。阿努比斯是丧葬之神,胡狼头,人身,通体漆黑。据说阿努比斯身上的黑色不是普通胡狼的黑色,而是腐肉与尼罗河谷泥土的黑色,象征着重生。赛特在埃及历史的晚期被视作邪恶之神,豺头人身,但有些人觉得他的头不是豺,可能是土豚(非洲食蚁兽),或者某种未辨明的野兽,也有壁画将他的头描绘成羚羊、驴、鳄鱼或者河马。不过赛特并不是黑色的。

说都已经过去了。"

"你真的没什么可尴尬的。"影子说,同时他也发现,英国人只要去找,在哪儿都能觉得尴尬。

"好吧。不管怎么说吧,这整件事都有点傻。我已经振作起来了。"

影子点点头。"要是你感觉好些了,那我猜我该动身去南方了。"

"别急着走,"奥利弗说,"与人结伴总是好的。莫伊拉和我实在没去过多少地方,虽然我们挺想去的。我们最多也就是去泡泡酒吧。我恐怕在这儿没多少能令人兴奋的事。"

莫伊拉从花园里走进屋子。"有人见过我的修枝剪刀吗?我知道我有,但就是找不着。下回我大概就得弄丢自己的脑袋了。"

影子摇了摇头,他不确定到底什么是修枝剪刀。他想告诉这对夫妇山上猫群的事,还有它们那些奇怪的行为,但他想不出该怎么形容这事儿,因为不管怎么讲听起来都很古怪。于是他便不假思索地说出以下内容取而代之:"我在伍德山遇到了凯西·波格拉斯。她把'地狱的入口'指给我看了。"

他俩都盯着他。厨房静得吓人。他说:"她正在画那儿的风景。"

奥利弗看着他,说道:"我不明白你在说什么。"

"就在回屋前不久我遇见了她。"影子说。

"什么?"莫伊拉涨红了脸,"你在说什么?"接着她又说:"你他妈的是谁,敢来这里说这种话?"

"我是……我什么人也不是。"影子说,"只是她来找我搭话而已。她说你们以前曾经是一对。"

莫伊拉看起来就好像正准备要揍他,但接着她只是说:"我们分手后她就离开了。我们分手分得不太愉快。她受到很大伤害,表现得令人毛骨悚然。接着她就在晚上离开了村子,再也没回来。"

"我不想谈这个女人。"奥利弗静静地说道,"现在不想。以后也不想。"

"看。在酒吧那天她就和我们在一起。"影子指出,"第一天晚上。那会儿你们和她在一起看起来并没有什么问题。"

莫伊拉只是紧盯着他,没有回答,那表情看起来就像是不能理解他所使用的语言。奥利弗用手擦了擦前额。"我没有看到她。"他只说了这么一句。

"好吧,今天我遇见她时,她说要打个招呼。"影子说道,"她说如果你们有什么想和她说的,她会一直等着。"

"我们没有什么可说给她听的。什么也没有。"莫伊拉双眼湿润,却没有哭出来,"真不敢相信,这该死的女人在给我们带来所有那些事之后,还能又回到我们的生活里。"莫伊拉的咒骂听起来像是个完全不擅长于此道的人。

奥利弗放下手中的书。"我很抱歉,"他说,"我觉得不太舒服。"他走回自己的卧室,将身后的门关上了。

莫伊拉拿起奥利弗的马克杯,动作机械地将它拿到水槽边倒空,然后清洗起来。

"我猜你现在满意了,"她边说边用一块白色的塑料刷擦洗马克杯,用力得就像是要把瓷杯子上那比阿特丽克丝·波特画的田园小景给擦掉似的,"他又开始自我封闭了。"

"我不知道这事儿能让他这么沮丧。"影子说道。他说这话时有种罪恶感。他本就知道这两位屋主与凯西曾经有段往事。毕竟,他本可以什么都不说的。保持缄默总是更安全些。

莫伊拉用一块绿白相间的茶巾擦干了马克杯。茶巾上的白色部分是卡通羊的图案,绿色的地方则是青草地。她咬住下嘴唇,一直在她眼中打转的泪珠滑落脸颊。接着她说:"她说过什么关于我的话吗?"

"只说了你俩以前曾经在一起。"

莫伊拉点点头,用茶巾从她那张刚步入老年的脸上拭去泪水。"我和奥利走到一起时,她无法接受这件事。我搬出去后,她把画笔都挂起来,锁上房门去了伦敦。"她用力擤了擤鼻子,"不过也没什么好抱怨的,我们是自作自受。奥利是个好人,只是在他脑子里有一条黑狗。我的母亲也曾经抑郁过。非常痛苦。"

影子说:"而我把事情弄得更糟。我该离开了。"

"明早前别走吧。我不是想把你赶出门外,亲爱的。遇到那个女人不是你的错,对吧?"她垮下肩膀,"它们在那儿呢,冰箱上面。"她从冰箱上拿起某个看起来像是小型园艺剪的东西。"修枝剪刀,"她说,"主要用于修剪玫瑰花枝。"

高 能 预 警

"你会和他谈谈吗?"

"不,"她说,"和奥利谈凯西的事从没有什么好结果。而且就目前的状态看,这只会将他推到更糟的地方。我会就这样让他自己缓过来。"

那个晚上,影子独自在酒吧里用了晚餐,玻璃盒子里的那只猫一直瞪着他。他没见到任何一个认识的人,就和老板聊了两句,大概说了说他在这村子里过得挺愉快。之后他从酒吧出来,返回莫伊拉家,经过老悬铃木和示众架子树,穿过萧克路。月光下,他没有看到任何东西在田间移动,没有狗,也没有驴子。

屋里的所有灯都灭了。他尽可能安静地进入卧室,在上床睡觉之前,将行李都塞进背包。他知道他一早就得走。

他躺在床上,望着储藏间的月光。他还记得自己站在酒吧里,而凯西·波格拉斯站在自己身边时的情景。他回想与老板的谈话,第一天晚上的所有交谈,那只玻璃盒子里的猫,他越是思索,睡意就越是消散,在这张小床上,他彻底清醒了。

在需要的时候,影子的动作可以很快。他从床上爬起来,穿上衣服,提起靴子,打开窗,爬上窗台,静静地落在窗下的花床上。他站起身穿上靴子,在昏暗的月光下系好鞋带。月亮还差几天才到满月,但已足够明亮到映照出万物的影子。

影子步入墙边的黑暗中,等待着。

他想着自己的行为看起来该有多疯狂。很有可能是他搞错了,他的记忆或是其他人愚弄了他。这一切都太不同寻常,但他也曾经历过不同寻常的事,而且就算是他错了,他能损失什么?

TRIGGER WARNING

几个小时的睡眠?

他看到一只狐狸匆匆穿过草地,看到一只昂首挺胸的白猫匍匐潜行,猎杀了一只老鼠,看到另外几只猫在花园围墙上轻轻走过。他看着一只鼹鼠在花窗的阴影间穿行,群星在天空中缓慢移动着。

前门打开了,一个人影走出屋子。影子本以为会看到莫伊拉,但那却是奥利弗,身上穿着他的睡衣裤,外面套着一件格子呢的便袍。他脚上穿着防水长筒靴,看起来有点滑稽,像是个黑白电影里的残疾人,或是什么戏剧里的角色。在月光下的世界里,一切都没有色彩。

奥利弗拉上前门,直到它搭上门锁,接着走向街道。但他没有走在嘎吱作响的碎石小径上,而是走在草丛中。他没有回望,甚至都没有环顾四周。他顺着小径向前走,影子一直等着,直到他几乎已走得不见踪影,这才跟上去。他知道奥利弗即将前往也必须前往哪儿。

影子不再怀疑自己的判断。他知道他俩将去什么地方,这种确信就像一个人身处于梦境。甚至当他爬到伍德山的半山腰,发现奥利弗正坐在一段树桩上等着他时,他都没有感到丝毫惊讶。天色渐渐变亮,从东边开始,亮了一点点。

"地狱的入口,"小个子男人说道,"就我所知,他们一直这么叫它。从很久很久以前开始。"

两人一同沿着蜿蜒的小径向上走去。奥利弗的长袍、条纹睡衣裤和那双尺寸过大的塑料靴产生了一种强烈的滑稽之感。

影子的心脏在胸腔中怦怦跳动。

"你是怎么把她带到这儿来的?"影子问道。

"凯西?我没有。是她提出说让我们在山里碰面的。她热爱来这儿画画。从这里你可以看到很远的地方,而且这座山,它很神圣,她总喜欢这样的东西。当然啦,不是基督教意义上的神圣。很显然,是古老的宗教信仰。"

"德鲁伊?"影子问道。他不太确定英国还有什么其他古老宗教。

"可能是。显然可能是。但我想它或许比德鲁伊更早。现在已经不再有什么名字流传,它只是这片地区的人们在相信了某种信仰后所施行的宗教。是德鲁伊、挪威信仰、天主教或新教都不重要,它们只是人们嘴上信奉的教派。古老的宗教只会让庄稼丰收,让男人的生殖器变硬,确保没有人能建造出一条穿行于一片自然美景中的该死的高速公路。入口屹立,群山屹立,这地方也屹立至今。它依然保存完好,历经两千年的时光也依然完好。你不该在任何蕴含力量的地方闲逛。"

影子说道:"莫伊拉不知道,是吗?她以为凯西只是离开了。"东边的天空变得更亮,但此时仍是夜间,在西边紫黑色的天空中,点点星光依然灿烂。

"她就该这么想。我的意思是,除此之外她还能起什么念头?若是警察对此事有兴趣,那可能会有所不同……但事情并不像……好吧,这座山,这个入口,它们保护了自己。"

他们已到达山腰上的那片小草坪。他们经过影子曾经见到

TRIGGER WARNING

凯西坐着画画的岩石,向山里走去。

"黑狗在萧克路,"奥利弗说道,"我不是真的觉得那是条狗。但它在那儿已经很久了。"他从睡衣口袋里拿出一支 LED 手电筒。"你真的和凯西说上话了?"

"我们说话了,我甚至还吻了她。"

"怪事。"

"我遇见你和莫伊拉的那天晚上,是我第一次见到她。就是这一点让我开始猜测。今晚早些时候,莫伊拉说话的口气就好像她已经有好多年没见过凯西了,我问起时,她显得十分迷惑。但那天晚上,凯西就站在我身后,还和我们说话。今晚,我问酒吧里的人凯西在不在,没有人知道我说的是谁。你们这儿的人全都相互认识。能解释这一切的理由只有一个,而它也能解释她所说的话。解释一切。"

奥利弗已经快要走到凯西所称的"地狱的入口"了。"我本以为这一切会十分简单。我把她交给这座山,而她彻底离开我们,离开莫伊拉。她怎么可能和你接吻?"

影子什么也没说。

"我们到了。"奥利弗说道。那是山腰的一处洞窟,看起来就像是向前延伸的一小间门厅。或许在很久以前,这儿曾经有过什么建筑,但这座山风化了它,只剩下一些石头。

"有些人觉得这是一种恶魔崇拜,"奥利弗说道,"我认为他们的想法是错误的。不过话说回来,某个人的上帝或许是其他人的魔鬼。呃?"

高 能 预 警

他走进通道,影子跟着他。

"什么狗屁理论。"一个女人的声音响起,"你一直都是个狗屎,奥利,你这没胆的小杂种。"

奥利弗没有动,也没有做出什么回应。他说:"她在这儿。在墙里。我把她留在那儿了。"他将手电筒照向延伸至山中的短通道两边的墙壁,小心翼翼地检查这面干石墙,就好像正在寻找某个他能辨认出的位置,接着他便发出了一声确认的咕哝。奥利弗从口袋里拿出一盒金属工具,尽可能抬起手来,用那工具起出一小块石头。接着他便开始按照某种顺序将石头从墙上抽出来,大石头与小石头交替取下,每一块都打开了更多空间,令其他石头得以移动。

"来帮把手。来呀。"

影子知道自己将会在墙后见着什么样的景象,但他还是抽出石头,将它们一个接一个地放到地上。

空气中传来一阵气味,洞越开越大,那气味也就越来越强,闻起来带着一股陈年腐朽的气息,感觉像是夹肉的三明治腐烂了那种。影子先是看见了她的脸,尽管他几乎无法辨认出那是一张人脸,她的脸颊深陷,双眼消失了,皮肤暗沉如同皮革,就算她生前满脸雀斑,现在也已完全看不出来,然而那还是凯西·波格拉斯的头发,黑色的短发。在 LED 灯的照射下,他可以看到这具尸体穿着一件橄榄绿的线衫,蓝色牛仔裤也正是她身上那条。

"很有意思。我知道她还在这儿,"奥利弗说道,"但我还是不得不来查看一下。在你说了那些话之后,我必须来这儿,来确认她确实还在这儿。"

"杀了他。"那个女人的声音响起,"用石头砸他,影子。他杀了我。现在,他还打算杀了你。"

"你准备要杀我吗?"影子问。

"嗯,是的,显然是这样。"小个子男人用他那多愁善感的嗓音说道,"我的意思是,你知道凯西的事。而且一旦你死了,我就能彻底忘记这整件事,一劳永逸。"

"忘记?"

"宽恕与遗忘。不过这非常困难。要宽恕自己是很困难的,但我可以肯定我一定能忘记。看那儿。我想现在那儿有足够的空间可以容你进去,只要你能把身体缩起来。"

影子低头看着这位小个子男人。"我没这个意向,"他好奇地说道,"你要怎么把我弄进去呢?你手上都没有一把枪。此外,奥利,我的身材足足是你的两倍。你知道,我能就这样折断你的脖子。"

"我不是个傻瓜,"奥利弗说道,"我也不是个坏人。我不是个特别好的人,但说实话事情不是非此即彼的。我的意思是,我当时做了那样的事,是因为我嫉妒,而不是因为我病了。但我不会自己一个人前来这里,你看,这是黑狗的神殿。这里是最早的神殿,远早于巨石阵,它们在这儿等待着,被人崇拜,被人献祭,被人恐惧和安抚。黑萧克、犬魔、大脚怪和能实现愿望的猎犬,它们都在这儿,依然守卫着。"

高 能 预 警

"用石头砸他,"凯西的声音,"现在就砸,影子,求你了。"

他们此刻站立的通道往前形成进山的小路,里面是一个由干石砌成的人造洞穴。它看起来一点儿也不像远古神庙,也完全不像地狱的入口。凌晨的天空勾勒出奥利弗的身形。他用温和而始终彬彬有礼的声音说道:"它就在我身体里。而我也在它之中。"

黑狗在入口处现身,堵住了通往外界的通道,影子知道,不管它到底是什么,它并不是一条真正的狗。它双眼圆瞪,令影子想到腐烂的海洋生物。就身型和威胁性来说,狼比之于它,就像是山猫比之于老虎,它绝对是肉食动物,充满威胁性,极为危险。它站立着,比奥利弗更高大,它正盯着影子咆哮,那是一种自胸腔中发出的隆隆响声。接着它一跃而起。

影子抬起手臂来保护自己的喉咙,那生物的牙齿没入他手肘下方的肉里。影子感到一阵剧烈的疼痛。他知道自己该反击,但他却跪倒在地,尖叫着,思维混乱,无法集中注意力,心中满是恐惧,害怕这野兽即将把他当做食物,将他的脑壳敲碎。

在潜意识里,他注意到这种恐惧是那条狗制造出的,因为事实上,影子其实一点儿也不害怕这样的事。他不是真的害怕。但知道这点也没用。那生物松开影子的手臂时,他已开始啜泣,全身都颤抖起来。

奥利弗说道:"进去,影子。通过墙上的那条缝。动作快,现在就去。不然我就让它把你的整张脸撕掉。"

影子的手臂正在流血,但他站起来,没有争辩,蜷缩身体穿过那条缝,蹲在黑暗中。要是他还留在外面,留在有那野兽的地方,他很快就会死,而且死得很痛苦。他确信这一点,就像确信明天太阳依然会升起。

"很好,是的,"凯西的声音在他脑海中响起,"太阳是会升起。但除非你他妈能解决这事儿,否则你肯定见不着它了。"

在墙后的凹洞里,几乎没有足够的空间容纳他和凯西的尸体。他已经见到了她脸上那痛苦和愤怒的表情,就像玻璃盒子里的那只猫,此时他明白过来,她也是被活埋的。

奥利弗从地上捡起一块石头,将它填入墙上的空隙中。"我自己的理论是,"他说着又拿起一块石头,填进它的位置,"它是一种更新世①恐狼,但它的体型甚至比恐狼更大。或许它是来自我们还蜷缩在洞穴时所做的梦中的怪物,或许它只是一头普通的狼,但当时我们的体型更小,小小的原始人没法跑得比它更快,也就无法逃脱。"

影子的背贴在身后的岩石上。他蜷起左臂,右手按住它来止血。"这里是伍德,"影子说,"而这是伍德的狗。我不会绕过伍德来放出它。"

"没什么关系的。"更多的石头被压在了石头上。

"奥利,"影子说,"那野兽会杀了你。他已经在你身边了。它不是什么好东西。"

---

① 亦称积洪世,地质时代第四纪早期。这一时期大多数动、植物属种与现代相同。——编注

高 能 预 警

"老萧克不会伤害我的。老萧克爱我。凯西已经在墙里了，"奥利弗说着用力一击，将一块石头敲进其他石头之间，"而现在，你正和她一起在墙里。没有人等着你。没有人会来找你。没有人会为你哭泣。没有人会想念你。"

影子知道，虽然他无法说清他究竟是怎么知道的，但他知道在这小小的空间里，有三个人，而不是两个。凯西·波格拉斯在这儿，她的尸体（已经腐烂、干瘪，依然散发着朽烂的气息）在这儿，她的灵魂也在，此外还有什么别的，有什么东西正在他的双腿之间绕行，接着又轻触他那只受伤的手。从附近的什么地方传来了一个声音。他记得那声音，尽管不太熟悉这口音。

假如一只猫是一个女人，她所说的话就是这样的声音，阴暗而饱含情感，带着某种韵律。那声音说道：你不该在这儿的，影子。你得停止这样的状态，得行动起来。你正任由外界来替你做出决定。

影子大声说道："你这么说完全不公平，巴斯特！"

"你得保持安静，"奥利弗温和地说道，"我是认真的。"一块块的墙体石头迅速而有效地被放回原位。现在，它们已经埋到影子的胸部了。

喵。不公平？甜心，你真是什么都不知道。不知道你自己是谁，是什么东西，也不知道这些意味着什么。若他将你围在这里，让你死在这座山中，那么这个神殿便会永远矗立——当地人不管相信什么乱七八糟的信仰都会发生效用，产生魔力。太阳依然会落下，天空会变成灰色，万物将会哀悼，而他们不会知道

TRIGGER WARNING

万物究竟为何而哀悼。这个世界将遭到诅咒——为了人们,为了猫,为了那些还被人记得的众神,也为了所有被遗忘的神灵。你曾经死去,又返回人世。你很重要,影子,而且你决不能在这儿死亡,成为山腰中一份悲伤的牺牲品。

"那么你建议我做什么呢?"他悄声问。

战斗。那野兽不过是一种思想的产物。他从你身上获得力量,影子。你离它很近,所以它显得极为真实。真实得足以占有奥利弗。真实得足以伤到你。

"我?"

"你以为幽灵能和任何人聊天?"凯西·波格拉斯的声音在黑暗中响起,显得有些焦急,"我们是蛾子,而你则是火光。"

"我该做什么?"影子问道,"它伤了我的手臂。他妈的它差点撕开我的喉咙。"

哦,甜心,这只是个影子似的东西。它是暗夜之犬。它是头体型过大的胡狼。

"它是真实的。"影子说。最后一块石头被嵌入墙中。

"你真的会被你父亲的狗[①]吓着吗?"一个女人的声音说道。影子不确定说话的人是女神,还是那个幽灵。

但他知道这个问题的答案。是的。没错,他被吓着了。

他的左手只剩下疼痛,无法使用,右手则沾满自己的鲜血。

---

① 影子的生父即为奥丁。

高能预警

他被活埋在墙与石之间的空隙中,但至少到目前为止,他还活着。

"让你的臭狗屎归位,"凯西说道,"我已经把我能做的都做了。动手吧。"

他在墙后的石头前蜷起身体,抬起脚,接着尽全力将双脚一起蹬出。最近的几个月里,他走了这么多路,他本就是个大个子,现在又比过去更强壮了。他将全部力量都放在这一脚上。

墙碎裂了。

野兽站在他面前,那头带来绝望的黑狗,但这一次影子已做好了面对它的准备。这一次,发起攻击的人是他。他紧紧地抓住了它。

我不会再是父亲的狗了。

他用右手扣住了野兽的下巴。他紧盯着它那双绿色的眼睛。他现在完全不觉得这头野兽是条狗了,一点儿也不像。

现在是白天,影子在意识中对那条狗说道,他没有发出声音。*跑开吧。不管你是什么东西,跑开吧。滚回你的示众架,滚回你的冬雪,你这条小许愿猎犬。你所能做的一切,只是让我们觉得绝望,将阴影和幻象充斥这个世界。你随同野外狩猎者一齐奔跑,但猎取恐惧之人的时代已经结束了。我不知道你到底是不是我父亲的狗,但你明白吗?我压根就不在乎。*

说完,影子深呼吸了一口,放开了那条狗的嘴巴。

它没有发动攻击,只是从喉咙深处发出一个困惑的呜咽,几近哀号。

TRIGGER WARNING

"回去!"影子大声喊道。

那条狗有些迟疑。影子思索了一会儿,他觉得自己已经赢了,已经安全了,那条狗会就这样走开。但接着那个生物压低脑袋,竖起脖子边上的颈毛,露出牙齿。影子知道,除非自己死了,它是不会离开的。

此刻,山腰的这条通道中已开始放亮,初升的太阳直直地照进通道里。影子不知道,在许多年前,人们建造这座神庙时,是否特地校准过太阳的位置。他往边上走出一步,却在什么东西上绊倒,笨拙地摔向地面。

在影子身边,躺在草地上的是奥利弗,他四肢瘫软,已失去意识。影子是被他的腿绊倒的。这个男人双目紧闭,喉咙深处发出咆哮的怒吼,影子听过这样的声音,更大声,也更得意洋洋,那是站在神庙入口处的黑暗野兽曾经发出过的吼声。

影子摔倒在地,身上受着伤,而且他知道,自己是个死人[①]。

有什么东西轻轻地触碰他的脸颊,非常温柔。

另一个东西刷过他的手。影子往身边一瞥,顿时便明白了。他明白了为什么巴斯特会与他一同出现在这地方,他明白了是谁将她带来这里的。

一百多年前,它们曾经被人从贝尼哈桑的巴斯特神庙附近的土地上偷走,碾碎撒在这片大地上。那是成千上万的猫木乃

[①] 在《美国众神》里,影子曾死而复生。

高 能 预 警

伊,每一只都代表一个小小的女神,每一只都代表着对永恒的崇拜。

它们在这儿,在这地方,在他身边:棕色的、沙黄色的、灰色的、豹纹与虎斑的猫,轻盈、野性而古老。前一日,巴斯特派去望着他的不是本地猫,而是本地猫和我们所有现代猫的先祖,它们来自埃及,来自尼罗河三角洲,来自数千年之前,它们被人带到这里,只为让万物生长。

它们的叫声是颤音,是啧啧作响,却并不会喵喵喵。

黑狗的咆哮更响了,但没有发动攻击。影子强使自己保持坐姿。"我想我说过了让你回去的,萧克。"他说。

那条狗没有动弹。影子张开右手,做了个手势。那手势代表着遣散和不耐烦。**结束这事儿。**

猫群跳起来,轻松自如得如同舞蹈。它们落在那野兽身上,全都露出与生时一般锐利的牙齿和爪子。针形的爪子没入庞大野兽身侧,抓向它的眼睛。它愤怒地回咬,将身体撞向墙壁,震下更多石头,想将猫群从身上摇晃下来,却没有一丝成效。愤怒的牙齿没入它的耳朵里,它的口鼻中,它的尾巴和它的脚掌上。

野兽猎猎而吠,喷吐出低吼,接着发出一个声音,影子觉得若这声音来自于任何一个人类的喉咙,那一定是尖叫。

影子始终没有完全明白此时发生了什么。他望着黑狗将口鼻凑近奥利弗的嘴巴,接着用力一拱。他可以发誓那生物步入了奥利弗的身体,像是一头熊踏入河流。

奥利弗疯狂地在沙地上摇晃身体。

尖叫渐渐消散,野兽不见了,阳光充满山间的这块地方。

影子发现自己全身颤抖。他感觉仿佛是刚从一场浅眠中醒来。恐惧、厌恶、悲痛和疼痛——深深的疼痛——各种情绪如同阳光一般淌遍全身。

他的心中同样也饱含愤怒。奥利弗本想杀了他,他知道,这些天来他第一次想明白了这一点。

一个男声高高响起:"举起手来!所有人都还好吗?"

随着一声狗的高叫,一头勒车犬跑进山洞,嗅了嗅正背靠着墙壁的影子,又嗅了嗅在地上失去知觉的奥利弗·比耶尔斯,还有凯西·波格拉斯的尸体。

一个男人的身形轮廓出现在通往外界的入口处,看上去像是挡住初升太阳的灰色纸剪影。

"小针!不要靠近!"那个人说。那条狗退回了他身边。他说:"我听到有人尖叫的声音。至少,我可以发誓那应该是个人的叫喊声。我确实听见了。是你叫的吗?"

接着他看到尸体,停住了。"这真是太他妈操蛋了。"他说。

"她的名字是凯西·波格拉斯。"影子说道。

"莫伊拉以前的女朋友?"那人说道。影子知道他是酒吧的老板,却不记得自己是否知道这人的名字了。"哎哟。真他妈的。我以为她去了伦敦。"

影子觉得一阵不适。

老板跪在奥利弗身边。"他还有心跳,"他说,"他怎么了?"

"我不确定,"影子说,"他看到尸体就发出了尖叫——你听到的一定是他的叫声。接着他就摔倒了,然后你的狗就进来了。"

男人担忧地看着影子。"那你呢?看看你现在的样子!你又怎么了,伙计?"

"奥利弗让我和他一起到这儿来。他说有什么可怕的东西压在他胸口,他得解决掉。"影子看着通道两边的墙。墙面上还有其他用砖填出来的凸起,他很明白若是打开这些凸起能找到什么。"他让我帮他打开墙壁,我照做了。他摔倒时将我撞倒,还突然袭击了我。"

"他告诉过你,他为什么要这么做了吗?"

"嫉妒,"影子说道,"只是嫉妒莫伊拉和凯西之间发生的事,甚至连莫伊拉为了他离开凯西也是。"

男人呼出一口气,摇了摇头。"我的天哪,"他说,"这种事我怀疑谁都不会怀疑到他。小针!别碰!"他从口袋里拿出手机,给警察打了电话。接着他又说了声抱歉。"警察来把这儿清干净前,我得把一堆事儿都放在一边了。"他解释着。

影子站起身,检查手臂。他的线衫和外套左臂的位置都被划破了,就好像是被巨大的牙齿撕开,但衣服下的皮肤却完好无损。他的衣服和手上也都没有血。

他想知道若是被黑狗所杀,他的尸体看起来究竟会是什么样的。

凯西的幽灵站在他身边,低头望着自己的尸体,它此时已有半身从墙上的洞中落出。影子观察到,尸体的指尖和指甲都有损伤,就好像在她临死前的数个小时里,一直想将石头从墙中推出去。

"看看它,"她盯着自己,"可怜的东西。就像玻璃盒子里的猫一样。"接着她转向影子。"说实话,我不是真的对你有欲望,"她说,"一点儿也没有。对此我不会感到遗憾的。我只想吸引你的注意。"

"我知道,"影子说,"我只希望能在你生前就遇到你。我们可以成为朋友。"

"我想会的。在这里面太艰难了,现在这样挺好的。还有,我得道歉,美国人先生。别恨我。"

影子的双眼开始湿润。他用衬衫擦了擦眼睛。当他再度抬起眼睛时,发现自己已被独自留在通道中。

"我不会恨你的。"他对她说道。

他感觉到有人握住了他的手。他向外走,步入清晨的阳光中,他大口呼吸,浑身发抖,听到远处传来汽笛的鸣叫。

两个人前来将奥利弗用担架支着下山,在山脚下的路上,一辆救护车将他带走了,汽笛的声音足以将路上的任何羊只赶回草地。

救护车离开时,一位女警官出现了,身边伴随着一位年轻些的男警官。他们认得老板,叫出了他的姓斯卡瑟洛克,对这一点,影子倒是丝毫没有感到意外。两名警官看到凯西的尸体都很震惊,就像是为了说明这一点似的,年轻的男警官离开通道,往草地上的蕨类植物里呕吐起来。

高 能 预 警

就算这两人中的任何一个人想到要检查通道里其他石砌的凸起,来寻找更早以前的犯罪证据,此刻也会把这个念头压制下去,而影子也不打算建议他们这么做。

他简短地向两人陈述了事情的经过,接着坐在他们的车上去了当地警察局,在那儿将整件事详细地向一位留着严肃络腮胡的警官讲述了一遍。警官给影子倒了一杯速溶咖啡,他最关心的是,作为一名美国游客,影子不能对英国乡村产生误解。"这种事在这里并不常见。这儿其实非常平静,是个可爱的地方。我不希望你认为我们都是这样的。"

影子向他保证说,自己完全没有那样想过。

6
解谜

他走出警察局时,莫伊拉正等着他。莫伊拉身边陪着一位六十岁刚出头的女性,她看起来十分舒适,叫人安心,遭遇危机时,你总愿意身边陪着这样的人。

"影子,这是多琳。我的姐姐。"

多琳与他握了握手,解释说自己很抱歉,因为上周正在搬家,没能及时赶到。

"多琳是一位地区法院的法官。"莫伊拉说。

影子很难想象她的职业是法官。

"他们正在等奥利恢复知觉,"莫伊拉说,"然后以谋杀罪控告他。"她说话的语气听起来经过了深思熟虑,但她也会用这种口气问影子她该往哪儿种点金鱼草。

"你接下来准备怎么做?"

她抓了抓鼻子。"我很震惊。我都不知道接下来该怎么办。我一直在回忆最近几年发生的事。可怜的,可怜的凯西。她绝不会想到他会有这样的恶意。"

"我从没喜欢过他。"多琳嗤之以鼻,"就我来看,他太爱卖弄,而且从来不知道什么时候该停下,闭上他的嘴。他只会一直喋喋不休絮絮叨叨,感觉就像是想要掩饰什么。"

"你的背包和衣服在多琳的车里。"莫伊拉说道,"如果你需要的话,我想我们可以捎你一段路。要是你想逛逛,也可以自己走。"

"谢谢你。"影子说。他知道他在莫伊拉的小屋里将不再受到欢迎,再也不会。

莫伊拉用急促而愤怒的语气开始说话,就好像这是她想知道的一切:"你说你见到了凯西。昨天,你就是这么告诉我们的。是这句话把奥利送到了完结的终点。这伤害我太深。如果她死了,为什么你要说你见过她?你不可能见到她的。"

影子思索着,给出了礼貌的解释。"我不知道,"他说,"我不相信有幽灵。或许是个当地人,想要愚弄一下外来旅游的扬基佬。"

莫伊拉敏锐的深色眸子盯着他,就好像她试图相信他,却还是难以置信。她的姐姐伸出手,握住了她的手。"天地之大,霍

高 能 预 警

雷肖①。我想我们该让这事儿就这样过去。"

莫伊拉怀疑而愤怒地看着影子,过了很长时间,直到最后才深呼吸了一口气,说道:"是的。是的,我想确实该这样。"

车里非常安静。影子想对莫伊拉道歉,想说点什么让事情变得更好些。

他们开车经过那棵示众树。

"什么东西有一个脑袋,却有十条舌头?"多琳念诵道,她的音调比之前说话时要高一些,"其中一条从嘴里伸出,拿来面包,喂饱活人与死者?这是一个谜语,关于这个地方和那棵树的。"

"它的意思是?"

"一只鹡鹩在一具被示众的尸体头颅中筑巢,从它的下巴中飞进飞出来孵育幼鸟。那儿确实是死亡,然而在死亡的中心,生命正在孕育。"

影子想了一会儿,最后对她说,事情或许正是如此。

2014 年 10 月,
于佛罗里达/纽约/巴黎
全书完

---

① 此处引用莎士比亚的《哈姆雷特》,原句为"天地之大,霍雷肖,比你所能梦想出来的多出更多"。

--独角兽书系--

乔治·R.R.马丁
《冰与火之歌》
《冰与火之歌的世界》
《梦歌》
《风港》珍藏版
《光逝》珍藏版
《热夜之梦》珍藏版
《图夫航行记》珍藏版
《法外之徒》
《危险的女人》

斯科特·林奇
《绅士盗贼》系列
卷一《绅士盗贼拉莫瑞》
卷二《红色天空红色海》
卷三《盗贼联盟》

安东尼·瑞恩
《渡鸦之影》三部曲
卷一《血歌》
卷二《北塔之主》

安德烈·斯帕克沃斯基
《猎魔人》系列
卷一《白狼崛起》
卷二《宿命之剑》
卷三《精灵之血》
卷四《轻蔑时代》

--独角兽书系--

布兰登·桑德森
《迷雾之子》三部曲
- 卷一《最后帝国》
- 卷二《升华之井》
- 卷三《永世英雄》

托马斯·哈南
《帝国的誓言》系列
- 卷一《亚拉腊山的阴影》
- 卷二《火神之门》

R. 斯科特·巴克
《乌有王子》三部曲
- 卷一《前度的黑暗》
- 卷二《战士先知》

布伦特·维克斯
《携光者》系列
- 卷一《光明王》
- 卷二《夺光刃》

乔安娜·哈里斯
《洛基启示录》

劳丽·R.金 & 莱斯利·S.克林格
《与福尔摩斯为邻》

独角兽奇幻文化

分享与无趣相悖的话题

你的脑洞 超乎你想象